El francotirador paciente

Arturo Pérez-Reverte

El francotirador paciente

ALFAGUARA

© 2013, Arturo Pérez-Reverte
© De esta edición:
2013, Santillana USA Publishing Company
2023 N.W. 84th Ave.
Doral, FL, 33122
Tel: (305) 591-9522
Fax: (305) 591-7473
www.prisaediciones.com

ISBN: 978-1-62263-352-4

© Diseño:
Proyecto de Enric Satué

© Fotografía de cubierta: Victoria Iglesias

Printed in the United States of America by HCI Printing
15 14 13   1 2 3 4 5 6 7 8 9

PRISA EDICIONES

Érase una vez una raza especial de personas
llamadas escritores de grafiti.
Pelearon una fiera batalla contra la sociedad.
El resultado todavía se desconoce.
Ken, grafitero
En una pared de Nueva York, 1986

En el complejo mundo del grafiti, por su carácter con frecuencia clandestino, las firmas de escritores son innumerables y cambiantes, por lo que resulta imposible establecer una nómina oficial. Por esa razón, todos los nombres que figuran en esta novela, excepto los de grafiteros y artistas muy conocidos a los que se menciona de modo expreso, deben considerarse imaginarios o coincidencias accidentales.

En la ciudad. 1990

Eran lobos nocturnos, cazadores clandestinos de muros y superficies, bombarderos sin piedad que se movían en el espacio urbano, cautos, sobre las suelas silenciosas de sus deportivas. Muy jóvenes y ágiles. Uno alto y otro bajo. Vestían pantalones vaqueros y sudaderas de felpa negra para camuflarse en la oscuridad; y, al moverse, en las mochilas manchadas de pintura tintineaban sus botes de aerosol provistos de boquillas apropiadas para piezas rápidas y de poca precisión. El mayor de los dos tenía dieciséis años. Se habían conocido en el metro dos semanas atrás, por las mochilas y el aspecto, mirándose de reojo hasta que uno de ellos hizo con un dedo, sobre el cristal, el gesto de pintar algo. De escribir en un muro, en un vehículo, en el cierre metálico de una tienda. Habían intimado pronto, buscando juntos huecos o piezas ajenas en paredes saturadas, fábricas abandonadas del extrarradio e instalaciones ferroviarias, merodeando con sus aerosoles hasta que vigilantes o policías los ponían en fuga. Eran plebeyos, simple infantería. El escalón más bajo de su tribu urbana. Parias de una sociedad individualista y singular en la que sólo se ascendía por méritos ganados en solitario o en pequeños grupos, imponiendo cada cual su nombre de batalla con esfuerzo y constancia, multiplicándolo hasta el infinito por todos los rincones de la ciudad. Los dos eran chicos recién llegados a las calles, todavía con poca pintura bajo las uñas. Chichotes vomitadores, dicho en jerga del asunto: escritores novatos de firma repetida en cualquier sitio, poco atentos al estilo, sin respetar nada ni a nadie. Dispuestos a imponerse tachando lo que fuera, firmando de cualquier modo sobre piezas ajenas, con tal de hacerse una reputación. Buscaban, en especial, obras de consagrados, de reyes callejeros; grafitis de calidad donde escribir su propio logo, el tag, la firma mil veces practicada, primero sobre un papel, en casa, y ahora sobre cuanta superficie adecuada se topaban de camino. En su mundo hecho de códigos, reglas no escritas y símbolos para iniciados, donde un veterano solía retirarse a poco de cumplir los veinte años, un tachado sobre una firma ajena era siempre una declaración de guerra; una violación de nombre, territorio, fama de otros. Los duelos eran frecuentes, y eso era lo que aquellos chicos buscaban. Habían estado bebiendo coca-cola y bailando break hasta la medianoche, y ahora se sentían ambiciosos y osados. Soñaban con bombardear y quemar con su firma los muros de la ciudad, los paneles de las autopistas. Soñaban con cubrir superficies móviles tradicionales como un autobús o un tren de cercanías. Soñaban con la pieza más difícil y codiciada por cualquier grafitero de cualquier lugar del mundo: una chapa. Un vagón de metro. O de momento, en su defecto, pisarle el tag a uno de los grandes: *Tito7, Snow, Rafita* o *Tifón,* por ejemplo. Incluso, con suerte, a los mismísimos *Bleck* o *Glub*. O a *Muelle,* el padre de todos ellos.

—Ahí —dijo el más alto.

Se había detenido en una esquina y señalaba hacia la calle contigua, iluminada por una farola que esparcía un círculo de luz cruda sobre la acera, el asfalto y parte del muro de ladrillo de un garaje con el cierre metálico bajado. Había alguien allí, frente al muro, en plena escritura, justo en el límite de la luz y la sombra. Desde la esquina sólo podía vérsele de espaldas: delgado, aspecto joven, una sudadera de felpa con la capucha puesta sobre la cabeza, la mochila abierta a los pies, un aerosol en la mano izquierda, con el que en ese momento rellenaba de rojo una enorme *r,* sexta letra de un tag marcado con caracteres de un metro de altura y aspecto singular: un estilo de pompa sombreado, sencillo y envolvente, fileteado con outline azul, grueso, en el que parecía estallar, como un brochazo o un disparo, el rojo de cada una de las letras que contenía.

—Hostia hostia —murmuró el chico alto.

Estaba inmóvil junto a su compañero, mirando asombrado. El que trabajaba en la pared había terminado de dar color a las letras, y ahora, tras buscar en el interior de la mochila ayudándose de una pequeña linterna, empuñaba un aerosol blanco con el que cubrió el interior del punto de la letra central, que era una *i*. Con movimientos rápidos, en toques cortos y precisos, el grafitero rellenó el círculo y lo cruzó luego en vertical y horizontal con dos líneas negras que le daban un aspecto parecido a una cruz celta. Después, sin mirar siquiera el resultado final, se inclinó para guardar el bote en la mochila, cerrar ésta y colgársela a la espalda. El punto de la *i* se había convertido ahora en el círculo del visor de una mira telescópica, como la de los rifles.

El grafitero desapareció calle abajo, en la oscuridad, oculto el rostro bajo la capucha. Ágil y silencioso como una sombra. Fue entonces cuando los dos chicos dejaron la esquina y caminaron hacia la pared. Se quedaron unos instantes bajo la luz de la farola, mirando el trabajo recién hecho. Olía a pintura fresca, a escritura en condiciones. Para ellos, el mejor olor del mundo. Olor a gloria urbana, a libertad ilegal, a fama dentro del anonimato. A chorros, bum, bum, bum, de adrenalina. Estaban seguros de que nada olía tan bien como aquello. Ni siquiera una chica. Ni una hamburguesa.

—Vamos allá —dijo el chico bajo.

Era el más joven de los dos. Había sacado un aerosol de su mochila para escribir sobre la pieza recién pintada en la pared. Dispuesto a un tachado en condiciones; no una, sino cuantas veces fuera posible. A un implacable bombardeo. Aunque cada uno de ellos tenía su tag propio —*Blimp* el suyo, *Goofy* el del otro—, cuando iban juntos utilizaban otro común, *AKTJ:* Adivina Kién Te Jode.

El chico alto miró a su compañero, que sacudía el bote para mezclar la pintura: Novelty negro de doscientos mililitros y boquilla estrecha, robado en una ferretería. Bombardear como ellos lo hacían, con una burda firma repetida una y otra vez, no precisaba sofisticación alguna. La cuestión no era que el logo fuese bonito, sino que apareciera por todas partes. A veces, con tiempo y calma, pensando en un futuro más o menos inmediato, intentaban piezas complejas con varios colores, sobre tapias medio derruidas o paredes de fábricas abandonadas. Pero aquél no era el caso. Se trataba de una incursión rutinaria, de castigo masivo. Por la cara.

El que empuñaba el aerosol se acercó a la pared con el dedo listo, buscando un sitio donde aplicar el primer tachado. Acababa de decidirse por el círculo blanco situado sobre la letra central, cuando su compañero lo sujetó por un brazo.

—Espera.

El chico alto contemplaba la pieza escrita, cuyo rojo brillante parecía reventar a la luz de la farola como gotas de sangre entre los contornos de las letras. Su rostro traslucía sorpresa y respeto. Aquello era mucho más que una simple obra de grafitero común. Era una pieza en toda regla.

Impaciente, el más joven levantó de nuevo el aerosol, apuntando al círculo blanco. Hervía de ganas por empezar la faena. La noche era corta, e innumerables las presas a cobrar. Llevaban, además, demasiado tiempo en un mismo sitio. Eso vulneraba la norma básica de seguridad: escribe rápido y vete. En cualquier momento podía aterrizarles encima un guardia, haciéndoles comerse lo suyo y lo ajeno.

—Espera, te digo —lo retuvo el otro.

Seguía mirando la pieza de la pared, con la mochila a la espalda y las manos en los bolsillos.

Parado y balanceándose despacio sobre los pies. Pensativo.

—Es bueno —concluyó al fin—. Es jodidamente bueno.

Su compañero se mostró de acuerdo con un gruñido. Luego se puso de puntillas, apretó la boquilla del aerosol y escribió *AKTJ* en el círculo blanco con una cruz. Sobre la mira telescópica, de francotirador, de la palabra *Sniper*.

1. Las ratas no bailan claqué

Mientras prestaba atención a la propuesta que iba a cambiar el sentido de mi vida, pensé que la palabra azar es equívoca, o inexacta. El Destino es un cazador paciente. Ciertas casualidades están escritas de antemano, como francotiradores agazapados con un ojo en el visor y un dedo en el gatillo, esperando el momento idóneo. Y aquél, sin duda, lo era. Uno de tantos falsos azares planeados por ese Destino retorcido, irónico, aficionado a las piruetas. O algo así. Una especie de dios caprichoso y despiadado, más bromista que otra cosa.

—Vaya, Lex... Qué casualidad. Iba a llamarte uno de estos días.

Me llamo Alejandra Varela, aunque todos me llaman Lex. Hay quien después de pronunciar mi nombre añade un par de adjetivos no siempre agradables; pero estoy hecha al asunto. Curtida por diez años de oficio y treinta y cuatro de vida. El caso es que los astros empezaron a alinearse desde aquel momento, tras esas palabras, cuando la voz educadísima de Mauricio Bosque, propietario y editor de Birnan Wood, sonó a mi espalda en la librería del Museo Reina Sofía. Yo había estado echando un vistazo a las mesas de novedades, y ahora lo escuchaba atenta, sin manifestar entusiasmo ni indiferencia. Con la cautela adecuada para que mi interlocutor no cayera en la tentación de regatear mis honorarios, si de eso se trataba. Algunos empleadores estúpidos tienden a confundir el interés por tu trabajo con la disposición a cobrar menos por hacerlo. Mauricio Bosque, un chico fino, rico y listo, estaba lejos de ser un estúpido; pero como cualquier otro de los que yo trato en el mundo de la edición —ahí todos oyen caer al suelo una moneda y dicen «mía»—, era capaz de recurrir al menor pretexto con tal de adelgazar gastos. Ya me lo había hecho otras veces, con su pulcra sonrisa y sus chaquetas de sport hechas a medida en Londres, o en donde se las hiciera. Y lo veía venir.

—¿Estás en algo ahora?

—No. Mi contrato con Studio Editores caducó hace un mes.

—Tengo una propuesta que te gustará. Pero no es para hablarla aquí.

—Dame un avance.

Toqueteaba Mauricio los libros, acomodando uno de los suyos —*Ferrer-Dalmau: una mirada épica*— para que se viera más destacado entre los otros.

—No puedo —miró a los lados con aire de conspirador guasón, demorándose en la joven que atendía el mostrador—. Éste no es lugar a propósito.

—Dámelo en pequeñito, anda... Un flash.

Nos interrumpió la llegada de un rebaño de quinceañeros franceses, con mucho barullo en lengua de Voltaire: viaje de estudios, naturalmente. La culta Francia, o en todas partes cuecen habas. Salí con Mauricio de la librería, abriéndonos paso entre una ruidosa babel de otros jóvenes y de abueletes jubilados que alborotaban en la planta baja del museo. En el patio interior, el cielo cubierto filtraba una atmósfera gris y la tierra se veía mojada de lluvia reciente. El pequeño café estaba cerrado, triste, con las sillas húmedas puestas sobre las mesas.

—Preparo un libro —dijo Mauricio—. Grande, importante. Con derivaciones complejas.

—¿Asunto?

—Arte urbano.

—Precisa más, anda.

Mauricio contemplaba el *Pájaro lunar* de Miró con aire pensativo, las gafas de diseño ligeramente caídas hacia la punta de la nariz, cual si calculara cuánto dinero podría sacar de aquellas redondeadas formas de metal una vez convertidas en ilustraciones sobre papel impreso. Tal es la forma en que el dueño de Birnan Wood suele mirar las cosas y a la gente. La suya es una casa editora de enorme éxito incluso en los tiempos que corren, especializada en catálogos y libros de arte lujosos y caros. O más bien muy lujosos y muy caros. Resumiendo: metes en un buscador de Internet las palabras *editor* y *megapijo,* le das a la tecla Intro y sale la foto de Mauricio Bosque sonriendo de oreja a oreja. Apoyado en un Ferrari.

—Sniper —dijo.

Curvé los labios y silbé. Por dentro estaba sin aliento. Petrificada.

—¿Autorizado, o sin autorizar?

—Ése es el asunto.

Silbé de nuevo. Una chica joven que pasaba cerca me miró de soslayo, incómoda, dándose por aludida. No me importaba en absoluto que se lo diera, por supuesto. Era bonita. La miré moverse lánguida, consciente de mis ojos, vagamente escandalizada, mientras se alejaba por el patio.

—¿Y qué pinto yo en eso?

Mauricio miraba ahora el enorme móvil de Calder que está en el centro del patio. Permaneció así, fija en él la vista, hasta que la veleta roja y amarilla dio una vuelta completa sobre su eje. Al fin inclinó un poco la cabeza mientras encogía los hombros.

—Eres mi scout predilecta. Mi exploradora intrépida.

—No me des jabón. Significa que esta vez tienes intención de pagarme poco.

—Pues te equivocas... Es un buen proyecto. Bueno para todos.

Pensé unos segundos. El Destino me hacía guiños sentado bajo lo de Calder. En jerga editorial, un scout es alguien encargado de localizar autores y libros interesantes. Una especie de rastreador culto, cualificado, con buen olfato: alguien que frecuenta ferias internacionales de libros, hojea los suplementos literarios, toma el pulso a las listas de más vendidos, viaja en busca de novedades interesantes y cosas así. Estoy especializada en arte moderno, y ya había trabajado antes para Birnan Wood, así como para Studio Editores y Aschenbach, entre otra gente de peso. Yo les propongo libros y autores, o ellos me encargan localizarlos. Firmo un contrato temporal exclusivo, trabajo duro y cobro por ello. Con el tiempo, conseguí buen cartel en la profesión, una agenda gruesa, contactos y clientes en una docena de países —los editores rusos, por ejemplo, me adoran—. Dicho en corto, me las arreglo bien. Soy sobria, de pocos gastos. Vivo sola, incluso cuando no lo estoy. Vivo de eso.

—Por lo que sé de Sniper —aventuré con cautela—, ese tipo podría encontrarse en el planeta Marte.

—Sí —Mauricio sonreía torcido, casi cruel—. Por la cuenta que le trae.

—Explícamelo —dije.

—¿Por qué no te pasas uno de estos días por la editorial?

Arrugué las cejas, aunque sólo por dentro. Por fuera esgrimí una sonrisa desolada, conveniente. No era lo mismo su terreno —una inmensa oficina acristalada que parecía flotar como un dirigible sobre el paseo de la Castellana— que un sitio neutral donde él no pudiera mirar por encima de mi hombro, como si me olvidase a ratos, el espléndido Beatriz Milhazes que cuelga de una pared en su despacho. Prefería negociar privándolo de toda ventaja, lejos de aquellos incómodos muebles de vidrio, plástico y acero, estantes llenos de libros carísimos y cimbreantes secretarias de ubres operadas.

—Tardaré algún tiempo —mentí, tanteando—. Tengo algunos viajes previstos.

Casi podía oírlo pensar. No el contenido, claro; pero sí el procedimiento. Para mi sorpresa, cedió con insólita rapidez.

—¿Y si te invito a comer? —concluyó.

—¿Ahora?

—Claro. Ahora.

El restaurante era japonés, o asiático. Shikku, se llama. Casi en la esquina de Lagasca con Alcalá, frente al Retiro. Mauricio se deshace por esa clase de sitios. No recuerdo haber comido nunca con él en uno normal, europeo, de toda la vida. Siempre tienen que ser carísimos y de diseño, mejicanos, peruanos o japoneses. Estos últimos le gustan mucho porque le dan ocasión de encargar sushis y sashimis con nombres exóticos y mostrarse hábil manejando los palillos —yo siempre pido un tenedor— mientras te explica la diferencia entre el pescado crudo cortado a la manera de Okinawa y la de Hokkaido. O algo así. Eso seduce a las mujeres, me comentó una vez con unas algas colgando de los palillos, en el Kabuki. Bueno, Lex —aquí interpuso una sonrisa diplomática tras meditar un instante, mirándome—. Me refiero a cierta clase de mujeres.

—Cuéntamelo ya —sugerí cuando nos acomodamos en una mesa.

Me lo contó. Por encima y a grandes rasgos, con breves pausas para observar el efecto. Para comprobar si el cebo bailaba de manera adecuada ante mis ojos, haciéndome salivar. Y sí, claro. El proyecto habría estimulado las glándulas de cualquiera. Se lo dije. También era de realización casi imposible, y eso también se lo dije.

—Nadie sabe dónde está Sniper —resumí.

Por la manera en que Mauricio vertió un poco de sake caliente en mi cubilete, supe que tenía algún as en la manga. Ya dije antes que el editor de Birnan Wood dista mucho de ser un estúpido.

—Tú puedes. Conoces a la gente adecuada, y la gente adecuada te conoce a ti. Te pago todos los gastos y tienes el cuatro por ciento del primer contrato.

Me eché a reír en su cara. Soy perra vieja.

—Eso es como si me ofrecieras una parcela en el circo de Hiparco. Perderemos el tiempo.

—Oye —alzaba un dedo, admonitorio—. Nadie ha publicado nunca un catálogo completo de ese tío. Una gran obra en varios volúmenes, los que hagan falta. Algo monumental. Y no sólo eso.

—Lleva casi dos años escondido, con la cabeza puesta a precio. Literalmente.

—Ya lo sé. Hablamos del artista más famoso y más buscado del arte urbano, a medio camino entre Banksy y Salman Rushdie... Una leyenda viva y toda esa murga. Pero tampoco es que se dejara ver mucho, antes de eso. En más de veinte años, desde que empezó como simple grafitero, casi nadie le ha visto la cara... Marca registrada, y punto: Sniper. El francotirador solitario.

—Pero es que ahora quieren matarlo, Mauricio.

—Él se lo buscó —reía, malévolo—. Que apechugue.

Era un bonito verbo: apechugar. Imaginé a Sniper apechugando.

—Nunca podré encontrarlo —concluí—. Y en el caso improbable de que lo consiguiera, me mandaría a paseo.

—La oferta que le transmitirás es de barra libre por mi parte. Él pone las condiciones. Y yo lo consagro para siempre y hago entrar su obra en el círculo de los dioses, codeándose con lo más.

—¿Tú solo?

Lo pensó un momento. O hizo como que lo pensaba.

—Nada de solo —concedió—. Tengo detrás a gente con mucho dinero: galeristas británicos y norteamericanos, dispuestos a invertir en esto como quien invierte en un negocio enorme.

—¿Por ejemplo?

—Paco Montegrifo, de Claymore... Y Tania Morsink.

Moví la cabeza, impresionada.

—¿La reina del pijoarte neoyorquino?

—Ésa. Y con sumas asombrosas, te lo aseguro. Un plan a medio y largo plazo del que ese catálogo será sólo el aperitivo.

Ahora fui yo quien lo meditó un instante.

—Ni lo sueñes —dije—. Se negará a aparecer en público.

—No tiene por qué dar la cara. Al contrario. Su anonimato intensifica el morbo del personaje. A partir de ahí, Sniper será historia del Arte. Lo vamos a coordinar con una retrospectiva monstruo en algún sitio de los grandes: la Tate Modern, el MoMA... Iremos al mejor postor. Ya he tocado teclas y los tengo a todos calientes. Tratándose de él, se volcarían. Imagina la cobertura. Acontecimiento mundial.

—¿Y por qué yo?

—Eres muy buena —me hacía la pelota, el listillo—. La más seria con la que he trabajado, y llevo toda la vida en esto. También tienes condiciones especiales para acercarte a él. Pulsar la cuerda. No he olvidado que tu tesis doctoral fue sobre arte urbano.

—Grafiti.

—Bueno, eso. Conoces lo que significa tener pintura en las manos y esprays en la mochila. Cómo entrarle a esa gente.

Hice una mueca opaca. Conoces, había dicho Mauricio. Y nunca sabría lo cerca que andaba de la verdad. Pensé en ello mientras pinchaba un niguiri, o como se llamara, con el tenedor. Tantos paseos —aún lo hacía a veces, sin apenas darme cuenta— mirando paredes entre escaparates y portales, donde los escritores urbanos dejaban huellas de su paso. Recordando y recordándome. Casi todas eran simples firmas a rotulador con apresuramiento y poco arte, más cantidad que calidad, de las que hacen poner el grito en el cielo a vecinos y comerciantes y arrugar la nariz al Ayuntamiento. Sólo en raras ocasiones alguien con más tiempo o temple se había empleado a fondo con el aerosol; y el tag, o la caligrafía de éste, abarcaba mayor espacio o recurría al color. Un par de semanas atrás, paseando por una calle próxima al Rastro, me había llamado la atención algo especialmente conseguido: un guerrero manga cuya espada de samurái amenazaba a los usuarios de un cajero automático cercano. Y yo había seguido mirando los grafitis —firmas, firmas, firmas, algún dibujo poco original, la críptica afirmación *Sin dientes no hay caries*— hasta que caí en la cuenta de que, como en otras ocasiones, buscaba entre ellos el tag de Lita.

—No puedo garantizarte nada —dije.

—Da igual... Dominas tu oficio, tienes mi confianza. Eres perfecta.

Mastiqué despacio, calibrando los pros y los contras. El Destino me hacía nuevas muecas, sentado ahora tras el mostrador, en el hombro del cocinero japonés que, con una cinta de kamikaze ciñéndole la frente, fileteaba atún rojo. Al Destino, pensé, le gustan las bromas y el pescado crudo.

—Biscarrués se arrojará sobre ti —concluí—. Como un lobo.

—De ése me ocupo yo. No tengo tanto dinero como él, pero sí los suficientes agarres. Y como te digo, no estoy solo en esto. Sabré cuidarme. Y cuidarte.

Yo sabía de sobra que cuidarse de Lorenzo Biscarrués no era tan fácil como Mauricio daba a entender. El dueño de la cadena de tiendas de ropa Rebecca's Box —medio centenar en quince países, 9,6 millones de beneficios en el último año según la lista Bloomberg, una fábrica textil hundida en la India con treinta y seis muertos que cobraban diez céntimos de euro como salario al día— era un individuo peligroso. Y más desde que uno de sus hijos, Daniel, de diecisiete años, había resbalado de madrugada en un tejado cuya cubierta de titanio mate y acero cromado tenía en ese punto una inclinación de cuarenta y cinco grados; y después de una caída libre de setenta y ocho metros había acabado estrellándose en la calle, exactamente ante la puerta amplia, elegante y acristalada, del edificio. Era éste un lugar emblemático de la ciudad, con firma de arquitecto de vanguardia, propiedad de la fundación que presidía el propio Biscarrués, destinada a la exposición temporal de colecciones importantes de arte moderno. La inauguración, efectuada dos días antes con una retrospectiva de los hermanos Chapman y notable impacto social en los ambientes adecuados, había sido calificada por la prensa como *acontecimiento cultural de primer orden*. Después de la caída de Daniel Biscarrués, cuyo cuerpo no se descubrió hasta que un camión de recogida de basuras se detuvo allí a las seis de la mañana, y tras cinco horas de idas y venidas por parte de forenses, policías y periodistas madrugadores, la exposición volvió a abrirse al público. Así, los visitantes que ese día hacían cola para admirar a los Chapman tuvieron ocasión de completar el acontecimiento cultural de primer orden con una extensa mancha pardo-rojiza en el suelo, rodeada por una cinta de plástico: *Policía. No pasar*. Quienes observaban el lugar desde lejos, con cierta perspectiva del edificio, pudieron además ver arriba, sobre la pared contigua al tejado fatal, y sólo escrita a medias, la palabra *Holden* —firma del muchacho fallecido— en su fase de marcaje inicial, apuntada con trazos rápidos de aerosol negro. El joven Daniel se había precipitado al vacío antes de poder rellenar de color el resto de la pieza.

—¿Qué sabes tú de Sniper? —pregunté.

Mauricio encogió los hombros. Lo que todo el mundo, apuntaba su ademán. Lo suficiente para olfatear un exitazo si lo sacamos de su escondite. Si lo convences de asomar la patita por debajo de la puerta.

—¿Qué sabes? —insistí.

—Sé lo suficiente —dijo al fin—. Por ejemplo, que desde hace tiempo ese tío vuelve locos a grafiteros de varias generaciones... Estás al tanto, supongo.

—Vagamente —mentí.

—También sé, como tú, que ahora todos esos zumbados escritores de paredes andan besando por donde pisa, o pinta, en plan secta. Que lo tienen por Dios y su bendito padre... Ya sabes: Internet y todo eso. Y que lo del tejado del hijo de Biscarrués fue un montaje suyo.

—Intervenciones —le corregí—. Ese cabrón las llama intervenciones.

Atardecía cuando salí de la boca de metro y caminé hasta el edificio de la Fundación Biscarrués. Éste se alza cerca de la Gran Vía, lindante con una zona tradicional de casas antiguas y focos de prostitución que en los últimos tiempos ha sido rehabilitada, cambiando de residentes y de aspecto. Había gente tras el cristal de los bares con ordenador portátil y café en vaso de plástico —detesto esos lugares absurdos donde debes llevar tú la consumición a la mesa—, parejas homosexuales que paseaban cogidas de la mano y dependientas de tiendas de ropa fumando en la puerta como furcias futuristas, de nueva generación. Todo muy correcto y muy trendy. Muy de foto para el dominical en color de *El País*.

En los muros, entre escaparates y portales, los grafiteros habían dejado huellas de su paso. Empleados municipales se encargan de borrarlas en el centro de la ciudad; pero en aquel barrio se da cierta tolerancia, pues las pintadas urbanas son parte del carácter local. Contribuyen a dar tono, como los carteles *outlet* que sustituyen por todas partes al tradicional de *rebajas*. Yo buscaba algo concreto, sobre un muro que hacía esquina tras una señal de dirección prohibida. Y allí estaba: *Espuma,* escrito con rotulador rojo de trazo ancho. El tag de Lita. El color se veía un poco desvaído y otros habían bombardeado después encima y alrededor; pero comprobar que esa firma seguía donde siempre me causó una melancolía singular, como si goteara lluvia fría en mi corazón.

> *Las chicas que crecen aprisa*
> *tienen los ojos tristes.*

Lo murmuré mientras la recordaba con una guitarra que nunca llegó a tocar bien, olor a tinta y pintura, cartones decorados por ella en las paredes y el suelo, papeles con dibujos, fanzines y toda aquella música dura, rap y metal a tope, que hacía vibrar las paredes para desesperación de la madre y furia del padre. Que nunca me quisieron mucho, por cierto. Lita incluso había compuesto una canción, la de las chicas que crecen aprisa, que tal vez quedó inacabada, pues le oí cantar varias veces la misma estrofa. Sólo ésa.

Pasé los dedos sobre su firma, su tag, rozándola apenas. Pintura, música. Ingenuidad. Lita y sus dulces silencios. Hasta aquella canción apenas esbozada era uno de ellos: los que la impulsaban cada anochecer, mochila al hombro, cuando salía con la mirada absorta en paisajes que únicamente ella podía ver, o intuir, más allá de los confines del barrio, de la vida que aguardaba minada de años y de hijos, del tiempo y el fracaso que todo lo agrisarían. Frente a eso, los muchachos como Lita sólo podían esgrimir el nombre de Nadie multiplicado hasta el infinito, con tesón casi psicópata que, más que a esperanza, sonaba a ajuste de cuentas. A pequeñas dosis precursoras de la Gran Represalia, anuncios de un tiempo por venir en el que cada uno recibiría su cuota de apocalipsis, la carcajada del francotirador paciente. Del Destino escrito con los caracteres de la otra firma, más grande, letras de casi dos metros cada una, que yo podía ver ahora al otro lado de la calle, arriba, en la pared contigua al tejado del edificio de la Fundación Biscarrués.

El cielo sobre la ciudad oscurecía poco a poco, y las luces de la calle y los escaparates empezaban a encenderse, velando la parte alta de algunos edificios; pero la palabra *Holden* pintada con una simple marca negra, interrumpida antes de que las letras fuesen rellenadas de color, podía verse perfectamente desde abajo. Anduve hasta la otra acera y permanecí un rato mirando hacia lo alto, hasta que por mimetismo gregario algunos transeúntes empezaron

a detenerse a mi lado, mirando en la misma dirección. Entonces seguí calle adelante, entré en un bar y
pedí una cerveza para quitarme el sabor amargo de
la boca.

Kevin García firmaba *SO4*. Su tag original era
más largo, *SO4H2;* pero el chico, según me habían
contado, tenía un carácter asustadizo que rayaba en
lo agónico. Solía escribir en paredes y persianas metálicas —cierres, en jerga grafitera— con la cabeza
vuelta hacia atrás, imaginando que policías y vigilantes
estaban a punto de echársele encima. A menudo salía
corriendo antes de terminar la pieza, así que los amigos le aconsejaron abreviar. Fui a verlo tras orientarme
con algunas llamadas telefónicas. Antes de aprovechar
la propuesta de Mauricio Bosque necesitaba anudar cabos sueltos: confirmar antiguos informes y refrescar-
los con cosas nuevas. Aclarar en qué me estaba me-
tiendo, sobre todo. Con qué posibilidades y con qué
consecuencias.
—¿Cómo te llamo?... ¿Kevin o SO4?
—Prefiero el tag.
Di con él donde me habían dicho que estaría:
sentado en una plaza próxima a su casa, en Villaverde
Bajo. Allí, entre bancos de cemento acribillados de tags
y pintadas —*Jeosm, DKB*—, seis farolas rotas y una
fuente de la que nunca manó agua, los chicos habían
montado un recorrido para monopatín que podía
considerarse bastante arduo. Había cerca un gimna-

sio de boxeo amateur, un par de bares y una ferretería especializada en rotuladores y aerosoles para grafiteros; la única de aquella parte de la ciudad donde podían encontrarse boquillas fat cap de diez centímetros y aerosoles Belton o Montana.

—Yo no estaba cuando pasó. Dani quería hacerlo solo.

SO4 era un chico rubio de diecinueve años, flaco y menudo, con cara de pájaro. Parecía aún más frágil dentro de sus ropas adecuadas para correr, deportivas Air Max salpicadas de pintura, pantalón pitillo y jersey ancho con mangas que le cubrían las manos, por cuyo cuello holgado asomaba la capucha de una felpa. Había grupos de jóvenes vestidos de forma idéntica diseminados por la plaza, saltando con el skate o de charla en los bancos cubiertos de marcas y pintadas. Chicos duros, con pocas esperanzas, que emitían en su propia longitud de onda. Carcoma despiadada del mundo viejo, cabeza de playa de una Europa mestiza, bronca, diferente. Sin vuelta atrás.

—Hacer, ¿qué? —pregunté.

—Ya sabes —compuso una mueca afilada, semejante a una sonrisa corta y seca—. Escribirles a esos cabrones del banco.

—No era un banco.

—Bueno. La fundación esa. Lo que fuera.

SO4, comprobé, era una curiosa combinación de arrogancia huidiza con cautela de grafitero acostumbrado a salir disparado de pronto, saltando muros y vallas. Yo sabía cómo se habían hecho amigos Daniel Biscarrués y él, pese a la diferencia de ambiente social entre ambos —Villaverde Bajo distaba de La Moraleja lo que la Tierra de la Luna—. Me lo había contado por teléfono el inspector jefe Pachón, del grupo de grafiteros de la policía judicial. Se conocieron en la comisaría de la estación de Atocha, dijo. Sentados uno al lado del otro, una noche en la que intentaron hacerse, cada uno por su cuenta, algunos vagones de tren situados en la cochera Cinco Vías. Tenían la misma edad: quince años. Después de aquello empezaron a reunirse los viernes por la tarde en la estación de metro de Sol para escuchar música juntos —SFDK, Violadores del Verso, CPV— y luego machacar paredes hasta el alba, siempre en pareja, aunque a veces se juntaban con otros chicos para misiones masivas. Así estuvieron un par de años, hasta la noche del accidente.

—¿Cómo llegó Daniel hasta allá arriba?

SO4 encogió los hombros. Qué importa cómo, daba a entender. Lo hizo como siempre. Como todo.

—Pasamos dos días planeándolo. Lo estudiamos desde todas partes. Hasta sacamos fotos. Al fin vimos que había una pared buena y que era posible llegar por el tejado, descolgándose. A última hora, Daniel dijo que yo no iba. Que era cosa suya, y que tendría mi oportunidad en algún otro sitio...

Se quedó un momento en silencio. Por un instante apuntó de nuevo la sonrisa afilada y seca, disipando la juventud de su rostro.

—Dijo que dos escritores allí arriba seríamos demasiada gente.

—¿Por qué se cayó?

SO4 hizo un ademán evasivo. De indiferencia. No se pregunta por qué cornea un toro a un torero, quería decir aquello. Ni por qué un soldado muere en una guerra o un poli blanco apalea a un inmigrante negro, o moro. Resulta demasiado evidente. Fácil.

—La cubierta era lisa e inclinada —resumió—. Haría un mal movimiento, resbaló y se fue abajo. Zaca.

Fruncía el ceño, quizá considerando si la onomatopeya resultaba adecuada. Hice la pregunta que había ido a hacer:

—¿Qué tuvo que ver Sniper con eso?

Me miró sin recelo esta vez. Directo y franco. Aquel nombre parecía darle seguridad; como si su mención lo convirtiese todo, incluida la caída de su amigo desde el tejado, en lo más natural del mundo.

—Era una actuación convocada por él, como las otras... Hubo varias, y todas fueron algo muy fuerte, espectaculares. Ésa era de lo más. La crema.

Una forma de resumirlo, concluí. Acontecimientos en toda regla que trascendían los límites del simple grafiti y lanzaban a la calle, de forma automática, a una legión de chicos jóvenes y otros que no lo eran tanto, con aerosoles y rotuladores en las mochilas, dispuestos a quemar a toda costa el objetivo u objetivos, por difíciles que fuesen. Era precisamente el grado extremo de dificultad, o de riesgo, lo que convertía cada idea lanzada —Internet, pintadas callejeras, mensajes de móviles y boca a boca— en un acontecimiento que movilizaba a la comunidad internacional de escritores de paredes y ponía en estado de alerta a las autoridades. Hasta los medios de comunicación se habían ocupado de eso, lo que contribuía a reforzar el fenómeno y el interés por la personalidad oculta de quien firmaba Sniper. Éste no se prodigaba en convocatorias públicas, y eso las hacía singulares y apetecibles. Con el morbo añadido de que en ellas se producían, a veces, accidentes lamentables. Hasta el asunto de la Fundación Biscarrués, al menos cinco grafiteros habían muerto intentando responder a los desafíos planteados; y media docena resultaron heridos de diversa consideración. Con otros dos muertos, que yo supiera, en el año y pico transcurrido desde entonces.

—Nadie puede cargarle a Sniper la responsabilidad —dijo SO4—. Él sólo da ideas. Y cada quien es cada cual.

—¿Y qué opinas de él?... Al fin y al cabo, murió tu compañero. Tu amigo.

—Lo de Dani no fue culpa de Sniper. Acusarlo es no entender el tema.

—Es triste, ¿no te parece?... Que se matara en una intervención sobre el edificio de la fundación que preside su padre.

—Es que ése era el punto, precisamente. Su motivo para hacerlo. Por eso no me dejó ir con él.

—¿Y qué se cuenta entre los escritores? ¿Dónde crees que Sniper se esconde ahora?

—Ni idea —de nuevo me observaba receloso—. Nunca da pistas sobre eso.

—Aun así, sigue siendo el superlíder.

—Él no quiere liderar una mierda. Sólo actúa.

Tras decir eso permaneció un momento callado, muy serio, contemplando sus zapatillas salpicadas de pintura. Al cabo movió la cabeza.

—Esté donde esté, escondido o no, sigue siendo un crack. Pocos le han visto la cara, nunca lo pillaron con una lata en la mano... Venían de fuera, los guiris, a fotografiar sus cosas antes de que las tacharan o quitaran de allí. Llegó un momento en que casi dejó de actuar en paredes, pero lo poco suyo que quedaba no lo tocaba ni Dios. Nadie se atrevía. Hasta que el Ayuntamiento decidió, por presiones de críticos de arte, galeristas y esa gente que se embolsa los cheques, declararlas de interés cultural, o algo parecido. En los días siguientes, Sniper se hizo a sí mismo un beef en toda regla: todas las piezas amanecieron tachadas de negro, con el círculo de francotirador encima, en pequeñito...

—Lo recuerdo, creo. Fue un acontecimiento.

—Fue más que eso. Fue una declaración de guerra... Podría haberse forrado sólo con vender su nombre, y ya ves cómo pasó de todo. Legal a tope. Limpio.

—¿Y qué teníais que ver Daniel y tú con eso?

—Lo que el resto de la peña. De pronto se corría la voz: «Sniper propone la curva del kilómetro tal de la R-4, o el túnel de El Pardo, o la Torre Picasso»... Y allá íbamos como soldados. Los que se atrevían, claro. A merodear e intentarlo, por lo menos. A comprobar quién le echaba huevos. Solían ser sitios peligrosos, por lo general. Cualquiera podría haberlo hecho, si no. Eso nos picaba, claro. A Dani, a mí. A todos.

—¿Y él?... ¿No aparecía por allí?

—Nunca. No tenía nada que demostrar, ¿comprendes?... Lo había hecho todo, ya. O casi. Lo máximo. Ahora actúa muy de tarde en tarde. Sólo cosas especiales, que hacen flipar. A veces anda jodiendo en museos y sitios así. El resto del tiempo está callado, a lo suyo. Sin comerte la oreja. Y de pronto suelta ideas.

Hacía frío, así que caminamos un poco. SO4 se movía con las manos en los bolsillos y el balanceo característico de los chicos influenciados por la música hip hop y las bandas urbanas que desde hace dos décadas se asientan en barrios marginales de la ciudad.

—¿Por qué Daniel firmaba Holden? —quise saber.

—No lo sé —movió la cabeza—. Nunca quiso hablar de eso.

Consideré otra vez el abismo social que había entre él y el hijo de Lorenzo Biscarrués, aunque no dejaba de tener su lógica: además de transgresión y adrenalina, el grafiti hacía posible una camaradería inusual en otros ambientes. Una especie de legión extranjera clandestina y urbana, anónima detrás de cada tag, donde nadie interrogaba a nadie sobre su vida anterior. Lita lo había expresado muy bien tiempo atrás, cuando nos conocimos, con palabras que no olvidé nunca. Allá afuera, dijo, mientras agitas el espray, hueles la pintura fresca que ha dejado otro escritor en la misma pared como si olieras su rastro, y te sientes parte de algo. Te sientes menos sola. Menos nadie.

—¿Aún sigues a Sniper?

—Claro. ¿Quién no?... De todas formas, intento no hacer locuras. Lo de Dani me hizo pensar. Cambió las cosas. Ahora voy más a mi aire. Con mi propio estilo.

—¿Crees que sigue en España?... Podría haberse ido al extranjero.

—Puede. A fin de cuentas, el padre de Dani, ese mafioso hijo de puta, juró cargárselo. Pero no tengo ni idea. Hay piezas suyas que aparecen fuera, a veces. En Portugal, en Italia... Supongo que lo sabes. También se han visto en la ciudad de México y en Nueva York. Cosas buenas, raras. Selectas. Cosas que molan.

—¿Y cómo lo hace?

—De manera normal. Por Internet, sobre todo. Se corre la voz, figúrate. Basta con eso. Ahí abrevamos todos.

—¿Sabes que hubo más muertes, después de la de tu amigo?

El pico de pájaro moduló otro gesto evasivo. De nuevo inquieto.

—La gente habla mucho. Vete a saber. Pero oí que un escritor se mató hace poco en Londres, haciendo algo difícil.

—Así es —confirmé—. En uno de los puentes del Támesis. Incitado por Sniper.

—Puede que sí... Puede que no.

Seguía haciendo frío en la plaza, y nos metimos en uno de los bares: tapas bajo el cristal sucio del mostrador, calendarios con fotos de futbolistas, espejo en la pared. Cuando me abrí el chaquetón, apoyándome en la barra para pedir dos cervezas al camarero, SO4 me miró las tetas con desapasionado interés. Luego alzó la vista.

—Tienes los ojos color pizarra —dijo, flemático.

Nunca me los habían descrito así, pensé. Los chicos como ése tenían una paleta propia en la mirada: una manera de interpretar trazos y colores relacionada con las superficies físicas donde pintaban. Comprobé que seguía relajado, locuaz. Le gustaba hablar de aquello, deduje. De simple bombardero de tags pasaba por un rato a ser alguien: compañero del joven muerto, testigo de su hazaña lograda a medias, fan incondicional del jefe de la secta. Me había presentado como periodista especializada en arte urbano, y eso justificaba mis preguntas. Al fin y al cabo, uno escribe en las paredes para ser alguien. Yo sabía que la primera firma de Sniper en las calles databa de finales de los ochenta, simple rúbrica de trazo grueso evolucionada luego hacia otra grande con mucho impacto visual, a medio camino entre la letra burbuja y el estilo salvaje, letras rojas como salpicaduras y una característica mira telescópica de rifle sobre el punto de la *i*. Después, el logo se había enriquecido con formas figurativas puestas entre las letras como apartándolas para invadir, amenazadoras, el espacio urbano, antes de pasar a una etapa más compleja, donde las figuras adquirieron importancia, el nombre se redujo a una simple firma, y las piezas empezaron a ir acompañadas con frases alusivas y a menudo enigmáticas. Un viaje de Sniper a México a mediados de los años noventa, que parecía probado, introdujo —seguramente por influencia del clásico local Guadalupe Posada— unas calaveras o calacas que, con el círculo de francotirador y las frases alusivas, pasaron a ser fundamentales en el estilo de Sniper. Y cada pieza de esas diversas etapas había sido vista por los escritores de grafiti como obra cumbre de un estilo contundente, poderoso, que muchos intentaron imitar sin lograrlo. Había algo irrepetible, incluso inquietante, en lo que Sniper dejaba sobre tapias de fábricas, estaciones de ferrocarril, persianas metálicas o paredes difíciles de edificios oficiales, entidades bancarias y grandes almacenes. Sus personajes eran siempre alusiones originales, atrevidas, con mucho sentido del humor, a clásicos famosos: una calavera de Gioconda con estética punki, una Sagrada Familia de calacas con un lechoncillo en vez de Niño Jesús, o la Marilyn de Warhol con calaveras por ojos y un chorro de semen goteando en la boca. Por ejemplo. Todo con aire singular, equívoco y un poco siniestro.

—Por entonces ya se había convertido en leyenda —confirmó SO4—. Empezó a serlo desde su primer gran pelotazo: pudo colocar una pieza en el lateral de un vagón del metro que pasaba por la estación más próxima al Santiago Bernabéu, exactamente treinta y cinco minutos antes de que empezara una final de Copa entre el Barcelona y el Real Madrid... ¿Cómo lo ves?

—Difícil, supongo.

—Fue mucho más que eso. Fue la puta hostia. Y le ganó el respeto de todos... También se hacía todas las chapas rojas que se le antojaban.

—¿Chapas rojas?

—Vagones de metro, ya sabes. Entonces eran de ese color.

Después de algunos éxitos similares, prosiguió, imitados por todos hasta el infinito, Sniper se había dedicado más a actuaciones a base de grafitis y objetos provocadores que relacionaba entre sí con corrosiva imaginación. Esa etapa incluyó la colocación clandestina de obras propias en museos y exposiciones públicas: infiltrados, los llamaba. Eso ocurrió por la misma época en que Banksy, el famoso grafitero de Bristol, empezaba a hacer algo parecido en Inglaterra. Un stencil —plantilla sobre la que se pintaba con aerosol— que mostraba a una calaca decapitando a otra había estado expuesto tres horas en una sala del Museo Arqueológico Nacional, antes de ser detectado por un atónito visitante; y una etiqueta de Anís del Mono con una calavera por cabeza, pegada sobre una página de periódico y en su correspondiente marco, aguantó día y medio antes de ser retirada de una sala del Reina Sofía, donde había sido colgada clandestinamente entre un fotomontaje de una tal Barbara Kruger y un collage, o algo parecido, de Ai Weiwei.

Sonreí.

—¿Sabes quiénes son ésos?

SO4 movió la cabeza con deliberado desdén. Nos mirábamos uno al otro en el espejo situado detrás del camarero: su cabeza apenas sobrepasaba la altura de mis hombros. El pelo pajizo contrastaba con el mío, muy corto y muy negro, con alguna cana prematura subrayándome los treinta y cuatro. O no tan prematura, me dije. A fin de cuentas.

—Ni lo sé ni me importa quiénes son —dijo tras darle un sorbo a su cerveza—. Yo soy escritor de paredes... De la llamada Barbara, ni idea. El Weiwei será chino, supongo. O de por ahí.

Al fin, siguió contando, y como era previsible después del Reina Sofía, un influyente crítico mencionó a Sniper en términos elogiosos utilizando las palabras «terrorista del arte», y el comentario fue repetido en un par de programas de radio y en una televisión. No había pasado mucho tiempo desde lo del crítico, cuando, también como era de esperar, la concejal de Cultura de Madrid, además de declarar las piezas de Sniper patrimonio artístico de la ciudad, invitó públicamente a éste a intervenir en una exposición oficial de pintura al aire libre, para la que se había destinado un recinto industrial abandonado en las afueras de la ciudad: arte urbano, nuevas tendencias y demás.

—Toda esa basura para borregos —se detuvo en ese punto, con rencor, mirando hacia la puerta del bar como si estuvieran agolpados allí—. Gente sometida al sistema. Que vende su culo.

—Pero él no actuó como esperaban —apunté.

—Por eso fue grande y sigue siéndolo. Se les meó en la cara.

Tras decir eso, recreándose en el asunto, rememoró la hazaña: lo que acabó de consagrar a Sniper como leyenda, al negarse a seguir el juego del arte callejero domesticado. Su respuesta a la concejal fue el famoso e histórico autotachado en todas las paredes que conservaban piezas suyas, seguido por el bombardeo, durante cinco noches consecutivas, de pedestales de monumentos históricos de la ciudad, esta vez sólo con su tag puro y duro, rematado el último día con una actuación directa sobre el autobús turístico del Ayuntamiento, que amaneció en su garaje pintado cada tapacubos con la diana de rifle; y en los costados, las famosas frases.

Decidí aparentar ignorancia. Dejarle el lucimiento a él.

—¿Qué frases?

SO4 me miró sorprendido, despectivo. Arrogante de nuevo. Como si la respuesta fuese obvia y yo la tuviera ante las narices, incapaz de verla.

—Las que resumen su filosofía. ¿Cuáles, si no?... El Evangelio en once putas palabras. En un costado del coche escribió: *Si es legal, no es grafiti.* Y en el otro: *Las ratas no bailan claqué.*

Llovía afuera, y dentro sonaba Chet Baker. O susurraba, más bien. Cálido, íntimo. Era *It's Always You.* Para cenar calenté un trozo de empanada de sardinas en el microondas —las compro en una tiendecita de la Cava Alta, muy cerca de mi casa— y me la comí mientras veía el telediario: crisis, paro. Desesperanza. Manifestación del día frente al Congreso de los Diputados con antidisturbios repartiendo estopa y jóvenes corriendo. Y no tan jóvenes. Un jubilado al que unos y otros habían pillado en medio miraba a la cámara aturdido desde la puerta de un bar —en la esquina del paseo del Prado, me pareció—, con la cara sangrando. Hijosdeputafascistas, decía, sofocado. Sin especificar quiénes. En torno, más carreras. Pelotazos y botes de humo. También, un policía al que varios manifestantes con la cara oculta por mangas y pasamontañas lograban aislar, moliéndolo a golpes y patadas. Las últimas, en la cabeza. Cloc, cloc, cloc. Se le había caído el casco, o se lo quitaron, y casi podías oírlas resonar. Cloc, cloc. Las patadas. Tras aquellas imágenes, con una sonrisa mecánica que parecía parte del maquillaje, la presentadora cambiaba de escenario. Y ahora —la misma sonrisa, reavivada— nos vamos a Afganistán. Bomba de los talibán. De nuestro corresponsal, en directo. Quince muertos y cuarenta y ocho heridos. Etcétera.

Después de fregar el plato y los cubiertos encendí el ordenador. En los últimos tres días había agrupado material de diversas procedencias, Internet y archivos personales, en una carpeta rotulada *Sniper:* notas rastreadas con Google, vídeos bajados de YouTube, un documental de los años ochenta sobre el grafiti madrileño titulado *Escribir en las paredes*... Una de las subcarpetas, titulada *Lex,* contenía mi tesis, fechada cuatro años atrás, para el doctorado en Historia del Arte por la Complutense de Madrid. *El grafiti: una criptografía alternativa*. Eché un vistazo a las primeras líneas de la introducción:

El grafiti actual es la rama artística o vandálica, según se mire, de la cultura hip hop aplicada sobre superficies urbanas. El nombre abarca tanto la simple firma, o tag, hecha con rotulador, como obras complejas que entran por derecho propio en el terreno del arte; aunque los escritores de grafiti, sea cual sea su nivel entre cantidad y calidad, suelen considerar toda acción callejera como expresión artística. El nombre viene de la palabra italiana graffiare *o garabatear, y en su versión contemporánea apareció en las grandes ciudades de Estados Unidos a finales de los sesenta, cuando los activistas políticos y las bandas callejeras utilizaron los muros para manifestar su ideología o señalar territorios. El grafiti se desarrolló sobre todo en Nueva York, con el* bombing *(bombardeo, en lenguaje grafitero) de paredes y vagones de metro con nombres o apodos. A principios de los setenta, el grafiti era sólo una firma, y se puso de moda entre adolescentes que comenzaron a escribir su nombre por todas partes. Eso hizo necesaria una evolución del estilo a fin de diferenciarse unos de otros, con lo que se abrieron numerosas posibilidades artísticas con variedad de letras, obras y lugares elegidos para pintar. Rotuladores y aerosoles facilitaron la actividad. La reacción de las autoridades reforzó su carácter ilegal y clandestino, transformando a los escritores de grafiti en mucho más territoriales y agresivos...*

Ahora el viejo Chet susurraba otra canción. *The wonderful girl for me / oh, what a fantasy...* Miré alrededor desconcertada, como si de pronto me costara reconocer mi propia casa. En las estanterías y mesas llenas de libros de arte y diseño —también los tengo amontonados en el pasillo y el dormitorio, dificultando el paso— había algunas fotos. Lita aparecía en dos de ellas. En una, sin enmarcar y colocada contra los lomos azules y dorados del *Summa Artis,* estábamos juntas en la terraza del Zurich de Barcelona, sonrientes —quizá aquél era un día feliz—, su cabeza con el pelo recogido en cola de caballo apoyada en mi hombro. La otra, mi favorita, estaba tras el cristal de un portafotos, sobre una pila de libros de formato grande que uso a modo de mesa auxiliar, coronada por el Helmut Newton de Taschen y el *Street Art* editado por Birnan Wood: Lita en una foto nocturna, clandestina, de mala calidad y poca iluminación, posando ante el morro recién pintado de la locomotora de un tren AVE, en una vía muerta de la cochera de Entrevías.

En Europa, el grafiti vino de Estados Unidos muy relacionado en principio con la cultura musical, con la que mantiene fuertes vínculos: rockeros, heavies, música negra. El Madrid de los años ochenta fue el núcleo pionero del grafiti autóctono español, donde destacó la figura legendaria de Juan Carlos Argüello, un rockero del barrio de Campamento que firmaba como Muelle; *éste murió de cáncer a los veintinueve años y la mayor parte de sus grafitis (en Madrid sólo se conservan dos: uno en un túnel de ferrocarril de Atocha y otro en el número 30 de la calle Montera) fueron eliminados por los servicios de limpieza municipales; pero su actividad inspiró a una multitud de seguidores, que al principio de los noventa se extendería con carácter casi viral*

*a partir de Madrid y Barcelona, dando paso a un
estilo de grafiti más complejo, directamente influido
por la cultura hip hop norteamericana...*

Estuve un rato mirando la foto por encima de
la pantalla del ordenador. La había hecho un compañero de Lita con una cámara Olympus y su flash de
escasa potencia, desde demasiado lejos, con prisas,
antes de salir corriendo por si el destello —la prueba
de la hazaña, destinada al álbum de cada cual—
alertaba a los vigilantes de la estación. Casi todo aparecía en sombras menos algunas luces lejanas y el reflejo brusco del fogonazo en la pintura roja y negra
que cubría de firmas, repetidas con saña una y otra vez,
la parte delantera de la locomotora —se trataba de
una incursión rápida y en zona hostil, sin intención
de hacer arte—: *Sete9,* nombre del colega de aventura que hizo la foto, y *Espuma,* el tag de Lita. Vestida con tejanos y cazadora bomber, cubierta la cabeza
por el pañuelo con que se recogía el cabello para no
mancharlo de pintura, una mochila abierta y tres
aerosoles en el suelo, ella apoyaba un pie calzado con
zapatilla deportiva en un raíl de la vía, tenía los ojos
rojizos por efecto del flash y estaba apenas reconoci-
ble a causa de la mala iluminación, excepto por un
par de detalles: su mirada y su sonrisa. Aquella mirada rojiza traslucía una extraña felicidad absorta, ensi-
mismada, que yo conocía bien: la había visto en sus
ojos cuando nos mirábamos muy de cerca, piel con
piel, recobrando el aliento en mitad de un abrazo íntimo. En cuanto a la sonrisa, ésta era inconfundible,

muy propia de Lita: abstraída, ingenua, casi inocente. Como la de un niño que mirase atrás en mitad de un juego complicado o difícil, quizá peligroso, en busca de la aprobación de los adultos que observan. Esperando un elogio o una caricia.

La interacción entre las diversas manifestaciones del arte urbano tiende a hacer confusos los límites entre grafiti y otras actividades plásticas realizadas al aire libre en las ciudades. En esencia, aunque los materiales y formas coincidan a menudo, incluso influyéndose mutuamente, lo que diferencia el grafiti puro de otras actividades relacionadas con el arte urbano, más o menos toleradas o domesticadas, es su agresivo carácter individualista, callejero, transgresor y clandestino. Incluso la expresión «hacer daño» aparece con asombrosa frecuencia en las declaraciones de algunos de los grafiteros más radicales...

Abrí los ventanales para salir al balcón, donde el frío me hizo estremecer. Aunque tal vez no era el frío, o no del todo. Había dejado de llover. A mi espalda, Chet volvía a susurrar *Whenever it's early twilight / I watch 'til a star breaks through,* y tres pisos más abajo, entre las ramas desnudas de los árboles, farolas amarillentas iluminaban los automóviles aparcados y el asfalto reluciente. Miré a la derecha, hacia las escaleras del Arco de Cuchilleros donde se agazapaba el bulto oscuro e inmóvil de un mendigo. *Funny, it's not a star I see / It's always you.* Después miré

arriba, el cielo negro cuyas estrellas apagaba el resplandor nocturno de la ciudad. Del alero o el balcón
situados sobre mi cabeza, una gota de lluvia tardía
cayó sobre mi rostro, cruzándolo como una lágrima.

Cuando volví a entrar eran las once y cuarto de
la noche. Pese a lo avanzado de la hora, cogí el teléfono y llamé a Mauricio Bosque para decirle que acepta-
ba el trabajo.

2. Si es legal, no es grafiti

El inspector jefe Luis Pachón pesaba ciento treinta kilos, así que su pequeño despacho —una mesa con ordenador, tres sillas, archivadores, metopa en la pared con escudo del Cuerpo y calendario con fotos de perros policía— apenas bastaba para contener la amplia humanidad de su ocupante. Aumentaba la sensación de falta de espacio que una de las paredes estuviese decorada del suelo al techo con un mural ejecutado con aerosol en el más violento estilo grafitero. Eso golpeaba al entrar, agrediendo desde muy cerca la retina con una explosión de trazos y color que llevaba, de modo fulminante, de la sorpresa al desconcierto. Detrás de su mesa cubierta de papeles y carpetas, plácidamente cruzadas las manos sobre el abdomen, Pachón acechaba el efecto de aquella pared con maligna expectación, disfrutando de las reacciones de quienes entraban en su despacho por primera vez.

Pero ése no era mi caso. Nos conocíamos desde años atrás, cuando lo visitaba con frecuencia por mi tesis doctoral. Ahora éramos amigos y casi vecinos: tapeábamos bacalao rebozado y vino tinto en el bar Revuelta, a pocos metros de mi casa. Era simpático, bromista, y nadie en la Brigada de Información recordaba haberlo visto nunca de mal humor. El grafiti de la pared se lo había encargado a un joven detenido mientras machacaba un tren en la estación de Chamartín. Mi chico —solía llamarlos sus chicos— era bastante bueno, explicaba. Con un wildstyle recio, potente. Con mucho talento para el delito. Así que llegamos a un acuerdo. Te doy bola, dije, si me decoras esto. Lo hizo en quince minutos, con los aerosoles que traía en la mochila, mientras yo bajaba a tomar un café. Cuando subí, le di una palmadita en el hombro, comenté ha quedado de cine, chaval, y señalé la puerta. Una semana después el artista aterrizaba aquí otra vez —el oso y el madroño de la Puerta del Sol hechos una lástima—, y esa vez le metí los esprays por el ojete: mil quinientos eurazos de multa, que pagó su papi. Pero ahí está la pared. Mola. La gente alucina, claro. Al entrar. Y cuando me traen a algún grafitero cazado in fraganti, lo descoloca mucho. Por lo inesperado. Me ayuda a comerle la moral. Fíjate si te comprendo, hijo mío. A mí qué me vas a contar. Todo eso.

—Sniper —dije, sentándome.

Enarcó las cejas, extrañado por el lacónico introito. Yo había colgado el bolso —siempre los uso grandes, de cuero— en el respaldo de mi silla y me desabotonaba el chaquetón inglés de lona impermeable.

—¿Qué pasa con él?

—Quiero saber dónde se ha metido.

Soltó una carcajada alegre y benévola. De las suyas.

—Pues cuando lo sepas, me lo cuentas —aún le temblaba la papada de risa, mirándome guasón—. Y luego nos vamos juntos a ver a Lorenzo Biscarrués y nos forramos... Dijo que pagaría una pasta enorme a quien le diera pistas sobre ese tío.

—¿Quieres decir que no tienes ni idea de dónde está?

—Para ser exacto, y con el rigor profesional que me caracteriza, quiero decir que no tengo ni puta idea.

—¿La policía no tiene nada contra él?

—Nada, que yo sepa. Y la policía soy yo. Y mi circunstancia.

—¿Ni siquiera con lo del hijo de Biscarrués?

—Ni con ése ni con el resto. Lo del chico hizo más ruido por ser quien era; pero antes de él hubo otros.

—Quien es causa de la causa —objeté—, según dice la ley, es causa del mal causado...

Chasqueó Pachón la lengua para manifestar su escaso aprecio por ése y algún otro principio jurídico.

—Le dimos muchas vueltas buscando la forma de trincarlo por algo. De que se comiera lo de ese chaval. Ya te puedes hacer idea de lo que presionó el padre... Pero nada. La causalidad de Sniper es sólo relativa. No se sostiene jurídicamente. Él no actúa, ni acompaña. Comenta objetivos, y allá cada cual. Ni siquiera acude en persona. O no suele, al menos. Las redes sociales ponen las cosas fáciles.

—¿Y el padre?... ¿Cuál es su situación legal en todo esto?

—No ha hecho declaraciones públicas. Nunca las hizo. Todo cristo sabe que mueve hilos, y de ésos tiene unos cuantos, para dar con el que considera asesino de su hijo. Que lo juró sobre las cenizas del crío, y que sigue en ello... Pero es un asunto abierto. No sabemos en qué acabará.

—Y Sniper ni siquiera está en España, además.

—Eso dicen —me estudió curioso, evaluando mi nivel de información—. Pero en realidad, como te digo, nadie sabe nada.

—Pues yo he visto algo en Internet. Lo del Támesis... O el puente Metlac de Veracruz, en México. Hace unos meses.

—Puede —confirmó tras cuatro segundos de pausa—: docenas de críos jugándose la vida y un quinceañero muerto al caer a la barranca... Le atribuyen a Sniper la iniciativa, pero nadie puede probarlo. Ni siquiera consta que él haya estado allí esa vez. Pero da lo mismo. Se corre la voz de que es una propuesta suya, y van todos. Nadie se lo quiere perder.

Recordé las imágenes de Veracruz: chicos jovencísimos grabándose en vídeo unos a otros mientras caminaban muy despacio por la estrecha cornisa del puente, pegados al muro de hormigón. Pintando con sus aerosoles sin poderse apenas despegar de la pared, pues un movimiento en falso los precipitaría al vacío. Escritores de todo México habían acudido en masa después de que una iniciativa atribuida a Sniper los convocase a manifestar allí sus opiniones contra la violencia asesina del narcotráfico.

—¿Y qué hay de Portugal?

Pachón se miró las manos mientras sonreía un poco.

—Hay quien jura que se refugió allí cuando Biscarrués puso precio a su cabeza, pero no hay nada comprobado. Ni es asunto mío —alzó la cabeza para dirigirme una mirada cómplice—... Supongo que te refieres a lo último de Lisboa.

—Sí. La Fundación Saramago y lo demás, hace ocho semanas.

Se rascó la nariz sin abandonar la sonrisa plácida. Con esa misma sonrisa detenía a los grafiteros en la estación de Atocha, tras reconocerlos de andén a andén —era fácil, pues iban con mochila y mirando a todas partes en busca de dónde pintar— del mismo modo que ellos lo reconocían a él. Fulano, les gritaba. Soy Pachón y estás servido. Te espero en la comisaría mañana, a las nueve. Y allá estaban al día siguiente. Resignados. Puntuales. En álbumes de fotos y en el ordenador que tenía sobre la mesa, Pachón guardaba cientos de fotografías que representaban otras tantas señas caligráficas de escritores de grafiti. Después de todos aquellos años era capaz de identificarlos por su letra y estilo, aunque no firmaran las piezas o cambiasen de tag. Ése es Pocho, el de Alcorcón. Ése es U47 imitando a Pocho. Y así.

—Lo de Lisboa fue un jam, un party de grafiteros por todo lo alto. Se dijo que era cosa suya y que estuvo en persona, organizando el asunto. El bombardeo. Esta vez, por suerte, sin desgracias. Mantuve contacto con mis colegas de allí, a ver si me contaban algo de interés; pero fue lo de siempre: todos hablaron de él, aunque nadie aportó nada concreto... Un escritor de paredes es como un pirómano: tiene que quedarse cerca, para disfrutar de lo que ha hecho. Pero con Sniper es diferente: nunca actúa según los parámetros habituales. Nunca sabes.

—¿Puedes contactarme con alguien en Lisboa?

—Tengo un amigo allí, si te interesa. Para que te cuente más. Caetano Dinis, se llama. Diretor Geral da Luta contra os Mais Fabulosos Grafitis do Universo Mundo, o algo así... Dicho en más corto: Departamento de Conservación del Patrimonio.

—¿Policía?

—Funcionario. De cierto nivel, Maribel.

—Ése me vale.

—Pues apunta, anda.

Anoté el nombre del portugués, y Pachón me prometió hacer una llamada para allanarme el camino.

—¿Crees de verdad que Sniper se esconde en Portugal? —le pregunté.

—Creo que podría estar. O haber estado. Unas zorrillas lisboetas, As Irmás, dicen que llegaron a verlo cuando lo de Saramago... Que lo acompañaron una noche.

Asentí. Sabía quiénes eran As Irmás. Habían expuesto en galerías importantes, con éxito. Y pesaban en Internet. Eran de las afortunadas que iban para arriba, a medio camino entre el arte ilegal y el mercado que cada vez las veía con más complacencia. No eran oportunistas que necesitaran mentir para darse importancia.

—¿A qué viene tanto interés por Sniper? —preguntó Pachón.

—Preparo un libro sobre grafiti.

—Ah.

Miró, soñador, el archivador que estaba en la pared opuesta al mural. Encima, a modo de trofeos, había media docena de botes de aerosol de modelos clásicos: Titán, Felton, Novelty. Todos usados y con manchas de pintura. A su modo, Pachón era un cazador de cabelleras. Aquel trabajo lo ponía. Mucho.

—En Lisboa, los escritores de paredes tienen una estructura potente —dijo—. Estaría bien acogido y lo ayudarían a esconderse.

—¿Seguís sin saber quién es?

—Seguimos.

—Dime la verdad, anda. No me torees.

Te estoy diciendo la verdad, protestó. A Sniper se le calculaban poco más de cuarenta años. Alto, delgado. En buena forma física, pues más de una vez escapó por piernas, saltando vallas y cosas así, de vigilantes y guardias. Y eso era todo. Algunas viejas fotos borrosas y grabaciones de seguridad de un tipo con capucha machacando vagones de metro, algo en el Thyssen y un vídeo de aficionado hecho quince años atrás, en el que se le veía de espaldas, a las tres de la madrugada, cubriendo con el círculo de francotirador las vidrieras de una sucursal del BBV en el paseo de la Castellana de Madrid.

—¿Y de verdad no lo detuvieron nunca?

Pachón volvió las palmas de las manos hacia arriba.

—Habría sido más fácil al principio, pero nadie lo hizo. Cuando un escritor empieza, es fácil situarlo. Averiguas dónde vive estudiando sus tags, porque forman una red que se extiende desde su casa. Y puedes seguirla a la inversa, como el reguero de sangre de un asesino. A veces está firmado su portal, la escalera y hasta la puerta del piso... Pero como te digo, eso sólo funciona con los primerizos. Y en esa época de su vida, Sniper tuvo mucha suerte.

Hizo una pausa deliberada para sonreír, y la sonrisa desmentía sus últimas cuatro palabras. Según quién y cómo seas, interpreté, buena parte de la suerte se la trabaja uno mismo. A pulso.

—Hubo un tiempo en el que habría estado bien echarle el guante —prosiguió—. Fue a mediados de los noventa, cuando andaba obsesionado con el metro y los trenes... De haberlo podido trincar entonces, habríamos recurrido al truco de inflar el daño hecho y empapelarlo por comisión reiterada, lucro cesante y cosas así.

—¿Cuál es la diferencia?

—Eso hacía pasar el asunto de simple falta a delito... Pero no pudimos cogerlo nunca. Era listo, el tío. Muy frío y muy listo. Se dice que, cuando le dio por los trenes, hasta hacía maquetas para preparar las actuaciones. Llegó a ser un experto en horarios de cercanías. Por esa época ya utilizaba a otros grafiteros, organizándolos muy bien. Para esos ataques masivos llegó a reunir a diez o doce colegas... La táctica era casi militar. O sin casi. Verdaderas acciones de comando, planificadas al minuto.

Pulsó el botón del intercomunicador y pidió a su ayudante que le trajera un álbum de fotos. La ayudante era una rubia —teñida— de piernas largas, tirando a espectacular, con chapa de policía y una funda vacía de pistola en el cinturón de los vaqueros; y, palmo y medio más arriba, una anatomía contundente. A Pachón le divertía paseármela ante los ojos como solía hacer cuando sus visitantes eran varones. La ayudante —Mirta, era el nombre— se dejaba hacer, benévola; y los días en que iba escotada colaboraba inclinándose un poco más de lo necesario sobre la mesa. Trajo Mirta el álbum, me dedicó una sonrisa cómplice y guasona, y salió del despacho con los ojos de Pachón melancólicamente atentos a sus caderas.

—Así, a diario —suspiró Pachón—. ¿Te haces cargo, Lex?

—Me hago cargo.

—Es dura la vida del servidor de la ley.

—Ya veo.

Alzó la mano de alejar tentaciones, donde relucía su anillo de casado, y con ella pasó páginas del álbum. Trenes y más trenes, vagones de metro pintados de punta a punta. End-to-end, se llamaba aquello, sabía yo. En lengua grafitera, eso significaba de tope a tope. A pintar vagones de arriba abajo, ventanillas incluidas, lo llamaban top-to-bottom. El grafiti tenía una jerga específica nutrida del inglés y el español, tan precisa como la militar, o la marinera.

—Sniper pasó a la historia en 1995 por inventar el palancazo —Pachón señalaba con un dedo regordete algunas de las fotos—. Después de estudiar los recorridos, y tras decidir el escenario, montaba en el tren. Y cuando llegaba al sitio donde esperaban emboscados los otros, tiraba de la palanca de emergencia, paraba el tren, se bajaba del vagón por el acople y lo machacaban por fuera, en las narices de los viajeros, entre él y media docena de grafiteros más... Luego se largaban a toda prisa.

Pasaba páginas del álbum, señalando imágenes que correspondían a los primeros vagones de tren y de metro pintados por Sniper. Algunas piezas eran notables, reconocí. Ejecutadas con una letra grande, sangrante, maravillosamente perfilada con boquilla fat cap. Casi feroz.

—Siempre fue agresivo, hasta en el estilo —apuntó Pachón—. Prefería que lo llamasen vándalo antes que artista.

—Y sin embargo, era bueno. Desde el principio.

—Mucho.

Estudié más fotos. A veces, alguna leyenda escrita acompañaba el asunto. *Sólo otro escritor puede juzgarme,* sentenciaba una sobre fondo de color plata, bajo una mano abierta con los dedos manchados de rojo brillante color sangre. *Kágate fuera,* sugería otra, conminatoria. Junto al tag de Sniper figuraba algunas veces una segunda firma: *Topo75,* me pareció leer. Trabajos hechos a medias, supuse. Y tal vez por eso, mediocres. Las mejores piezas eran individuales; las que llevaban la marca circular, blanca y negra, del francotirador. Advertí que aún no había allí pintadas calacas, esas fúnebres y humorísticas calaveras mejicanas que acabarían siendo su principal motivo. Todos eran trabajos anteriores.

—Lo de los trenes ya pasaba a ser más grave —dijo Pachón—. Y la gente de la Renfe se volvía loca de furia. Además, eso sí transformaba la falta en delito, porque al parar el tren incurría en desorden público, secuestro de viajeros y a veces en lesiones. Más de una vez alguien se fue al suelo y se rompió algo.

Miró otra vez, pensativo, los aerosoles usados expuestos sobre el archivador. La sonrisa se le había vuelto melancólica.

—De haberlo pillado entonces, al menos lo habríamos fichado... Tendríamos sus huellas dactilares y su foto. Pero ni eso.

No parecía sentirlo en exceso, decidí con cierta sorpresa. En realidad, la melancolía no siempre es un lamento. Me pregunté hasta dónde eran ambiguos los sentimientos de Pachón respecto a Sniper.

—¿Y ninguno de tus detenidos lo identificó nunca?

—Pocos le vieron la cara. Cuando actuaba se cubría siempre con capucha o pasamontañas. Además, inspiraba, y sigue haciéndolo, extrañas lealtades. Ya sabes que esos chicos tienen sus reglas: los pocos que lo conocen se niegan a contar nada. Lo que, naturalmente, atiza la leyenda... Sólo hemos confirmado que es madrileño y vivió un tiempo en el barrio de Aluche. Y eso, porque su único colega conocido, un chaval que firmaba Topo75, era de allí y hacía lo mismo por esa época.

Señalé el álbum de fotos.

—¿El de las piezas a medias?

—Ese mismo. Empezaron juntos a finales de los ochenta, aunque se separaron hacia el año noventa y cinco... ¿Sabes quiénes eran los flecheros?

—Claro. Los del grafiti de aquí, de Madrid. Seguidores del legendario Muelle: Bleck la Rata, Glub, Tifón y los otros... Firmaban con una flecha bajo el nombre.

—Exacto. Pues Sniper era de ésos, al principio. Antes de montárselo por su cuenta.

—¿Y qué hay del tal Topo?... ¿Sigue en activo?

—Se recicló a artista formal, pero con poco éxito.

—Nunca oí hablar de él.

—Por eso digo que poco éxito. Ahora tiene una tienda de aerosoles, rotuladores, camisetas y cosas así. A veces pinta persianas metálicas de tiendas, cierres dicen ellos, para comerciantes que pretenden protegerlas de grafiteros incontrolados, o paredes de colegios del extrarradio... Radikal, se llama la tienda. En la calle Libertad.

Lo apunté todo en mi libreta.

—Él sí llegó a conocerlo, naturalmente. Aunque, por lo que yo sé, nunca dijo nada sobre su identidad... La suya es otra de esas lealtades típicas de las que te hablo: cuando le mencionas la posible identidad de Sniper, se vuelve mudo.

Me levanté, introduje el cuaderno en el bolso y me colgué éste del hombro. Preguntándome hasta qué punto podía participar el propio Pachón de aquellas singulares lealtades a las que se refería. A fin de cuentas, concluí, no hay caza que no acabe marcando al cazador. Sin moverse de su asiento, él acentuó su sonrisa benévola, a modo de despedida. Mientras me ponía el chaquetón señalé la pared del mural.

—¿De verdad no te da dolor de cabeza tener eso a tres metros de los ojos?

—Pues no, fíjate. Me hace pensar.

—¿Pensar?... ¿En qué?

Suspiró con apacible resignación. En su sonrisa apuntó un fogonazo esquinado. Algo muy breve, simpáticamente maligno.

—En que todavía me faltan catorce años para jubilarme.

Le di dos besos y me dirigí a la puerta. Llegaba a ella cuando Pachón dijo algo más.

—Ese tío, Sniper, siempre fue diferente a los otros... Basta ver la evolución de sus piezas. Lo tuvo claro desde el principio. Tenía una ideología, ¿comprendes?... O acabó sabiendo cuál era.

Me detuve un momento en el umbral, interesada. Nunca lo había considerado desde ese punto de vista.

—¿Una ideología?

—Sí. Ya sabes: eso que te hace dormir mal por las noches... Estoy convencido de que Sniper siempre fue de los que duermen mal.

Este hurón sabe quién es, intuí de pronto. O lo imagina. Pero no me lo dice.

Eva dormía a mi lado, boca arriba, respirando con suavidad. Observé un momento su perfil inmóvil, el escorzo de la parte superior de su cuerpo dibujado por el resplandor de las farolas de la calle. El reloj de la mesilla de noche marcaba la 1:43. Me dolía la cabeza —nos habíamos bebido una botella entera de Valquejigoso para cenar—, así que me levanté en busca de una aspirina efervescente y un vaso de agua. Encontré la caja en el pequeño botiquín que Eva tenía en el cuarto de baño, saqué los cepillos de dientes del vaso de plástico y abrí el grifo del lavabo para dejar que corriese el agua. Estaba desnuda e iba descalza, pero el suelo de tarima y los radiadores mantenían la casa caliente. Mientras se disolvía la aspirina caminé con el vaso en la mano, de vuelta al dormitorio. Miré de nuevo a Eva dormida y me acerqué a la ventana. La calle de San Francisco moría a pocos pasos, en la plaza de la iglesia de ese nombre. La casa estaba en el primer piso del edificio, y la luz de una farola próxima incidía directamente en la ventana. Aparté los visillos para echar un vistazo afuera, y en ese momento vi iluminarse la llama de un fósforo o un encendedor dentro de uno de los automóviles aparcados enfrente, al otro lado de la calle. Una pareja que se despide, supuse sin pensar demasiado en ello. O algún vecino trasnochador que acaba de aparcar y enciende un pitillo antes de subir a su casa.

Me bebí la aspirina disuelta, dejé el vaso y estuve un momento mirando a Eva. El resplandor exterior, tamizado por los visillos, perfilaba el contorno de su cuerpo sobre la cama cuyas sábanas, todavía revueltas y arrugadas, olían a mí y a ella del mismo modo que olían mis labios, mi sexo y mis manos. A nuestra carne, nuestra saliva y nuestra fatiga. También al amor intenso, tan abnegado como dependiente, que ella sentía por mí. A la entrega delicada y generosa de su piel suave. A sus celos instintivos, alimentados por el miedo continuo a perderme. A todo aquello, en fin, que desplegaba ante mí con una sumisión absoluta, excesiva en ocasiones, a la que yo sólo podía corresponder con mi lealtad sentimental —en el sentido social del asunto— y mi eficacia física en circunstancias íntimas. Con la certeza, en cierto modo analgésica, de que su compañía era lo mejor que en esa etapa de mi vida podía encontrar. Que su sentido del humor e inteligencia eran notables, y que su cuerpo menudo, atractivo, deliciosamente conformado por sus veintinueve años, me ofrecía cuanta ternura y goce puede esperar una mujer de otra. Puede decirse que éramos pareja desde hacía ocho meses, aunque cada una vivía en su propia casa y a su manera. Pedir que la amase, entendido en el sentido convencional del término, ya era otra cuestión. Otro paisaje. Y no es lugar éste para detallar paisajes.

Con el dolor de cabeza se me había ido el sueño. Así que cogí un albornoz del cuarto de baño y fui al cuarto de trabajo de Eva, sentándome frente al ordenador. Durante la hora siguiente navegué por Internet siguiendo una vez más el rastro de Sniper. Había referencias a su etapa inicial con Topo, a finales de los ochenta: algunas de sus piezas de entonces podían encontrarse fotografiadas allí. Vagones de tren y metro, tapias, paredes. Situadas cronológicamente, podía apreciarse en ellas la evolución del simple grafiti inicial a las piezas complejas, corrosivas, desbordantes de imaginación, que había dejado en la última década. Llamaba la atención la presencia de calacas mejicanas en su obra a partir de la mitad de los años noventa. Un viaje allí, señalaba uno de los textos. Descubrimientos deslumbrantes, colores imposibles y cruda violencia. México. Aquellas facciones de esqueleto ahora frecuentes, junto a la diana de francotirador o sustituyendo rostros conocidos en obras clásicas que solía parodiar con mensajes alternativos, daban un giro siniestro a sus piezas callejeras. Y el término terrorismo urbano acudía a la cabeza con inquietante facilidad. Un vídeo en YouTube mostraba otra de las pocas imágenes conocidas de Sniper en acción: fechada en abril de 2002, la visión agrisada y turbia de una cámara de seguridad mostraba a un hombre delgado y más bien alto, cubierta la cabeza con la capucha de una felpa, que usaba una plantilla de cartón recortado y un aerosol para imprimir rápidamente, en una pared del Museo Thyssen, una reproducción estilizada de *El cambista y su mujer* de Marinus van Reymerswaele, donde las cabezas de ambos personajes habían sido sustituidas por calaveras y las monedas por miras de francotirador. Consciente de la presencia de la cámara de vigilancia, y a modo de desafío, Sniper aún se había permitido rematar la obra con una línea en forma de flecha pintada en el suelo, que iba desde la cámara a la obra impresa. Como indicando al objetivo en qué dirección exacta debía mirar.

Imprimí algunas cosas de interés —entre ellas, pormenores sobre la reciente actuación en Lisboa que había causado allí gran revuelo—, apagué el ordenador y regresé al dormitorio. Eva seguía dormida. Antes de quitarme el albornoz y tumbarme a su lado pegada a ella, me asomé de nuevo a la ventana y contemplé la calle desierta. En el interior del coche aparcado enfrente, donde antes había visto brillar la luz de un encendedor o una cerilla, me pareció advertir el movimiento de una sombra. Estuve un rato atenta para confirmarlo, pero no vi nada más. Figuraciones mías, supuse. Así que dejé caer el visillo y me fui a dormir.

Siempre me gustó la calle Libertad, incluso más allá del nombre. Está en el centro de Madrid, en el corazón de un barrio popular, joven de maneras, a medio camino entre ambiente de copas y tradición antisistema. Hay locales de tatuajes, herbolarios, comercios chinos, cueros marroquíes y librerías feministas radicales. Como el resto de la ciudad, la zona quedó maltratada por la última crisis económica: algunas tiendas siguen cerradas, con folletos publicitarios que se amontonan en el polvo del suelo al otro lado de cierres metálicos, puertas de vidrio sucias y escaparates desoladoramente vacíos. Sobre sus cristales se superponen gruesas costras de carteles pegados que anuncian conciertos de Manu Chao, Ojos de Brujo o Black Keys. Ése es el tono local, más o menos. El ambiente. Por el resto, lo único que allí parece de verdad próspero son los bares. Radikal, la tienda de Topo75, estaba flanqueada por dos de ellos y enfrentada a otro. Aquella tarde estuve un rato en este último, apoyada en el mostrador junto a la puerta. Estudiando el local por espacio de dos cervezas. Luego entré y conocí al dueño.

—¿Por qué Topo?

—Por el metro de Madrid. Me gustaba escribir allí.

—¿Y el número?

—Nací ese año.

Era un tipo flaco, desgarbado, de barbilla huidiza y nuez prominente. Unas patillas hirsutas se le juntaban con el espeso bigote, pero el cabello empezaba a escasearle. Tenía unos ojos pequeños y tristes color pelo de ratón. Empezamos charlando un poco de todo —le había preguntado, para calentar motores, por la calidad de unas marcas de aerosoles y boquillas— y en seguida llevé la conversación a Sniper. Para mi sorpresa, no se mostró suspicaz. Preguntó a bocajarro qué te interesa de él, y se lo dije. Preparo un libro, etcétera. Y qué pinto yo, fue la otra pregunta.

—Tú también estás dentro —mentí—. Hubo un tiempo en que entre los dos hicisteis historia. Juntos.

Eso pareció gustarle. A veces nos interrumpía algún cliente en busca de esto o aquello, y Topo se disculpaba para atenderlo. Un mensajero joven, pelo cortado a lo mohicano, vino con prisas por tener la furgoneta mal aparcada y se llevó un Hardcore plata cromada y otro azul ártico. Cuatro críos de entre diez y doce años vaciaron los bolsillos de monedas para equiparse con rotuladores Krink de trazo grueso que sin duda iban a convertirse en azote de su colegio y aledaños en los próximos días. Un hombre bien vestido, de modales muy correctos, entró acompañando a su hijo quinceañero, permitiéndole elegir una docena de aerosoles de las marcas más caras, que el padre pagó con tarjeta de crédito. Aproveché las interrupciones para estudiar la tienda y a su propietario: estantes llenos de botes de pintura, libros de grafiti, rotuladores, gorras, camisetas y felpas con marcas comerciales, hojas de marihuana, símbolos anarquistas o leyendas antisistema. Me llamó la atención una irreverente camiseta con la Virgen María encinta y la frase: *Algo habrá hecho.*

—Sniper y yo crecimos en el barrio de Aluche —acabó contándome Topo cuando centramos el asunto—. Nos gustaba la misma música y escribir en las paredes. Eran tiempos de La Polla Records, Barón Rojo... Ensayábamos nuestros tags en cuadernos del colegio y luego bombardeábamos por todas partes. En esa época éramos flecheros. Firmábamos debajo de Muelle, imitando su espiral: eddings, poscas, pilots, pegamentos Camaleón, mucha laca de bombilla... Bombardeábamos carteles, vagones, rayábamos cristales. Reventábamos los sitios. Que la gente hable de ti aunque no te conozca, era la idea. Nos ganábamos pescozones de los profesores y palizas de nuestros padres al llegar a casa... Y ahora, fíjate, hay padres que vienen con ellos a comprar latas. Hasta niñatos bien, como ves. Con sus papás. Todo ha cambiado mucho.

Era locuaz, pese al mentón huidizo. Topo. Ahora se llamaba de otra manera, con nombre y apellidos. Hasta me dio su tarjeta, con el nombre de la tienda. El viejo tag, concluí, encajaba bien con sus ojos grises y el perfil semejante a un hocico afilado. Antes de dejarme caer por allí había rastreado sus antecedentes: intento posterior a Sniper de hacer arte callejero propio, integración en iniciativas municipales que nunca fueron más allá, talleres subvencionados de formación para jóvenes artistas, talento y obra mediocres, búsqueda de galeristas, poca fortuna, fracaso. Otros como Zeta, Suso33 y alguno más de su época lo habían conseguido: integrarse y tocar el éxito, incluso sin abandonar del todo la calle. Topo, no. Hacía diez años que no se acercaba ilegalmente a una pared con un aerosol en la mano. Sobre el mostrador había folletos de otros servicios del establecimiento. Eché un vistazo: decoración grafitera de garajes y cierres de persiana metálica, e incluso diseño de maquillaje y tatuajes. Pese a los tintes radicales, todo desprendía un olor civilizado, a resignación para comer caliente. A peso de la vida domesticándolo todo.

—Un aerosol valía seiscientas pesetas —siguió contando Topo—. Así que robábamos material en ferreterías. Cuando empezamos a atrevernos con piezas complicadas, modificábamos las boquillas para conseguir trazos anchos. Luego llegaron pinturas con más colores, mejor presión y varios tipos de válvulas para controlar la salida de la pintura: Felton, Novelty, Dupli-Color, Autolac... Hacíamos virguerías con todo eso. Mezclábamos nosotros mismos los colores, congelando uno de los botes. Eso nos permitió hacer en veinte minutos piezas que antes llevaban una hora. A Sniper le gustaba escribir en estilo pompa, tonos de azul y fondo morado o rojo, con letras bordeadas de negro. Y usaba los blancos y los platas de puta madre. Era muy bueno para eso. ¿Y sabes que era zurdo?... Aquellos blancos y platas le dieron mucha fama. Al principio firmaba Quo porque le gustaba Status Quo: *In the Army Now* y canciones de ésas. Luego se le ocurrió lo de Sniper.

—¿Teníais reglas, o ibais a por todas?

—Un par de veces estuvimos con Muelle, que era muy estricto. Muy noble. Muelle nos dijo algo que nunca olvidamos: «Le devolvemos a la ciudad el oxígeno que le roban los esprays que no llevan pintura». Para él era también cuestión de respeto. Saber dónde podías pintar y dónde no. El grafiti es un mundo fuera de la ley, pero tiene leyes que todos conocen. Respetar monumentos públicos, saber que no se tacha encima de la pieza de otro escritor a menos que quieras empezar una guerra... Yo era más bien cuidadoso con eso; pero Sniper no respetaba a casi nadie, y le importaba un huevo de pato que le tachasen a él.

Enseñó los dientes en una débil mueca, y el gris ratonil de sus ojos pareció aclararse un poco.

—Pinto para saber quién soy y por dónde paso, decía. Pinto para que sepan cómo no me llamo —la mueca se tornó evocadora—. Era bueno para las frases.

—Tendría algo que decir, imagino. O creía tenerlo.

—Todo el que escribe en una pared tiene algo que decir. Saber que tú eres tú, y que los otros también lo sepan. No escribes para un público, sino para otros escritores. Todos tenemos derecho a medio minuto de fama... Sniper comprendió pronto lo de la fugacidad, a diferencia de mí. Me jodía que nos chafaran lo hecho. Su genio fue trabajar para ella. *Treinta segundos sobre Tokio,* decía él. Le encantaba esa película, e insistía en que en realidad era una película sobre grafiteros. Que muriesen muchos aviadores lo impresionaba. Me hizo verla en vídeo mil veces. La otra era *Un genio anda suelto,* con Alec Guinness, que hace de pintor inglés. Una peli cojonuda de verdad. El caso es que salíamos cada noche soñando con estaciones de tren y vagones de metro. A buscar nuestros treinta segundos sobre Tokio.

—¿Tienes fotos de esa época?

—¿Con Sniper?... Ni hablar. Nunca dejaba que le hicieran fotos.

—¿Ni siquiera los amigos?

—Ni ellos. Y tampoco es que tuviera muchos.

—Era un solitario, entonces.

—No exactamente —Topo lo pensó un poco—. Más bien un paracaidista, como caído de otra parte... De esos que en el fondo, si te fijas, no pertenecen al grupo al que parecen pertenecer.

Tenía que cerrar, dijo tras mirar el reloj. Así que volví al bar de enfrente y lo esperé. Se reunió conmigo quince minutos después, tras bajar la persiana metálica, congruentemente machacada de grafitis. Se había puesto un chaquetón verde militar muy usado y traía un gorro de lana negra en la mano. Pidió un tinto y se acodó en la barra. Las luces de la calle, tamizadas por el vidrio de la ventana, le envejecían la cara.

—Sin trenes no hay fama, decía Sniper. Nos currábamos las vías de Atocha, Alcorcón, Fuenlabrada... Y el metro, claro. Túneles y cocheras. Al principio los del metro no lo borraban, y tus piezas rulaban durante semanas una y otra vez por los andenes. Hacíamos fotos para nuestro álbum. Todavía no estaba Internet.

—¿Es cierto que vosotros inventasteis el palancazo?

—No te quepa duda. Y luego se imitó en todo el mundo. Eso y los grosores son la aportación de Madrid a la cultura global del grafiti. Y fuimos Sniper y yo... Estábamos en Los Peñascales, de pie junto a la vía, haciéndonos un vagón. El tren iba a irse, se subió Sniper, lo paró y se bajó a terminar. Fue la hostia.

Pintar en cualquier sitio, añadió tras un instante, era de toys. De niñatos. Había que buscar lugares difíciles, planificar, romper o saltar vallas, entrar por los respiraderos, infiltrarse, esconderse, caminar por los túneles a oscuras, pintar sin luz para que no los vieran, sentir el subidón de adrenalina mientras el resto de los mortales estaba de juerga o dormía. Jugarse la libertad y la pasta para que, a las seis de la mañana, la gente medio dormida viera pasar sus piezas desde el andén.

—Entrenábamos. Hacía falta estar en forma para saltar vallas y escapar cuando te pillaban. Había persecuciones terribles. Un día, Sniper decidió pelear en vez de huir. En grupo podemos ser tan peligrosos como ellos, dijo. Porque estábamos hartos de palizas y de abusos. Así que endurecimos el grafiti convocando a otros colegas. Sniper planificaba, y eran las únicas veces que acudíamos en grupo, a pegarnos con los jurados... Por lo general, aparte de mí, siempre le gustó actuar solo. Y cuando nos separamos no volvió a juntarse con nadie. Eso no es frecuente, pues los escritores hacen juntos cosas que los motivan y les gusta hablar de ello. Pero él era así. Uno de esos que en una revolución miran por el balcón, salen a la calle, organizan a los vecinos y acaban siendo los jefes. Y en cuanto la revolución triunfa, desaparecen.

—¿Le conociste relaciones con chicas? ¿Alguna novia?

—Nunca nada fijo. Gustaba mucho porque era alto, serio, no mal parecido. De esos tipos callados que están a tu lado en la barra, y mientras intentas trajinarte a una chavala compruebas, chafado, que ella lo mira a él por encima de tu hombro.

—¿Tenía sentimientos?

—¿Respecto a las chicas?

—En general.

Topo se quedó callado un instante, mirando su copa. Me pareció desconcertado por la pregunta.

—No sé lo que tenía —respondió—. Pero lloramos juntos cuando vimos a unos empleados de limpieza del Ayuntamiento borrar la firma de seis colores de Muelle en la pared del Botánico, el año noventa y cinco... Sólo unos meses antes había muerto. Cáncer de páncreas, me parece.

Pensó un poco más. Luego se llevó la copa a los labios y siguió pensando.

—Sniper siempre era tranquilo —dijo al fin—. Nunca perdía la calma aunque nos persiguieran jurados o policías. Y eso que a veces nos jugábamos la vida. Te colabas en el sitio, metías powerline, brillos, y a correr con los malos detrás. Teníamos que ir a oscuras de una estación a otra, escapando por las vías porque nos iban a sacudir una paliza... Una vez que nos dieron un marrón, vi linternas moverse a lo lejos y le grité ¡corre! mientras salía de estampía; pero él se quedó rematando la pieza hasta que tuvo las luces a treinta metros. Entonces escribió *No me pillaron*, y se fue.

—Es una leyenda, Sniper —apunté.

—Sí —confirmó tras un silencio que me pareció amargo—. Una puñetera leyenda.

Puso la copa en el mostrador, vacía, y el camarero marroquí se ofreció a llenarla de nuevo. Negó con la cabeza y miró el reloj.

—¿Cómo pasasteis de flecheros a escritores de piezas distintas? —pregunté.

—Ya antes de que Muelle se retirase nos habíamos extinguido por vía natural. Unos lo dejaron y a otros nos influyeron la cultura neoyorquina y el hip hop, que eran más divertidos, con más posibilidades... En un cuaderno de mi novia inventé una firma nueva, grande. Dejé de ser flechero. Y Sniper también. Nos pasamos al grafiti americano y europeo, dispuestos a hacer cosas serias. Piezas más elaboradas. A Sniper le gustaba joder con ellas pinturas murales de las que el Ayuntamiento ofrecía a artistas callejeros.

—*Kágate fuera.*

Esta vez la sonrisa fue ancha, espontánea, incluyendo patillas y bigote. Era el antiguo grafitero quien sonreía en ese momento, comprendí. No el propietario de la tienda Radikal.

—Ésa es otra de las mejores suyas... Era realmente bueno; y más cuando trabajaba solo, a su aire. Hasta llegaron a pedirle autógrafos. Una noche, dos policías estuvieron un rato mirándolo trabajar desde lejos. Luego se acercaron y le dijeron que se bajara la capucha de la sudadera para verle bien la cara. Sniper dijo «No. No lo haré. Echaré a correr y esta pieza quedará sin acabar, lo que sería una lástima». Entonces el madero se lo pensó un momento y dijo «Vale, tío, sigue». Y le pidió un autógrafo.

—¿A ti nunca te pidieron autógrafos?

—Nunca —un vago rencor, súbito, borró la sonrisa de sus labios—. Sniper era siempre la estrella.

—¿Y no te importaba?

—No. Entonces todavía no. Porque aquélla era una vida increíble. Después nos sentábamos a mirar a la gente que miraba nuestros grafitis. Una vez hicimos un vagón de metro que nos llevó toda la noche. A las siete de la mañana estábamos derrengados en un andén entre la gente que iba al trabajo, con nuestras mochilas, esperando para volver a casa... En ese momento entró nuestro vagón pintado en el andén, hermosísimo con toda aquella luz, y empezamos a saltar señalándolo y dando gritos de alegría.

—¿Cuál era vuestro lugar favorito?

—El Viaducto. Trabajábamos mucho abajo, en los pilares de hormigón. Un lugar fantástico. Una noche se suicidó allí una mujer, pues a veces se tiraban desde arriba. La vimos y Sniper se quedó muy impresionado. Creo que eso lo marcó. Ocurrió antes de que el Viaducto lo estropeara el Ayuntamiento con paneles de metacrilato para que la gente no saltara. Ya ni matarte a gusto te dejan, esos hijos de puta.

Miró otra vez el reloj. Tengo que irme, dijo calándose el gorro de lana. Me dejó pagar la cuenta y salimos a la calle. Iba a coger el metro en la estación de Chueca, y lo acompañé hasta allí. Volvía a chispear, y minúsculas gotitas de agua nos salpicaban la cara.

—Luego Sniper hizo un viaje, se trajo esas calaveras en la mochila y aquello le cambió la vida. No era el mismo. Más agresivo... Daba la impresión de haberse convertido en uno de esos yonquis a los que importa menos la pintura que el ruido de las bolas al agitar el bote o el de la pintura al salir.

—Adrenalina propia —comenté— que ahora cambia por adrenalina ajena... O por sangre ajena.

Me miró de soslayo, con desagrado, como si yo le atribuyese responsabilidad en eso.

—En los últimos tiempos juntos, a mediados de los noventa, usaba mucho la palabra romper, joder, matar. Discutíamos, y él se cerraba en lo suyo. Después fue lo de México. A la vuelta hizo una cosa en el AVE de Atocha que fueron a ver todos los escritores de la ciudad: sombras de pasajeros cuyos esqueletos parecían moverse en el muro de hormigón, con sólo las palabras: *¿Y si...?*

—Lo recuerdo —confirmé—. Estuvo mucho tiempo allí, hasta que hicieron la obra del aparcamiento.

—Eso es. Fue algo realmente bueno, ¿verdad?... Y fue nuestra separación. A partir de ahí dejamos de estar juntos.

—Debió de ser triste para ti. Llegaste a admirarlo, supongo.

No respondió a eso. Siguió caminando en silencio, los ojos fijos en el suelo.

—¿Nunca dirás su nombre? —inquirí.

Tampoco hubo respuesta. Miraba los reflejos de luz en el suelo húmedo.

—¿Cómo es posible que todos le seáis leales? —me sorprendí.

—Sabe trajinarse a la peña —movió la cabeza como ante algo sin remedio—. Apela a cosas que tenemos dentro y hace que te sientas sucio si no cumples... Pero yo tengo una teoría perversa.

—¿Perversa?

—Sí. Un poco. En el fondo, nadie quiere saber quién es. Decepcionaría ponerle cara y nombre. De esta manera cada uno puede imaginarlo a su gusto. Ayudando en el secreto, se sienten parte de él... Sniper es una leyenda porque los escritores de grafiti necesitan leyendas así. Y más en estos tiempos de mierda.

Seguía mirando el suelo, cual si encontrase aquellas explicaciones allí. El verde, ámbar y rojo de los semáforos parecían trazos rápidos de pintura fresca bajo sus pies. Esta noche, pensé, Topo camina sobre nostalgias. Al fin levantó la cabeza.

—El Ayuntamiento de Barcelona le ofreció hace ocho años una pared junto al MACBA, con la garantía de conservar la pieza, y no quiso. Fueron allí cuatro grafiteros de renombre, pero no él. Dos semanas después bombardeó sin compasión el parque Güell: calacas y miras de francotirador por todas partes... Dijeron los periódicos que limpiar aquello costó once mil y pico euros.

Mencionó la cifra con retorcida delectación, cual si fuera el precio que habría alcanzado aquello en una galería de arte. Luego se calló otra vez, y dio cuatro pasos antes de hablar de nuevo:

—El poder siempre intenta domesticar lo que no puede controlar.

—Hacerte bailar claqué —apunté.

—Sí —esta vez sonrió renuente, como si le costara hacerlo—. Eso decía él.

Cruzamos la plaza de Chueca: cagadas de perro en el suelo y un par de terrazas de bares protegidas por toldos y mamparas de plástico, con estufas apagadas y sillas vacías. El chispeo de lluvia se había convertido en aguanieve.

—Hasta la música que escuchaba era muy bronca, muy dura —dijo al cabo de un momento—. Se ponía los auriculares con el walkman a tope mientras pasaba de todo: cosas de Cypress Hill, Redman, Ice Cube... Sus favoritas de entonces eran *Lethal Injection*, *Black Sunday*, *Muddy Waters* y otras por el estilo. Música para guerrilla urbana, decía él. Cantidad de veces le oí decir que el arte tiene un lado peligroso, porque aburguesa y hace olvidar los orígenes. La marca de la legitimidad, repetía, jode a cualquier artista bueno. Ellos te hacen suyo para siempre, como vender el alma al diablo o vender tu culo en un parque. Y no se puede estar con un pie dentro y otro fuera. Ilegal, era su palabra favorita.

—Sigue siéndolo —comenté.

—Toda esa basura, decía él, de que una instalación oficial sea considerada arte y otra no oficial no lo sea... ¿Quién pone la etiqueta?, preguntaba. ¿Los galeristas y los críticos, o el público?... Si tienes algo que contar, debes contarlo donde lo vean, con el arte. Y para Sniper, todo arte consistía en no ser capturado. Pintar donde no debes. Huir de los guardias y que no te cojan. Llegar a casa y pensar «lo hice» es lo mejor. Más que el sexo, o las drogas. Y en eso tuvo razón. A muchos, el grafiti nos salvó de cosas.

Recordé la conversación reciente mantenida con Luis Pachón.

—Hace poco, refiriéndose a Sniper, alguien me habló de ideología...

—No sé si es la palabra que yo usaría —respondió Topo tras reflexionar—. Una vez comentó que, según las autoridades, el grafiti destruye el paisaje urbano; pero nosotros debemos soportar los luminosos, los rótulos, la publicidad, los autobuses con sus anuncios y mensajes estúpidos... Se adueñan de toda superficie disponible, me dijo. Hasta las obras de restauración de edificios se cubren con lonas de publicidad. Y a nosotros nos niegan el espacio para nuestras respuestas. Por eso el único arte que concibo, repetía, es joder todo eso. Acabar con los filisteos... El grafiti de Sansón y los filisteos, lo llamaba bromeando: todos a tomar por saco.

No pude reprimir una risa escéptica.

—¿Sólo bromeando?

—Eso me pareció entonces —me miró con hosquedad—. Ahora sé que no bromeaba un carajo.

Nos habíamos parado junto a la entrada del metro. Hacía frío y el aguanieve seguía cayendo. Las gotitas se le quedaban suspendidas a Topo en la lana del gorro y en el bigote unido a las patillas.

—Si quieres llamarlo ideología, quizá lo sea. Por eso no abandonó el grafiti agresivo, ni su manera de actuar... Por eso no perdona a quienes se dejaron domesticar para comer caliente.

—¿Te incluyes en eso? —aventuré.

Guardó silencio un instante mientras movía la cabeza con cansino desaliento.

—Tampoco yo lo perdono a él.

—¿Por qué?

Encogió los hombros, despectivo. Cual si mi pregunta basculase entre lo obvio y lo estúpido.

—Sniper nunca fue un escritor de grafiti que no se vendió, porque en realidad nunca fue un verdadero escritor de grafiti.

Me incliné hacia él, asombrada. Aquella conclusión, a la que yo no hubiera sido capaz de llegar sola, me parecía de una precisión reveladora.

—¿Crees que no es sincero?... ¿Que su radicalismo no es tan libre y honrado como da a entender?

—Él es un paracaidista en las calles, te dije antes. Un intruso. Dio con el grafiti como otros dan con una pistola cargada. Lo que le pone es disparar.

—¿Y qué hay de la honradez?

—Nadie puede ser honrado tanto tiempo, a menos que esté loco. Fui amigo suyo durante casi diez años, y te aseguro que está perfectamente cuerdo.

Se había oscurecido el gris ratonil de sus ojos como si las cuencas se ensombrecieran despacio. Era efecto de la luz de la plaza y el aguanieve que la filtraba, pero también del rencor que latía al filo de cada palabra.

—Hay un inglés, Banksy, que hizo algo parecido —añadió de pronto—. Enmascarar su identidad para captar primero la atención ciudadana y luego la del mercado... Yo creo que Sniper lo está haciendo aún mejor y con más calma. Es muy listo. Ha sabido mantenerse en apariencia digno, sin venderse aunque el mercado lo habría acogido de forma espectacular. Eso ha aumentado su cotización.

—¿En apariencia, dices?

—Sí. Porque creo que es un plan. Que al final aceptará y en una subasta sus obras se venderán millonarias. Entonces se quitará la careta. Su puta calavera. No podrá seguir siempre... El mundo de la calle es un mundo rápido. Si no te mantienes en él, desapareces. Como desaparecí yo.

3. Los grafiteros ciegos

En mi segundo día en Lisboa, los mapas del tiempo situaron la ciudad entre dos frentes invernales. El sol estaba alto en un cielo azul vagamente brumoso, y la luz del mediodía iluminaba casi en vertical la Casa dos Bicos, proyectando un curioso efecto de centenares de sombras piramidales en los adornos del edificio. Ese juego de luces permitía advertir, sobre el muro cuatro veces centenario, las huellas de la pintura que había sido borrada hacía poco por los empleados de limpieza municipal: una actuación sobre las puntas de piedra que, coloreándolas como piezas de un gigantesco puzzle, había decorado la fachada con un enorme ojo negro tachado por un aspa roja: el símbolo de la ceguera, diseñado por Sniper, con el que en la noche del 7 al 8 de diciembre una jauría de enloquecidos grafiteros saturó la ciudad de punta a punta: ojos tachados con aspas por todas partes, bombardeo sin piedad de trenes, metro, edificios, monumentos y calles enteras. Miles de ojos ciegos orientados hacia los transeúntes, la ciudad, la vida. La acción se había preparado días antes con sigilo absoluto, en una operación de guerrilla urbana coordinada en clave a través de las redes sociales. Sniper en persona había participado en ella, aerosol en mano, reservándose para él la Casa dos Bicos, en una elección que no tenía nada de casual. Desde hacía un año, el edificio era sede de la Fundación José Saramago, premio Nobel de Literatura que durante toda su vida había mantenido un compromiso radical de izquierda extremadamente crítico con la sociedad de consumo. Y uno de sus libros más importantes se titulaba *Ensayo sobre la ceguera.*

Parada frente al edificio, en la rua dos Bacalhoeiros, contemplé el rostro del viejo intelectual: me miraba melancólico desde un gran cartel de lona colgado sobre la puerta. *La responsabilidad de tener ojos cuando otros los perdieron,* recordé. Yo había leído mucho a Saramago, a quien conocí en Lanzarote pocos meses antes de su muerte, cuando fui a pedirle un prólogo para un libro sobre arte moderno portugués. Ante la Casa dos Bicos rememoré su figura flaca y fatigada, ya enferma. Los modales corteses y la mirada triste tras el cristal de las gafas: la de quien, puesto el pie en el estribo, observa con pesimismo cuanto deja atrás. Un mundo que hace tiempo erró el camino y no tiene intención de enderezar sus pasos.

—Casi medio millón de euros costó al Ayuntamiento limpiar esos ojos tachados —me había contado Caetano Dinis el día anterior—. Fue algo masivo, despiadado. Sin el menor respeto por nada ni por nadie... Lo lamentable es que haya ocurrido en la ciudad más tolerante del mundo en materia de grafiti. En pocos sitios encuentran los escritores de paredes tanto apoyo y comprensión.

Caetano Dinis, director del Departamento de Conservación del Patrimonio, era el amigo de Luis

Pachón. Su contacto local. Me había atendido por teléfono con mucha amabilidad, citándome donde almorzaba a diario. No tenía pérdida: era una antigua y conocida casa de comidas, Martinho da Arcada, situada en un ángulo de la praça do Comércio. Cuando llegué, Dinis me esperaba en una mesa dispuesta para dos, junto a la ventana. Le calculé cincuenta años. Era un hombre apuesto y corpulento, con el pelo rubio rojizo cortado a cepillo y pecas en la cara y el dorso de las grandes manos. Una especie de vikingo dejado allí por los normandos que doce siglos atrás saquearon Lisboa remontando el Tajo.

—Cuando rehabilitamos el Chiado, destruido por el incendio del año ochenta y ocho, comprendimos que o nos ganábamos la voluntad de los grafiteros, o la limpieza de fachadas sería una pesadilla. Y pactamos con ellos: zonas permitidas, edificios antiguos... Nosotros dábamos facilidades, aflojábamos la represión, y ellos aceptaban que no todos los sitios son adecuados para pintar.

Nos interrumpió un camarero que traía una botella de blanco del Miño. Cazuela de arroz con marisco para la señora, encargó Dinis tras consultarme. Y un bife al café para mí. Ceremonioso como buen funcionario portugués, me trataba todo el tiempo de usted, y yo me ajusté al protocolo. Tampoco se me había escapado su mirada valorativa inicial cuando me vio llegar, ni su reacción tranquila cuando recibió las primeras señales desalentadoras. No soy una mujer especialmente atractiva para los hombres; pero soy una mujer, y estoy acostumbrada a que me calibren durante los tres primeros minutos. Los estúpidos suelen tardar algo más, pero Dinis fue rápido. Y se ciñó al tema.

—Buscamos fábricas abandonadas en las afueras y edificios deteriorados en el casco histórico —siguió contando, afable—. La condición era que estuvieran vacíos, que sus propietarios no se opusieran y que hubiese proyectos de rehabilitación en marcha. Eso nos aseguraba que las pinturas no durasen. Lo que pasa es que vino la crisis económica, los proyectos se paralizaron y los edificios siguen con sus grafitis, esperando tiempos mejores.

—Aun así fue un éxito, tengo entendido.

—Desde luego. No hizo desaparecer lo salvaje, pero concienció a muchos grafiteros, y el vandalismo se atenuó algo... También les creamos un espacio callejero, que llaman la Calçada da Glória, como lugar libre para sus piezas.

—La conozco.

—Espectacular, ¿verdad?

Asentí. Llegaban su carne y mi humeante cazuela de arroz. Todo olía bien, y nos pusimos a ello.

—Otro experimento —prosiguió— lo hicimos con el aparcamiento del Chão do Loureiro, en Alfama. Invitamos a cinco grafiteros a decorarlo, y ahora es visita turística obligada. Se ha vuelto un lugar de culto.

Era cierto, y también de eso estaba yo al corriente. Aquellas iniciativas habían dado a Lisboa prestigio internacional como capital del grafiti, y beneficiaban a los escritores de calidad. Gente como No-

men, Ram, Vhils o Carvalho, que empezaron bom-
bardeando trenes y el metro, eran ahora respetados por
el Ayuntamiento, exponían como artistas formales y
ganaban dinero. Viendo negocio, los galeristas portu-
gueses daban cada vez más juego al arte callejero.

—Nuestra idea sigue siendo la misma —añadió Dinis—: romper el vínculo grafiti-vandalismo con
vías alternativas. Aunque algunos se niegan a aceptar
las reglas y bombardean lo que se pone a tiro. También hay extranjeros que vienen y lo machacan todo:
turistas del espray. En el ámbito del grafiti europeo,
Lisboa forma parte del Gran Tour... Hace años, en
Barcelona hubo una represión brutal que no frenó a
los escritores, pero liquidó muchas obras buenas que
estaban en paredes conservables. Aquí hemos procu-
rado que no ocurra eso. Varias piezas históricas datan
de principios de los noventa. A veces, algún artista
consagrado, que ya expone en galerías de arte, no puede evitarlo y se escapa a la calle en busca de una pared.
Son efectos secundarios inevitables; pero, dentro de lo
que cabe, estamos satisfechos.

—¿Qué ocurrió el 8 de diciembre?

No debía de ser su tema de conversación favorito, porque arrugó la frente. Bebió un sorbo de vino,
chasqueó la lengua y empleó algún tiempo más del
necesario en secarse los labios con la servilleta.

—Por las razones que sean, Sniper se fijó en
Lisboa. Se trataba de bombardear la ciudad con ese
ojo tachado, en homenaje a Saramago... ¿Ha leído
usted el libro?

—Sí.

—Calculamos que esa noche intervino un centenar de grafiteros, repitiendo el motivo ideado por Sniper, aunque cada uno a su manera: aerosoles, plantillas, carteles, collages... Lo machacaron todo, incluidos monumentos e iglesias. Hasta los tranvías. Todo. A la estatua de Pessoa que hay frente a la Brasileira le pintaron unos ojos tachados en la cara... Los servicios de limpieza contabilizaron dos mil y pico pintadas en la parte noble de la ciudad. Tampoco se libraron los Jerónimos, ni el monumento a los Descubrimientos, ni la torre de Belém.

—¿Hubo detenidos?

—Con tanta gente en la calle al mismo tiempo, calcule. Esa noche cayó una docena. Pillados in fraganti, aerosol en mano. Uno acababa de hacerse el elevador do Carmo: un ojo en cada piso, de arriba abajo, y no me pregunte cómo lo hizo. Lo pillaron cuando pintaba el quinto.

—¿Y qué dijo?... ¿Qué dijeron todos?

—Lo mismo: Sniper, Internet. Una actuación preparada en clave desde hacía semanas. Día D, hora H. Misión de bombardeo masivo. Disfrutaron como vándalos.

—Pero él estuvo aquí... ¿Nadie lo vio?

Dinis cortaba la carne en su plato. Movió la cabeza antes de alzar una porción en la punta del tenedor.

—Quien lo viera no dice una palabra —masticó despacio, pensativo—. Pero sin duda lo vieron. Lo más que hemos llegado a saber es que un tipo con la capucha subida y una manga negra tapándole el rostro estuvo media hora ante la Casa dos Bicos, subido a una escalera. Cuando, alertada por un vecino, una patrulla de la policía pasó por el sitio, el ojo tachado ya estaba allí, enorme, firmado con la mira de francotirador. Encontraron la escalera y varios aerosoles vacíos escondidos entre las plantas de la plaza vecina. Pero del autor, ni rastro. Ni siquiera sabemos cuánto tiempo se quedó en Lisboa.

—Alguien tuvo que ayudarlo. Necesitaría guías locales. Amigos.

—Pues claro. Aunque nadie lo delató. Todos saben, además, que tiene la cabeza a precio. Que lo busca la gente de ese millonario compatriota suyo, el tal Biscarrués, para cargárselo por el accidente del muchacho: todavía una razón de más para que haya ley del silencio. *Omertà,* como dicen en Italia, pero a la portuguesa.

Dejó los cubiertos a un lado del plato vacío. Después bebió un nuevo sorbo de vino y volvió a secarse los labios con la servilleta. Sonreía.

—Hay —añadió— una pareja de grafiteras locales que pudo estar en contacto con él: dos chicas más bien duras, a medio camino entre el arte urbano y el grafiti gamberro. Firman como As Irmás: Las Hermanas.

—Sé quiénes son. Y hasta conozco a su galerista en Lisboa... Estuvieron entre los invitados a intervenir en la fachada de la Tate Modern cuando la exposición de grafiti de Londres, hace cuatro años.

—Esas mismas. Aquí les dejamos una de las casas de la avenida Fontes Pereira: la de la bandada de pájaros que salen de las ventanas. La verdad es que son buenas. Divertidas, con humor y mala intención. Y a medio civilizar, como digo. Les gusta el filo de la navaja.

—¿Cree que trabajaron esa noche con Sniper?

Dinis encogió los hombros y me dirigió una mirada plácida. Casi inocente, observé. El matiz estaba en el casi.

—No puedo jurarlo, pero hay quien sí lo jura. Quizá debería usted hablar con ellas... Si se dejan.

Dejando atrás la Casa dos Bicos callejeé por Alfama barrio arriba, sin prisa, entre el dédalo de rúas estrechas donde la ropa tendida y el ruinoso desconchado de las casas ocres, amarillas y blancas enmarcan cuestas empinadas y escalinatas interminables. Encontré mucho grafiti en aquella parte de la ciudad: era más un vomitado salvaje de firmas en paredes y puertas, aunque en algunos recodos de calles y placitas vi muros decorados con esmero y calidad. Me llamó la atención una pieza grande con pretensiones de arte urbano, a todo color, encajada en un ángulo cerca de la iglesia de San Miguel: mujer desnuda, ojos enormes y dulces, pechos que se transformaban en mariposas revoloteando por la pared. Firmaba un tal Gelo, y no era malo en absoluto. Sin embargo, a la altura del vientre de la mujer, alguien con poco respeto por el escritor y su pieza —sin duda uno de los grafiteros anónimos que la noche de homenaje a Saramago bombardearon Lisboa— había pintado con aerosol rojo y negro uno de los ojos ciegos ideados por Sniper.

Seguí camino escaleras arriba en dirección al Chão do Loureiro, aunque a los pocos pasos se me ocurrió fotografiar el grafiti de las mariposas con mi pequeña cámara extraplana. Volví atrás bruscamente, y al hacerlo me crucé con un hombre que se había detenido en el primer peldaño para atarse el cordón de un zapato. Había poca gente en la calle, y por eso me fijé en él: más bien grueso, mediana estatura, vestido con abrigo loden verde y sombrero de tweed inglés de ala corta. Advertí un bigote rubio, casi rizado en las puntas, y unos ojos claros que apenas se alzaron para mirarme cuando pasé cerca. Una vez hecha la foto regresé a la escalinata, y para entonces el desconocido estaba arriba, alejándose hacia el arco del beco das Cruzes.

Pasé una interesante media hora en el aparcamiento del Chão do Loureiro. Cada grafitero comisionado por el Ayuntamiento se había encargado de un piso, con plena libertad de asunto. El resultado era una buena muestra de estilos autóctonos, a salvo de la intemperie y el tachado agresivo de otros escritores. El aparcamiento se incluía en algunos recorridos turísticos de la ciudad, y el vigilante encargado de los tickets vendía postales con reproducciones de las piezas. Estuve mirando todo aquello y después salí al exterior, volviendo sobre mis pasos antes de subir hasta el mirador de Santa Luzia. El cielo mantenía un color azul vagamente brumoso, y la luz singular de Lisboa dibujaba hasta el borde del Tajo un mosaico de azoteas y tejados, con el puente Veinticinco de Abril visible en la distancia y los barcos moviéndose despacio por el estuario hacia el Atlántico. La temperatura era agradable, así que estuve sentada en un banco ante la barandilla de hierro del mirador, tomando notas en mi libreta. Al rato anduve hasta la parada y subí al tranvía 28 para regresar a la parte baja de la ciudad. Cuando el tranvía se puso en marcha, y mientras me acomodaba en un asiento del traqueteante interior, miré atrás y creí ver parado en la calle al hombre del abrigo verde y el sombrero inglés. Tras considerar la coincidencia, me concentré en mis asuntos.

Sim y Não, también conocidas como As Irmãs, eran gemelas, aunque su aspecto resultaba diferente. Sim, la mayor —había nacido media hora antes—, iba sin maquillar y se cubría con un gorro negro y un deforme chaquetón de camuflaje militar. Não, la menor, vestía vaqueros estrechos y cazadora ceñida de cuero, lucía el cabello suelto y rizado, un piercing en el labio inferior y media docena de pendientes en cada oreja. Por lo demás, sus facciones eran casi idénticas: morenas, duras. Tenían el mismo rostro anguloso y atractivo, donde unas gotas diluidas de sangre africana dibujaban una boca ancha, carnosa, y unos ojos oscuros y muy grandes.

—¿Por qué te hemos citado aquí?... Ya lo verás. Misterio.

Náo tenía una mochila manchada de pintura a los pies. Estábamos las tres sentadas en una de las rampas de hormigón de la orilla del río, con la vía del tren y la carretera a nuestra espalda, viendo pasar los barcos. El sol ya se encontraba muy bajo, tiñendo de resplandores cárdenos el agua y el horizonte. A nuestra izquierda podía ver la torre de Belém, sobre el fondo lejano y rojizo del puente iluminado por la luz casi horizontal en que parecía adormecerse el paisaje.

Por qué grafiti callejero, había sido mi otra pregunta. El toque de tanteo. Cómo dos mujeres habían logrado destacarse en un mundo por lo general masculino. La pregunta era una simpleza manifiesta, pero yo no podía decir hola, buenas, y preguntar a quemarropa por Sniper. No, desde luego, a aquellas dos. Me pareció oportuno romper antes el hielo; aunque en sólo medio minuto comprendí que no hacía falta romper nada. As Irmás eran chicas listas, cálidas, seguras. Directas. Su galerista había repetido la versión que yo le había contado a él: estaba en Lisboa para documentar la movida grafitera en torno a Saramago, con vistas a un libro. Ante ellas me había descrito como una buscadora de talentos artísticos, con influencia en el mundo de los editores de arte. Pero exageraba, expliqué. Mi trabajo se limitaba a localizar autores y formular sugerencias, y sólo cobraba por pieza segura. Lo que no siempre era el caso.

—Éramos unas crías cuando descubrimos que el grafiti no encajaba bien con fiestas, novios y cosas de ésas —contó Sim—. Tenías que trabajar duro para que te respetaran. Jugártela como todos, y hacerlo mejor que ellos... Al principio nos miraban por encima del hombro: «Es lo mejor que he visto de una tía», y cosas así... Nos reventaba. Cuando salíamos a bombardear con un chico, todos suponían que nos lo estábamos tirando. Así que decidimos seguir solas. Por nuestra cuenta.

—Hasta cambiamos de letra —apuntó su hermana.

—¿Por qué? —me interesé.

—A las tías nos sale más redonda, como en el colegio —explicó Sim—. Así que nos pusimos a cambiarla. A hacerla asexuada. Al principio firmábamos Sim y Não, y durante un tiempo nadie supo quiénes éramos... Lo de As Irmãs fue más tarde, cuando ya nos conocían. Empezaron a llamarnos así, y nos lo quedamos.

Yo las escuchaba con atención. Hablaban rápido, vulgar. Jerga de gente hecha en la calle. Sim llevaba el peso de la conversación y Não solía apostillar o asentir. Acababan de cumplir veintiocho años —lo había confirmado con el buscador de Google— y eran grafiteras desde hacía catorce. Se dieron a conocer en Lumiar, un barrio al norte de Lisboa, a base de reventar publicidad con tachados agresivos con su tag y otros mensajes inteligentes de corte radical. El suyo era un estilo inspirado en el manga japonés, a medio camino entre grafiti salvaje y arte urbano convencional. Una actuación en el Chiado lisboeta les valió ser invitadas, jovencísimas, al Meeting of Styles de Wiesbaden. Y ahora, después de su intervención en el exterior de la Tate Modern cuatro años atrás, eran artistas consagradas, tenían prestigio internacional y exponían en una galería selecta del Barrio Alto. Sin embargo, conservaban su tendencia al radicalismo clandestino, antisistema y un punto violento. La noche anterior yo había visto una obra suya en un panel de cuatro metros de ancho, iluminada por focos del Ayuntamiento en la Calçada da Glória. Bajo una espléndida composición de mujeres dolientes, encadenadas por sacerdotes católicos e imanes islámicos, el lema era inequívoco: *Apartem os rosarios de nossos ovarios.*

—De todas formas, escribir en paredes no tiene sexo —opinó Sim—. Detestamos a las que van en plan grafiti de género... Una vez vino a vernos una zorra...

—Una socióloga —apuntó su hermana.

—Eso. Una zorra socióloga que trabajaba en un estudio sobre escritores. Y le dijimos que se fuera a que le comieran el coño... Lo bueno del grafiti es que es de las pocas cosas donde puedes no saber si quien está detrás es tío o tía... La única diferencia es que nosotras meamos sentadas.

—O agachadas, si no hay donde sentarse —matizó Não.

Rieron coordinadas, idénticas, balanceándose con una especie de sincronización perfecta: una especie de rap silencioso que sólo ellas podían oír. Trabajaban ahora, explicaron luego, en un proyecto con pintura ultravioleta. Algo nuevo e insólito que las divertía mucho: grafitis que sólo serían vistos por los que los buscaran, con los instrumentos ópticos adecuados. Una Lisboa secreta, invisible para el profano. Lo más de lo más.

—La idea nos la dio Sniper —señaló Sim—. Y nos pareció genial.

Aquello me puso el asunto en bandeja.

—¿Fue cuando lo de Saramago?

Me miraron sin pestañear, igual que si jugáramos al póker. En silencio.

—Pero lo conocéis —aventuré—... ¿Verdad?

Esperaron cinco segundos justos y luego asintieron casi simultáneamente, sin despegar los labios, a la espera de mi próxima pregunta.

—¿Cómo lo conocisteis?

Não miró a su hermana, y ésta siguió mirándome a mí. Un centenar de pasos a nuestra espalda, en la vía cercana, sonó el estruendo de un tren que pasaba.

—Fue hace siete años —dijo Sim—. Venía a Lisboa por primera vez, y uno de sus contactos falló. Así que un amigo le dio nuestros nombres y le dijo que éramos las mejores buscadoras de paredes de la ciudad. Salimos con él.

—Un flash, tía —matizó Não.

—Decir eso es poco. Le encontramos un sitio buenísimo en Santa Apolonia, y allí fuimos los tres. Nosotras a mirar y él con su mochila y sus aerosoles. A media faena mi hermana avisó que venían los vigilantes y nos largamos los tres a toda leche, corriendo por las vías.

—Pero no acabó ahí —dijo Não.

—Claro que no. La pieza había quedado incompleta, así que Sniper se empeñó en volver la noche siguiente, para terminarla... ¿Te haces idea?

—Me la hago —respondí.

Me miró un instante, valorativa, para establecer si realmente sabía de qué estábamos hablando. Pareció concederme el beneficio de la duda.

—Se necesitan muchos huevos —dijo— para volver a un sitio que dejaste a medias, sabiendo que te pueden estar esperando.

—¿Y fuisteis con él?

—Ni de coña. ¿Estás mal, o qué?... Era demasiado peligroso. Pero al día siguiente nos acercamos a fichar un rato, y allí estaba la pieza completa: un tren entrando en un túnel que era la boca abierta de una de esas calaveras suyas... Un flash, te lo juro. Algo muy agresivo y muy fuerte. Y abajo, su firma de francotirador.

—¿Lo acompañasteis cuando hizo lo de la Casa dos Bicos?

Me miraron otra vez impasibles, sin despegar los labios. Pero sé leer silencios desganados. La respuesta era tal vez. O sea, sí.

—Me pregunto dónde estará ahora —comenté, dejándolo correr—. ¿Sigue en Portugal?

Se encogieron de hombros al mismo tiempo, y Sim asomó la punta de la lengua entre los labios.

—Eso se lo preguntan muchos —dijo, burlona—. Y no todos para hacerles fotos a sus piezas.

—¿Y vosotras?

—Nosotras no sabemos un carajo.

Seguramente era cierto, pensé. As Irmás resultaban demasiado conocidas para mantenerse mucho tiempo en contacto con ellas. Habría expuesto a Sniper más de lo conveniente.

—¿Sabéis su nombre real?

—No —atajó Sim—. ¿A quién le importa eso?

Su hermana era de la misma opinión:

—Sniper es Sniper... Ningún otro nombre tiene sentido.

—¿Estuvisteis alguna vez en España?... ¿Con él?

Movieron despacio la cabeza, asintiendo. Después, Sim opinó que Madrid era una ciudad dura. Mucha seguridad, rondas de guardias. Un lugar difícil.

—Hicimos una pieza en Chamartín y fue como flipar: tres muros completos en cuarenta y ocho horas. Durmiendo en un cobertizo cerca, camufladas entre cajas de cartón para que no nos vieran —miró a su hermana—. Ella se clavó un hierro cuando corríamos sin luz para acercarnos a un tren, que pintamos a ciegas mientras se desangraba como una gorrina.

—Mira —dijo Não.

Se abrió la cazadora para levantar el jersey que llevaba debajo. Había una cicatriz larga y violácea en su costado izquierdo, sobre la cadera. Una bonita cadera, por cierto.

—Teníamos miedo de ir a un hospital y que la policía nos identificara —añadió, cubriéndose de nuevo—. De manera que mi hermana telefoneó a Sniper y él se encargó de todo... Se portó de cine. Todavía vivía allí. No había sucedido aún lo de aquel muchacho que cayó del tejado.

Pasó otro tren a nuestra espalda. Tacatacac. A veces sonaba un claxon lejano, en la carretera que discurría más allá. Frente a nosotras, los barcos navegaban silenciosos, iluminados por el sol poniente.

—Muchos —prosiguió Sim— no saben lo que significa ser perseguido y tener que esconderse ocho horas con un frío de muerte, o lloviéndote encima como si escupiera Cristo, mientras todos los vigilantes del tren te están buscando. O viajar dos mil kilómetros para hacer en Berlín ese vagón de metro del que te habló un amigo. Llegar a una ciudad y pasar dos días sin comida ni dinero, durmiendo en cajeros o bajo un puente, para escribir allí... Los que nunca han tenido que currarse esas cosas son toys. Aficionados.

Se quedó un momento callada, y subiéndose un poco la manga del chaquetón militar dirigió un vistazo al reloj que llevaba en la muñeca derecha. Luego alzó la vista, cambiando una mirada breve con su hermana.

—Sniper nos dijo algo bueno cuando estuvo aquí. Al fin comprendes que el paisaje urbano es necesario. Que sin él no eres nada. Tu pieza se inserta en un lienzo más grande, en un marco: casas, coches, semáforos. La puta ciudad es tu complemento, ¿entiendes?... Forma parte de lo que haces.

—*Es* lo que haces —precisó Náo.

—Pero las galerías de arte... —empecé a decir.

—Nos importa un chocho lo que cuenten los capullos de los galeristas: esos cuervos y sus críticos de arte comprados, con tanta conciencia social como un bistec crudo.

—Como artistas a palo seco seríamos mediocres —afirmó Náo con despreocupación—. Una verdadera mierda... Pero como escritoras somos geniales.

Otra vez la risa simultánea. Era asombroso, concluí, cómo aquella risa las volvía del todo idénticas. Desdobladas igual que en un espejo.

—Las galerías se interesan por nosotras, y eso da dinero —dijo Sim—. Pero nos negamos a decir artistas. En eso coincidimos con Sniper: la calle es el único sitio donde sabes que algo es real.

—Dudas como bombas —apuntó Não.

—Eso decía él. Lanzar sobre la ciudad dudas como si fueran bombas. El grafiti necesita campos de batalla, y esto es lo que los escritores tenemos más a mano. El arte es una cosa muerta, mientras que un grafitero está vivo. Bombardear periódicamente es necesario.

—Me hago idea —respondí.

Sim me dirigió una ojeada suspicaz. Intentaba imaginarme, supuse, con un aerosol en la mano.

—Si nunca escribiste en paredes, lo dudo. Es como tener la regla, ¿comprendes?... Algo inevitable, que recuerda lo que eres. También impide que te descuides. Que te duermas.

Miró otra vez el reloj, y de nuevo a su hermana. Advertí que los ojos de ambas se dirigían Tajo arriba, hacia el puente Veinticinco de Abril. Los últimos rayos de sol ya sólo iluminaban la lejana estructura metálica y las partes más altas de los barcos que pasaban despacio por el río.

—Que llame un amigo a las cuatro de la madrugada o te ponga un mensaje diciendo que acaba de hacer esto o aquello —continuó Sim— es todo un flash... Y te revienta de envidia pensar que él acaba de regresar de una misión perfecta mientras tú dormías como una tonta.

Seguía mirando río arriba, hacia la ciudad, y pensé que las dos esperaban algo que yo era incapaz de imaginar. Misterio, habían dicho al principio. Me pregunté dónde estaba aquel misterio.

—Sniper es más radical —dijo Sim—. Más intransigente. Nosotras, sin embargo, comprendemos a los que tragan... Tuvimos que hacerlo hace unos años, cuando nos cayó una multa de seis mil euros que hacía falta pagar. Así que aceptamos lo legal para pagarnos lo ilegal. Nos imprimimos tarjetas comerciales e hicimos trabajos cobrando. Personalizábamos cualquier cosa con grafiti, para que lo vendieran: zapatillas, juguetes, bolsas, gorras... Luego la cosa fue a más. Exposiciones, ventas. Cosas así.

Hizo con las manos un ademán imitando una T, como en petición de tiempo, y con una sonrisa me invitó a seguirla. Cruzamos la vía del tren y caminamos hasta unas tapias cercanas, lindantes con una gasolinera.

—Mira —dijo.

Lo hice, y no pude evitar un estremecimiento. Unos seis metros cuadrados de la tapia estaban pintados completamente de blanco, con sólo una frase escrita en negro, en el centro. La lluvia y la intemperie habían deteriorado la pieza, y una docena de grafiteros espontáneos había escrito sus tags encima, pero aún era legible el texto original: *Sniper nunca estuvo aquí,* firmado debajo y a la derecha con la inconfundible mira de francotirador.

—El hijo de puta —reía Sim—... Y esa otra es nuestra.

Tomé una foto y miré la segunda pieza. Estaba casi contigua a la de Sniper, con la firma de As Irmás: un enorme billete de cincuenta euros con una vagina de mujer y la frase *Con o zero coma, que no-lo coman*. La traducción era rotunda y simple: Con el cero coma, que nos lo coman.

—El poder, el dinero y el sexo mueven el mundo —comentó Sim mientras yo fotografiaba su pieza—. El resto son pinturitas rosas. Nosotras no vamos de Campanillas de Peter Pan, conejitos, corazones, muñequitas, energía positiva y todo ese mamoneo... Nos jode eso del grafiti femenino, te hemos dicho antes. Somos un equipo sólido y fogueado que sale a la mierda con una sonrisa, relamiéndonos de antemano.

Cruzamos otra vez las vías, de regreso a la orilla del río. Otro tren pasó con estruendo a nuestra espalda mientras nos alejábamos.

—Siempre recuerdo lo que Sniper dijo mientras escribía eso: «En un museo compites con Picasso, que está muerto, mientras que en la calle compites con los cubos de la basura y con el policía que te persigue».

—Es bueno —comenté.

—Sí, ¿verdad?... Pues lo dijo él. Se le dan de puta madre ese tipo de frases.

Cuando llegamos a la orilla, el sol se había puesto en el estuario, aunque un último resplandor cárdeno encendía el cielo como una llamarada de algodón. Eso daba a aquella parte del río una luz decreciente pero todavía intensa. Era una hora tranquila sin viento ni sonidos, apenas con un leve chapaleo de agua al pie de la rampa de hormigón de la orilla. Sim consultó otra vez el reloj y miró a su hermana. Ésta había sacado unos pequeños prismáticos de la mochila y observaba río arriba, en dirección al puente y la ciudad.

—Ahí está —dijo.

Las primeras luces empezaban a encenderse a lo lejos, en la parte baja y distante de la otra orilla; pero la claridad azulgrís sobre el río era todavía suficiente para percibir los detalles. Seguí la dirección de sus miradas hasta un pequeño barco de carga que navegaba hacia el Atlántico, acercándose a nosotras.

—Puntual y a su hora —comentó Sim.

Náo le pasó los prismáticos, sacó de la mochila una pequeña cámara de vídeo y empezó a grabar el barco. Sim echó un vistazo y luego me pasó a mí los prismáticos. Sonreía, radiante. Una sonrisa idéntica a la de su hermana, que en ese momento accionaba el zoom de la cámara.

—Ahora tenemos las uñas más bonitas —dijo—. Menos problemas con la policía, más fama y algún dinero, más tíos que se nos quieren tirar... Pero nada puede compararse con esto.

Acerqué los ojos a las lentes. A medida que el barco se aproximaba hasta pasar por delante de nosotras, fui alcanzando a ver su costado derecho. Había allí pintado un grafiti extenso, lleno de hermoso colorido: grandes delfines azules con lomos violeta que parecían brincar sobre el mar, en libertad, como si quisieran dejar atrás la proa.

Volví a ver al individuo del abrigo verde y el sombrero de tweed por la noche, y esta vez me fijé bien en él. Yo había cenado en Tavares, un restaurante del Barrio Alto, con el editor Manuel Fonseca y su mujer —teníamos asuntos profesionales pendientes, sin relación con Sniper—, y luego tomamos juntos unas copas en un bar gay de la rua das Gáveas. Manuel era viejo amigo y tipo simpático, y su mujer una estupenda conversadora; así que la velada se prolongó un poco. Cuando salimos a la calle, los Fonseca se ofrecieron a acompañarme al hotel —siempre me quedo en el Lisboa Plaza, junto a la embajada de España—; pero era tarde y tenían el coche en dirección opuesta, en el aparcamiento del Chiado. La noche era fresca, aunque agradable; yo iba abrigada con mi chaquetón y un chal de lana, y llevaba el bolso en bandolera, bajo el pecho, para evitar sobresaltos. Eran sólo veinte minutos hasta mi hotel, así que me despedí allí y anduve en dirección al mirador de San Pedro, disfrutando de las calles tranquilas cuyos cierres de comercios y paredes en sombra —ahora me fijaba en eso de modo distinto— estaban llenos de grafitis, pese a los esfuerzos de Caetano Dinis y su departamento por domeñar a los escritores locales. Fue un paseo tranquilo, poco parecido a lo que sueño a veces. En mis pesadillas aparecen a menudo ciudades desconocidas y taxis que no se paran: calles extrañas por las que camino intentando regresar a un lugar que no recuerdo. También sueño que seduzco a mujeres de editores y libreros, aunque ésa es otra historia.

El caso es que conozco bien Lisboa, y esa noche no necesitaba taxis. Dejando atrás la iglesia de San Roque, subí al tranvía que recorre la empinada cuesta da Glória y me acomodé en un asiento. Se puso en marcha un par de minutos después, y mientras descendía calle abajo eché un vistazo por la ventanilla: en la penumbra del muro de la izquierda y a dos tercios del recorrido, poco antes de llegar a la parada de la Baixa, había un grafitero escribiendo en la pared —ni se inmutó al paso del tranvía—. Para entonces yo había adquirido ya el instinto automático del cazador contagiado por el rastro de la presa; así que, obedeciendo a un impulso de curiosidad natural, en cuanto llegué abajo volví un trecho cuesta arriba, caminando a lo largo de la doble vía, para ver de cerca al grafitero. Era un chico delgado y ágil, de facciones imprecisas, que al sentirme llegar se volvió para identificar una posible amenaza. Debió de tranquilizarse al comprobar que no era policía ni vigilante, pues se limitó a subirse la kufiya palestina que llevaba en torno al cuello, agitó los aerosoles y siguió a lo suyo. Tenía una lata en cada mano, como los pistoleros ambidextros de las películas del Oeste, y rellenaba rápidamente con amarillos y azules una pieza grande, alta, compuesta de enormes letras que no pude descifrar con tan poca luz.

Iba a dar media vuelta cuando descubrí al hombre al que había visto por la mañana: regordete, bigote rubio. Llevaba el mismo abrigo loden y el sombrero inglés de tweed. Miré hacia arriba de modo casual y lo vi bajar entre las sombras, a pie y por el lado opuesto, con prisa. Al divisarme se detuvo a una docena de pasos, indeciso. La situación era peculiar: la cuesta estaba desierta a excepción del grafitero, él y yo. Siguió camino en seguida, tras la corta vacilación; aunque para entonces yo estaba alerta, atando cabos. La única farola encendida en aquel tramo quedaba cerca, alumbrando suficiente para que lo reconociera en el acto. En un instante, comprendí: me había seguido por el Barrio Alto hasta la parada de arriba. Después, a fin de no arriesgarse en el mismo tranvía, había bajado la cuesta caminando a toda prisa con intención de alcanzarme abajo. Mi vuelta atrás a causa del grafitero había estropeado su maniobra.

No cabía duda de que era el hombre de Alfama. Lo veía por tercera vez en poco más de doce horas, y el recuerdo de lo que Auric Goldfinger dijo a James Bond en la novela correspondiente me vino a la cabeza: una vez es casualidad, dos puede ser coincidencia, tres significa enemigo en acción. James Bond no tenía nada que ver con aquello, pensé, y tal vez la palabra enemigo resultara excesiva —pronto comprobaría que no lo era en absoluto—, pero a nadie le gusta averiguar que pisan su huella con intenciones, como poco, inquietantes. Aquello irritaba; y en materia de irritación yo podía alcanzar cotas tan altas como cualquiera. Sentí una compleja mezcla de estupor, miedo y cólera, y tras unos segundos de ajustar ideas fue la cólera la que se llevó el gato al agua. Por seguir con paráfrasis literarias, no soy lo que podría decirse una chica blanda. He recibido y devuelto algunos golpes, etcétera. Y no siempre en sentido figurado. Así que me fui derecha hacia el fulano del bigote rubio.

—¿Por qué me sigues? —pregunté a quemarropa.

—¿Perdón?

Se había detenido al ver que me acercaba. Respondía en español, casi sobresaltado por mi tono brusco, que el tuteo hacía aún más agresivo.

—Te pregunto por qué cojones me estás siguiendo.

—Usted... —empezó a decir.

Creí que aquel tono mío me daba ventaja, así que lo mantuve. Y subí un grado.

—Hijo de puta.

Parpadeó, desconcertado. O pareciéndolo. Yo era un poco más alta que él, dedico dos tardes de cada semana a nadar en una piscina, y tengo una constitución física razonable. En lo que a carácter se refiere, nunca fui de las que dan gritos y se aferran trémulas al hombro del vaquero guapo —siempre a ése, las delicadas zorras— cuando los apaches atacan el fuerte. Dicho de otro modo: estaba tan furiosa que, a la menor provocación, le habría sacado al gordito aquellos ojos azules que miraban inocentes, como atónitos, bajo el ala corta del sombrero inglés, en la claridad amarilla de la farola.

—Usted no tiene derecho —acabó al fin la frase.

Hice caso omiso a su idea de derechos y deberes en aquel lugar, pasada la medianoche.

—Esta mañana ibas siguiéndome por Alfama, y ahora estás aquí... ¿De qué va esto?

Me miró un instante más, con mucha fijeza. Torcía el bigote rubio, que llevaba rizado en las puntas, descubriendo unos dientes conejiles al morderse el labio inferior, cual si pensara. Como si realmente intentase comprender de qué le estaba hablando. Sin embargo, durante un par de segundos la expresión fría de sus ojos me hizo sospechar que tal vez no fuera tan fácil sacárselos como había calculado en un principio. Que no era de los que se dejan fácilmente, o sea. Sacar nada. Pero sólo fue un momento. Como digo.

—Usted se equivoca.

Se movió brusco, esquivándome para caminar de nuevo calle abajo. Le miré la espalda.

—La próxima vez te arranco la cabeza —casi grité—. Gilipollas.

Desde el otro lado de la calle, con un aerosol en cada mano, el grafitero se había vuelto a mirarnos con curiosidad. Luego recogió sus bártulos y se fue calle arriba, en silencio. Estuve allí parada, frente a los amarillos y azules de su pieza, oliendo la pintura fresca mientras la adrenalina se diluía en mis venas y el pulso recobraba su ritmo normal, hasta que el otro individuo llegó a la parada del tranvía, al final de la cuesta, y dobló la esquina hacia la derecha. Anduve detrás y eché un vistazo precavido, sin encontrar ras-

tro de él. Tomé a la izquierda por la avenida da Liber-
dade, hacia el hotel, mientras intentaba poner orden
en mi cabeza. Saqué el teléfono del bolso y llamé a
Mauricio Bosque, pese a lo tarde que era —que también él se fastidie, decidí—, pero salió un buzón de
voz. Dejé un mensaje pidiéndole que me contactara.
Urgente. De vez en cuando volvía la cabeza para mirar
atrás, inquieta. Pero esta vez nadie me seguía.

Cuando entré en el hotel y pedí la llave, el conserje de guardia me entregó escrito un mensaje telefónico que habían dejado para mí. Era de As Irmãs,
constaba sólo de cuatro palabras, y me hizo olvidar
en el acto al hombre del bigote rubio, precipitarme a
un sofá del salón desierto y conectar mi teléfono a Internet. Decía: *Sniper. Movida en Italia.*

4. El balcón de Julieta

—Increíble —dijo Giovanna.

Yo estaba de acuerdo. En que lo era. Ni siquiera los museos de la ciudad conseguirían jamás aquella afluencia de público. El patio de la casa de Julieta, en el centro de Verona, estaba lleno de gente que se agolpaba por el túnel de entrada hasta la calle, formando una cola que varios policías pretendían mantener en orden. El frío no desalentaba a nadie: bajo la mansa aguanieve destilada por un fosco cielo gris había numerosos turistas con paraguas, anoraks, gorros de lana y niños de la mano; pero también veroneses que acudían a ver lo que los periódicos y la televisión italianos, con cierta impudicia chauvinista, llevaban tres días calificando como *una de las más originales intervenciones de arte urbano ilegal realizadas en Europa.*

—¿Cómo pudo hacerlo? —pregunté—. ¿No tienen vigilancia nocturna?

—Hay un vigilante dentro del edificio, pero no vio nada. Y el portón de la calle estaba cerrado.

Toda Verona discutía sobre eso. Ni los carabinieri encargados de la investigación estaban seguros del modo en que Sniper había conseguido introducirse en el patio de la casa-museo dedicada a la leyenda shakespeariana: el lugar en cuyo balcón se habrían citado la joven Capuleto y su amante Romeo Montesco.

—¿Entró descolgándose por el tejado?

—Puede ser... O quizá estuvo escondido en la casa hasta que los visitantes se marcharon.

Miré en torno. Hacía tiempo que el patio y el túnel se habían convertido en una especie de pequeño parque temático dedicado al amor: las rejas llenas de candados con iniciales, inscripciones románticas en cada pared y un espontáneo mosaico multicolor compuesto por millares de gomas de mascar con frases tiernas escritas encima, aplanadas y adheridas en los muros. También la tienda de recuerdos, como las próximas de la inmediata via Cappello, desplegaba una abigarrada pesadilla de llaveros, dedales, ceniceros, tazas, platos, Julietas y Romeos en miniatura, cojines, postales y todo cuanto es posible imaginar en materia de mal gusto, donde el asunto dominante eran millares de corazones que lo saturaban todo hasta el empalago. Con el tiempo, esa explosión de cursilería sin límite había acabado por desplazar el interés del motivo original del balcón y la estatua de bronce de Julieta que estaba al fondo del patio: la mayor parte de los turistas ya no se hacía fotos allí, sino ante la decoración desaforada y multicolor, los cientos de candados sujetos a las rejas, los millares de inscripciones manuscritas y el mosaico de chicles que cubría el túnel y el patio. Arte urbano en mutación perversa, por decirlo de algún modo. Interacción con el público y todo eso. Aunque haya otras maneras menos piadosas de calificarlo.

—En cualquier caso —comentó Giovanna—, Sniper es un genio.

Miré el objeto de su comentario: la causa de que en los últimos dos días se hubiera multiplicado el número de gente que visitaba el balcón de Julieta, en el frío mes de febrero de una pequeña ciudad del norte de Italia. Al fondo del patio, ante las rejas llenas de candados con promesas de amor y la tienda de recuerdos constelada de corazones, la estatua de bronce en tamaño natural de la doncella de Verona, habitualmente gastada su pátina por el roce de miles de manos de turistas que la acariciaban al fotografiarse con ella, mostraba un aspecto inusual: tenía el cuerpo empapelado con billetes de cinco euros pegados con cola y barnizados con aerosol, y el rostro cubierto por una máscara de luchador mejicano que representaba una de las calaveras o calacas que Sniper solía utilizar en sus trabajos. Para que no quedase duda de la autoría, el pedestal de la estatua estaba decorado con la firma y el círculo cruzado de francotirador.

—No saben qué hacer con esto —reía Giovanna.

Era cierto. Y evidente. El departamento municipal de Cultura estaba desbordado por los hechos. Al difundirse la noticia e intervenir los medios informativos, turistas y vecinos habían acudido en masa a ver la intervención de Sniper. El primer impulso de retirar la costra de billetes y la máscara del rostro de Julieta había topado con la explosión mediática del suceso; y ahora eran millares de personas las que deseaban ver la actuación en Italia del artista ilegal al que se sabía oculto por razones confusas sobre las que prensa, radio y televisión llevaban días especulando. Hasta se había dispuesto una estructura de aluminio y plástico a modo de toldo sobre la estatua, para protegerla de la intemperie. Críticos de arte y catedráticos de universidad comparecían ante las cámaras para comentar la original acción del artista urbano español —el sector crítico, aunque en minoría, lo llamaba vándalo a secas—, cuya presencia en Italia había pasado inadvertida hasta entonces. De manera que, mientras tomaban una decisión, resueltas a explotar la repercusión de aquella novedad en el paisaje turístico-cultural de la ciudad, las autoridades habían hecho de la necesidad virtud. En palabras de un editorial publicado aquella misma mañana en el diario *L'Arena,* en pleno mes de febrero, con tiempo frío, crisis económica y temporada turística baja, entre Sniper y Julieta —el pobre Romeo había quedado fuera del asunto— a Verona la había ido Dios a ver.

Dejamos atrás la cola de gente y los flashes de cámaras y teléfonos móviles y caminamos hacia la piazza Erbe. Seguía haciendo mucho frío. Las gotas de aguanieve empezaban a cuajar en el suelo húmedo, y una tenue cortinilla blanca de copos minúsculos veló la plaza. Decidimos refugiarnos en el café Filippini, en busca de algo caliente.

—Y eso es lo que hay —resumió Giovanna, sacudiendo las gotas de agua de su chal de lana antes de colgarlo en el respaldo de la silla.

Giovanna Sant'Ambrogio era elegante, atractiva, de ojos oscuros muy grandes y nariz larga, algo más que atrevida, que en otra mujer que no fuera italiana habría resultado vulgar. Ahora se teñía el pelo, negrísimo, para ocultar las primeras canas. Nos habíamos conocido una década atrás como estudiantes de Historia del Arte, en Florencia, donde mantuvimos una breve relación durante un curso de verano sobre la capilla Brancacci, con agradables paseos por la orilla del Arno y calurosas noches de intimidad en la estrecha cama de mi pensión de la via Burella. Giovanna iba a contraer matrimonio algunos meses más tarde, y todo había concluido de modo afable, en cordial amistad. Ahora ella estaba divorciada y vivía en Verona, donde trabajaba en la Fundación Salgari y como editora de la revista cultural *Villa Della Torre,* patrocinada por una importante bodega de Fumane, en la Valpolicella.

—La cuestión es si Sniper sigue en la ciudad —comenté—. Disfrutando del éxito.

Giovanna removía la cucharilla en su café cortado. *Macchiato,* había pedido. Y otro para la señora. Con unas gotas de coñac dentro.

—Puedo intentar averiguarlo —dijo tras reflexionar un momento—. Conozco a gente metida en arte urbano, y algunos son grafiteros... No perdemos nada con tender las antenas.

Lo pensó un poco más, mientras se llevaba la taza a los labios.

—Tengo un amigo relacionado con eso —prosiguió—. Un tipo que ostenta el récord local de sanciones por vandalismo. Firma Zomo. Puede seguírsele el rastro por todo el norte de Italia en estaciones de tren y líneas de autobús... Duro y agresivo, muy al estilo de lo que buscas.

Me sonaba aquel tag italiano, Zomo. Quise hacer memoria.

—¿Es joven?

—Ya no tanto. Andará por los treinta. En Verona actúa poco, pues la policía lo tiene controlado y se expone a consecuencias graves; pero de vez en cuando no puede reprimirse y sale a la calle, o hace incursiones de castigo por otras ciudades.

—Creo que he visto algo suyo en Internet... ¿El de los policías?

—Ése —rió Giovanna—. La tiene tomada con ellos desde hace años.

—Pues es bastante bueno.

Recordaba, al fin. Había piezas de Zomo colgadas en páginas grafiteras de Internet. Además de grafitis convencionales, solía pintar a policías italianos, carabinieri, en situaciones comprometidas: besándose en la boca, liándose un canuto, sodomizándose. Trabajaba con plantillas previamente preparadas —stencils, en jerga callejera—, para actuar rápido y largarse: plantilla sobre la pared, una rociada de aerosol y pies para qué os quiero. Pintando aquellos asuntos, era natural que redujera el tiempo de exposición a ser detenido. Más de un policía estaría encantado de echarle el guante. Conversar con él a solas, sin testigos, durante unos minutos. No para pedirle autógrafos.

Giovanna me contó de qué lo conocía. Ella misma había impulsado en Verona, un par de años atrás, una iniciativa para destinar un lugar al *street art:* convocatoria en vivo, pública, patrocinada por su bodega. El plan era invitar a grafiteros conocidos, como se había hecho en otros lugares. El sitio ideal era una vieja fábrica abandonada junto al río, al sur de la ciudad. La gente podría ver trabajar a los grafiteros locales a la luz del día, en un espectáculo con música funk, rap, hip hop y todo eso. Pero la idea no sentó bien en el municipio. Hubo debate, discusiones, y al final se descartó. Aun así, Giovanna había estado en relación con Zomo, que iba a encargarse de organizarlo todo.

—¿Sigues manteniendo el contacto? —me interesé.

—Sí. Y no es mal tipo... Algo zumbado, pero no mal tipo.

—¿Estás segura de que conoce a Sniper?

—Me han dicho que fue su explorador indígena en el asunto Julieta... Que hizo de guía local.

Apuré el resto de mi café. Aquello abría perspectivas interesantes.

—O sea, que si Sniper sigue en Verona, ¿ese Zomo estará en contacto con él?

Giovanna sonrió, enigmática. Una de sus manos, adornada con anillos de plata y una piedra grande, de bisutería, estaba cerca de la mía. Haciéndome recordar. La miré a los ojos, devolviéndole la sonrisa. Por la forma en que entreabría los labios, supe que también ella recordaba.

—Es posible —dijo—. Pero quizá haya algo más que eso... Hay un rumor.

Alcé más la cara, seria de pronto, como una perra que olfatease el aroma repentino de un buen hueso.

—¿Qué clase de rumor?

Ella apartó la mano para alzar un dedo de uña larga y cuidada, barnizada hasta la perfección, y apuntar hacia la calle, donde ahora caía la nieve de forma copiosa.

—Sniper no habría terminado con Verona. Aún quedan cosas por hacer aquí.

—¿Qué clase de cosas? —aparté a un lado mi taza vacía y me apoyé en la mesa—. ¿Tienes forma de averiguarlo?

—Circula una historia rara. Puede estarse preparando algo, para lo que la intervención en la casa de Julieta no sería más que un prólogo.

—¿Otra actuación?

—Podría ser. Pasado mañana es 14 de febrero. En España también lo celebráis como día del amor, ¿no es cierto?

De nuevo aquella sonrisa absorta, evocadora. Me pregunté con quién se relacionaría ahora Giovanna. Hombre o mujer. Mi instinto se inclinaba más bien por la segunda opción. De cualquier modo, yo estaba fuera de tiempo para comprobarlo. Jamás regreso a donde fui feliz. Mediaban además otros factores de retaguardia. Reglas personales. Lealtades.

—Día de los enamorados, sí —confirmé—. San Valentín.

—Bueno. Pues Julieta y Romeo, gracias a Shakespeare, son los enamorados por excelencia. Y Verona, la ciudad del amor —se volvió otra vez hacia la ventana que daba a la plaza—. Un amor, como has visto, que el público, la estupidez, el contagio social, la tele y todo lo que eso supone, incluidas las novelas y películas de Federico Moccia, han convertido en manifestación popular, mercantilizada, de lo más cursi que una puede imaginar... La intervención de Sniper apuntaría justamente ahí.

—¿Y?

—Pues eso... Que, según dicen, no ha terminado de expresar lo que piensa de toda esta estupidez. Y prepara otro golpe. Por lo visto, están llegando a Verona grafiteros de toda Italia. Convocados por Sniper en clave, como suele... Emails vía Internet, mensajes telefónicos y cosas así.

Respiré despacio, procurando mantener la calma. De lo contrario, habría saltado de la silla.

—¿Con qué intención?

—Eso ya no lo sé. Pero no me sorprendería que de aquí a dos días nos enteremos todos.

Miré el espejo que estaba a su espalda. También yo estaba allí, sentada, con el cuello de mi chaquetón subido, un pañuelo de seda al cuello y el pelo todavía húmedo de aguanieve. Detrás de mí, junto a la barra y ante el fondo de botellas alineadas en sus estantes, había clientes refugiados del mal tiempo de afuera. Oía el rumor de sus conversaciones. Quizá, pensé estremeciéndome, Sniper se encontrara entre ellos. Bebiendo como yo misma un café *macchiato* con unas gotas de coñac mientras planeaba una segunda parte de su acción.

—Tengo que ver a Sniper. Si continúa en Verona, debo encontrarlo.

Movió la cabeza, poco alentadora.

—No parece fácil. Donde él va, sus adictos suelen rodearlo de un buen aparato de seguridad. Pero está Zomo de por medio, y nada perdemos con intentarlo... Lo que no veo es que tengas una razón convincente para que te hagan caso.

Pensé sobre eso. Argumentos. Cebos. Miré otra vez el espejo, y luego me volví hacia la ventana, cuyo vidrio empezaba a empañarse. Afuera, en el aire rayado de copos que caían mansamente, la nieve cubría de blanco la estatua en la fuente central de la plaza.

—¿Podríamos hacerle llegar a través de Zomo una carta mía? ¿Un mensaje?

—Podríamos. Pero no puedo garantizarte nada. Ni siquiera que la reciba.

Llamé al camarero para pedir la cuenta.

—Con intentarlo me basta —dije.

Cuando viajo a Verona suelo alojarme en el hotel Aurora, que es céntrico y tiene precios razonables. Pero esta vez era Mauricio Bosque quien corría con los gastos, así que mi habitación —trescientos euros diarios, tasas aparte— era la 206 del Gabbia d'Oro, que también está a un paso de la piazza Erbe. Y aquella misma tarde, con los pies descalzos sobre una bonita alfombra antigua y apoyada en un buró del siglo XIX, escribí allí la carta para Sniper. Afinarla me costó varios borradores hasta dar con el tono que consideré adecuado. La transcribo aquí, literalmente:

Decir a estas alturas que admiro su trabajo me parece una simpleza. Así que le ahorraré un largo

*prólogo de elogios. Creo que es usted una de las perso-
nalidades más intensas y singulares del arte contem-
poráneo, y que sus actuaciones apuntan al corazón
del gran asunto: en una sociedad que todo lo domes-
tica, compra y hace suyo, el arte actual sólo puede ser
libre, el arte libre sólo puede realizarse en la calle, el
arte en la calle sólo puede ser ilegal, y el arte ilegal se
mueve en un territorio ajeno a los valores que la sociedad actual impone. Nunca como ahora fue verdad la vieja afirmación de que la auténtica obra
de arte está por encima de las leyes sociales y mora-
les de su tiempo.*

*Poseo experiencia y contactos adecuados. Estoy
comisionada para ofrecerle un proyecto que permi-
tiría llevar, con todos los honores, esa verdad al núcleo mismo del sistema que usted con tanta energía
combate. Sólo le pido, bajo todas las garantías de
seguridad personal que estime oportunas, un breve encuentro que me dé la oportunidad de expo-
nérselo.*

Leí un par de veces más la última redacción,
eliminé la frase *con todos los honores* del segundo pá-
rrafo, introduje el adjetivo *explosiva* entre las palabras
esa y *verdad*, y tras una relectura final pasé el texto a mi
correo electrónico y se lo envié a Giovanna, que a su
vez debía hacérselo llegar a Zomo. Después encendí
el televisor —la cadena local seguía informando sobre la actuación de Sniper en la casa de Julieta—, me
tumbé en la cama y telefoneé al editor de Birnan
Wood para contarle mis últimos pasos.

A Giovanna le sonó el móvil a media comida del día siguiente, 13 de febrero. Estábamos en la trattoria Masenini, frente al castillo, y un camarero acababa de retirar el primer plato cuando ella abrió el bolso, respondió a la llamada, y mientras escuchaba me dirigió una sonrisa que poco a poco se hizo más intensa. Al fin dijo *Grazie, caro,* cortó la comunicación, guardó el teléfono y se me quedó mirando, complacida.

—Tienes una cita —anunció.

Se me había secado la boca de pronto. La pasta recién ingerida parecía tornarse nudos en mi estómago. Cuando alargué despacio una mano hacia la copa de vino, hice un esfuerzo notable para que no me temblara.

—¿Cuándo?

—Esta noche, a las once en punto. Esquina del vicolo Tre Marchetti.

—¿Y dónde queda eso?

—Cerca de aquí. Detrás de la Arena... Del anfiteatro romano.

Bebí un largo sorbo de vino. Era un Amarone Nicolis del 2005, y en aquel momento sabía especialmente a gloria bendita.

—¿Es Zomo quien ha llamado?

—Sí. Dice que debes ir sola, sin grabadora, cámara de fotos ni teléfono móvil... Que una vez allí te cachearán para comprobarlo.

—¿Qué más ha dicho?

—Nada más. Sólo eso —cogió también su copa de vino y la alzó ligeramente, en mi honor—. Parece que, después de todo, tendrás a tu Sniper.

Tocamos ligeramente nuestras copas. El cristal vibró, agudo y limpio, en torno al vino de color sangre.

—Gracias a ti —dije.

Giovanna me miraba con afecto.

—No he hecho nada —respondió con suavidad.

Otra vez advertí aquella sonrisa evocadora en sus labios. Parecida a la mía, supuse. Me recordaba, comprendí. Nos recordaba.

Había dejado de nevar, pero las calles de Verona estaban alfombradas de blanco y gruesas gotas de agua caían por los aleros de los edificios. Faltaban diez minutos para las once de la noche. La hora avanzada, el frío sin viento, los edificios en sombra y la palidez fantasmal de las calles disponían un paisaje extraño, silencioso, en el que sonaban como crujidos los pasos de mis botas sobre la nieve. Yo había bajado por la via Mazzini, y al llegar ante la extensa superficie blanca de la plaza torcí a la izquierda, en dirección a la masa oscura del antiguo anfiteatro. El vicolo Tre Marchetti desembocaba allí mismo, a poca distancia de los arcos de piedra bimilenaria, bajo unos balcones de hierro forjado y la muestra de una trattoria ya cerrada a esas horas.

Me detuve en la esquina y miré alrededor. Pese a que era noche sin luna ni estrellas, y que parte del alumbrado público estaba apagado o no funcionaba a causa de la nevada, el reverbero de la nieve caída proporcionaba una razonable claridad que permitía distinguir los objetos en la penumbra: había automóviles estacionados cubiertos de nieve, huellas de neumáticos que aplastaban el suelo helado tornándolo resbaladizo, y una farola solitaria, encendida por el lado del Portone della Brà, silueteaba los árboles lejanos y los gruesos bolardos de piedra de la barandilla metálica que circundaba el foso del anfiteatro.

Pasaban diez minutos de la hora prevista, y los pies se me estaban congelando, inmóviles sobre aquella superficie blanca y fría. Froté mis manos enguantadas, pateé el suelo para entrar en calor, y al fin caminé hacia el enorme edificio y anduve a lo largo del foso, sin ver a nadie. A veces, los faros de automóviles que cruzaban despacio la plaza proyectaban largas sombras en la nieve; y algunas de esas sombras pertenecían a transeúntes que, como yo, caminaban con precaución por las proximidades. Pero ninguna de ellas vino a mi encuentro. Empecé a sentirme inquieta. Confusa.

Volvía sobre mis pasos siguiendo la barandilla, otra vez en dirección a la esquina, cuando una silueta se destacó abajo, en el foso blanco de nieve, apartándose un poco de una de las enormes pilastras de piedra que sostenían los arcos del anfiteatro.

—¿Sniper? —susurré.

No hubo respuesta. Al sonar mi voz, la silueta se había quedado inmóvil otra vez. De nuevo un bulto oscuro fundido en las sombras, bajo el arco.

—Soy Lex Varela —dije.

Creí oír una risa corta, contenida; pero tal vez me engañaba. Quizá sólo era un breve golpe de tos debido al frío. Después el bulto oscuro se apartó un poco más de la pilastra. Yo estaba arriba, las manos apoyadas en la barandilla, y él seguía abajo, protegido por la sombra del arco de piedra. Miré alrededor buscando un lugar por donde franquear la barandilla: unos escalones o rampa para bajar al foso, cuya profundidad era de un par de metros; pero en ese momento oí crujidos en la nieve. Rumor de pasos de alguien que caminaba por la acera, acercándose. Disimulé, dando media vuelta para sentarme en la barandilla. Primero fue una silueta negra destacando en el paisaje nevado de la calle. Después, cuando ya estaba casi junto a mí, los faros de un automóvil iluminaron un instante a una mujer delgada y alta, con sombrero, que caminaba envuelta en un abrigo largo de visón. Tuve ocasión de distinguir su rostro seco y anguloso antes de que la luz de los faros se alejase. También lo hizo la mujer, caminando junto a la barandilla para perderse otra vez en la oscuridad.

—¿Sniper? —pregunté de nuevo, volviéndome hacia el foso.

Durante unos segundos no ocurrió nada, y temí que se hubiera ido. Pero al fin volví a advertir movimiento en la negrura de abajo. Otra vez se destacó el bulto oscuro en el arco, y ahora se acercó más, saliendo al descubierto sobre la albura del foso nevado. Una sombra masculina, embozada, que se fue moviendo despacio, con precaución, hasta llegar a mis pies.

—¿Por dónde puedo bajar? —pregunté, inclinada sobre la barandilla.

Alzó un brazo para señalar algo. Un ademán oscuro sobre la nieve, apuntando hacia su derecha. Entonces ocurrieron varias cosas a la vez. Desde la dirección en que había visto desaparecer a la mujer del abrigo de visón volvieron a sonar pasos en la acera, acercándose a mí con rapidez; y al girarme un instante la reconocí, allí de nuevo, casi encima. Pero esta vez no pasó de largo. Sentí un golpe muy violento en un lado de la cabeza, tan inesperado y brutal que en mis retinas se dispararon súbitas centellas multicolores que rasgaron en todas direcciones las sombras de la noche. Perdí el equilibrio, y mientras me agarraba a la barandilla para no caer al foso, miré allí aturdida y pude ver, entre todas esas lucecitas enloquecidas que salpicaban mis ojos, cómo el bulto negro del hombre que estaba abajo retrocedía bruscamente, y que al mismo tiempo otra presencia inesperada se sumaba a la reunión, apareciendo bajo las pilastras de los arcos para abalanzarse sobre él: una nueva sombra que se movía con extraordinaria rapidez y violencia. Entonces recibí un segundo golpe en la nuca, aún más fuerte que el otro, y perdiendo por completo el equilibrio basculé sobre la barandilla para precipitarme de cabeza al foso, dos metros más abajo.

No recuerdo con claridad esos instantes. Sólo la impresión de que todo desaparecía ante mí, el pánico de la caída, la sensación de vacío hondo interrumpida de repente por la violencia del choque. La repentina falta de aire en los pulmones, a causa del impacto de mi cuerpo contra el suelo. Fue la capa de nieve que cubría el foso, supongo, lo que me libró de romperme algunos huesos allí abajo. Quedé sobre un costado, incapaz de moverme, sin perder el conocimiento pero aturdida hasta el punto de ni siquiera sentir dolor. Abrí la boca para gritar y respirar, pero ni logré articular sonido alguno, ni introducir más que un mezquino hilo de aire en los pulmones. Estaba entumecida, insensible como si sufriera una parálisis súbita que sólo me dejaba libres el oído y la vista. Tenía la cara vuelta a un lado, sobre la nieve. Las centellitas de colores se fueron apagando, y pude ver cómo el hombre que había estado en el foso caía a mi lado. Breve rumor de lucha, gruñidos, gemidos. Golpes. Alguien me empujó con el pie, esta vez sin violencia, poniéndome boca arriba. Creí oír una voz de mujer que sonaba cerca, pronunciando palabras que no pude comprender. Respondió una voz de hombre. El bulto oscuro que estaba a mi lado había dejado de debatirse, o eso me pareció. El haz de una pequeña linterna, fino como un lápiz de luz, iluminó un momento mi rostro y luego buscó el del hombre caído. Había otro hombre de pie ante él, y me pareció ver un abrigo loden largo, un bigote rubio y unos ojos claros. También el relucir fugaz de la hoja de una navaja.

—Mierda —oí decir.

Siguió una discusión en voz baja: un rápido intercambio de frases cortas sin sentido para mí. Después el haz de luz se apagó, oí pasos alejándose sobre la nieve y volvió el silencio. Al cabo de unos minutos —en realidad no estoy segura del tiempo transcurrido—, intenté moverme, sin conseguirlo. Seguía paralizada, aunque sin que nada me doliera todavía. Eso me asustó. Quiero que me duela, pensé. Quiero estar segura de que no me he roto la columna vertebral. Pude al fin apoyar un brazo en el suelo helado e intenté incorporarme. Un calambre de agonía me atenazó el tórax.

—Ahhh —gemí.

Como si se tratara de una respuesta, del cuerpo que yacía a mi lado también brotó un quejido. Lo tanteé con una mano. Su ropa estaba empapada de agua y nieve. Toda fría. Si fuera sangre, pensé, estaría caliente. Supongo. Al sentir mi mano, el cuerpo pareció cobrar vida. Se movió un poco, lentamente, y de nuevo se quejó, dolorido.

—Sniper... —dije.

—*Cazzo* —fue la respuesta.

Había hablado en italiano, y yo tardé en digerir aquello porque otras cosas ocupaban mi atención. Los músculos ya respondían; y aunque dolorida de la cabeza a los pies, estaba recobrando la movilidad. Me incorporé como pude, palpándome con cautela en busca de algún hueso fuera de su sitio. No parecía haber daños serios, aparte la conmoción del golpe y de que un intenso dolor de cabeza me torturaba como si los sesos estuvieran sueltos y diesen contra el interior del cráneo. También estaba empapada de aguanieve, así que empecé a tiritar. Con otro esfuerzo, apoyé la espalda en la pared del foso y tiré hacia mí del hombre que estaba a mi lado, ayudándolo a incorporarse.

—*Cazzo* —repitió.

No era Sniper, comprendí al fin. Aquel hijo de puta había enviado a Zomo en su lugar.

—Quizá deberíamos avisar a la policía —sugerí.

Zomo fumaba, y la brasa del cigarrillo enrojecía a intervalos la mitad inferior de su rostro. Torció la boca al oírme decir aquello.

—Una mierda para la policía.

Estábamos casi a oscuras, sentados en los peldaños del portal cerrado de uno de los cafés de la plaza. Doloridos y aún confusos. Yo intenté ordenar mis ideas mientras contemplaba las siluetas fantasmales de los árboles lejanos y la imponente mole, maciza y sombría, del anfiteatro. El reverbero de la nieve recortaba las sillas y mesas del café apiladas a nuestro lado en la terraza vacía, y a veces los faros de un automóvil nos iluminaban un instante. Zomo poseía una cara estrecha y larga, vagamente equina. Llevaba la cabeza rapada bajo un gorro de lana y se cubría con un chaquetón marino. Tenía una mochila pequeña en el suelo, entre las botas.

—¿Qué cojones ha pasado? —preguntó.

—Buscaban a Sniper.

—¿Y qué tienes tú que ver con ellos?

—Nada.

—No jodas.

—En serio. Nada.

Dio otra chupada al cigarrillo, sumiéndose en un silencio escéptico.

—Quieren ajustar cuentas con él —dije—. Por eso se esconde.

—Sí, ya sé. El padre de un chico que murió en España... De eso está al tanto todo cristo. Pero lo de hoy...

Se interrumpió, pues al estirar las piernas había soltado un gruñido de dolor.

—Si no estabas de acuerdo con ellos —dijo un momento después—, ¿qué hacían aquí?

—Saben que lo busco. Me siguen desde Madrid, supongo.

—Carajo. Entonces, eso de que se lo quieren cargar va en serio.

—¿Qué te dijo Sniper sobre mí?

—Nada especial. Hay una tía que quiere contactar conmigo. Ve a verla y que te cuente. Así que vine.

Volvió a moverse intentando acomodarse y gruñó otra vez. No estaba tan maltrecho como yo, desde luego: aquella caída al foso, desde dos metros de altura, y el golpe contra el suelo nevado.

La cabeza seguía doliéndome horrores, y el resto del cuerpo parecía coceado por una mula. De vez en cuando me palpaba las costillas bajo el chaquetón, incrédula. Sorprendida de no tener ningún hueso roto.

—No me esperaba a ésos —dijo Zomo—. Y supongo que él tampoco... O al menos prefiero pensarlo... Casi me matan esos cabrones.

—No creo que lo supiera. Ni siquiera yo lo sospechaba.

—Seguro que no lo sabía... Además, nunca haría eso. Mandar a un colega a una trampa. Es un tío legal.

—¿Por eso lo encubrís todos?

Pasó un automóvil cerca, deslumbrándonos un instante. Zomo hurgaba con las botas en la nieve.

—¿Qué veis en él? —quise saber—. ¿Por qué encuentra esa lealtad en todas partes? ¿Esa complicidad y ese silencio?

Tardó unos segundos en responder.

—Te lo he dicho: es un tío legal, que no se ha vendido nunca. Un auténtico destroyer con ideas geniales, que saca la chorra y se mea en todo lo establecido, porque a él no pueden comprarlo... También es alguien especial. Tiene cosas que otros no tienen.

—¿Por ejemplo?

—Sabe ganarte. Conoce a la gente. Sabe cómo tocar la fibra.

—¿Y dónde está ahora? —aventuré—. ¿Sigue en Verona?

La última chupada al cigarrillo enrojeció una sonrisa. Luego vi que la brasa describía un arco en el aire para apagarse lejos, en la nieve.

—Es importante que lo vea —insistí.

—¿Importante para quién? ¿Para ti?

—Para él. Y más ahora, después de esto.

—Después de esto dudo que quiera ver a nadie. Y yo tampoco.

Cogió la mochila y se puso en pie con dificultad.

—¿Adónde vas?

—Tengo cosas que hacer.

Me levanté también, apoyándome en la pared.

—Déjame acompañarte —pedí.

—Ni de coña. Yo sigo mi camino y tú sigues el tuyo.

Nos mirábamos en la penumbra, inmóviles y algo tambaleantes. Parecíamos, pensé, dos boxeadores sonados.

—Dile que no tuve nada que ver. Que sigo necesitando verlo.

Lo pensó un momento.

—No me importa decírselo. Pero lo que vale no es lo que necesitas tú, sino lo que necesita él.

—Podrías transmitirle...

Alzó a medias una mano, con ademán fatigado.

—Escucha, tía. No sé quién eres ni cuál es tu cuento, ni me importa. He venido esta noche porque Sniper me lo pidió. Me han inflado a hostias y casi me dan matarile. A mí, a él, a ti, da lo mismo... Así que aquí acaba el asunto contigo. He cumplido, y ahora me borro.

Pasó otro automóvil cerca, muy despacio. Demasiado. Lo observé con desconfianza, pero sólo se movía así por precaución de su conductor, a causa del suelo helado. La luz de los faros se alejó plaza arriba.

—Sólo una cosa —insistí.

—Dime.

—¿Qué pasa mañana?... ¿Cuál es la acción que Sniper ha preparado para San Valentín?

Pareció sorprendido.

—¿Qué sabes tú de eso?

—Lo que corre por Internet y por los móviles. Mensajes, convocatoria... Sé que lo de Julieta no era más que el prólogo. Que están llegando a Verona grafiteros de toda Italia.

Mientras yo hablaba, Zomo había abierto la mochila y rebuscaba en ella.

—Mañana ya es hoy —dijo.

Había sacado dos aerosoles de la mochila. Oí el tintineo de las bolas interiores mientras los agitaba para mezclar la pintura. Después se volvió hacia la persiana metálica del café y trazó, primero en negro, un enorme corazón sobre ella. Tras contemplarlo un instante con aire satisfecho, volvió a agitar la otra lata y rellenó el dibujo con pintura roja.

—Día de los enamorados —rió.

Después devolvió los aerosoles a la mochila, se la colgó a la espalda y desapareció en la noche.

De vuelta al hotel asistí a un espectáculo asombroso: desde la Arena al corso Porta Borsari, calle por calle, el casco viejo de la Verona histórica estaba invadido de sombras furtivas que pintaban corazones en cuanta fachada, pared o monumento hallaban al paso. Había carreras, susurros en la oscuridad, tintineos y silbidos de aerosol, olor a pintura fresca, centenares de manchas rojas que goteaban de las paredes como sangre sobre la nieve. En varios cruces de calles vi pasar destellos de luces policiales y oí sirenas que rasgaban el aire helado. Todo el centro de la ciudad parecía en pie de guerra, asolado por una turba de merodeadores rápidos y clandestinos, comandos sin rostro que dejaban detrás un rastro implacable de corazones rojos de todo tamaño, en la via Mazzini, la iglesia de la Scala, la de San Tomio, la calle de la casa de Julieta, la estatua de Dante en los Signori, el palacio Maffei, la columna del león veneciano. Nada era respetado en aquel bombardeo sistemático de la ciudad. Y al llegar a la piazza Erbe, que en ese momento estaba siendo ocupada por los carabinieri —había antidisturbios con cascos y porras, y grupos de grafiteros detenidos con las manos apoyadas en la pared y mochilas con latas de pintura por el suelo—, pude comprobar que, de algún modo incomprensible, alguien —luego supe que Sniper en persona— había logrado acceder a la torre Lamberti, sobre el tejado del Ayuntamiento, y pintar en su base, bien visible desde abajo y ahora iluminado como en una instalación ultramoderna por los destellos intermitentes de los coches policiales, un enorme y desafiante corazón rojo con efecto de tres dimensiones, y la leyenda *Vomito sul vostro sporco cuore* pintada encima: Vomito sobre vuestro sucio corazón.

5. Esto es lo que no soy

A medida que mi tren corría hacia el sur —de Verona a Milán, y de allí a Roma—, el rigor del paisaje invernal se fue suavizando como si el trayecto acortara la distancia entre invierno y primavera. Llanuras blancas y pueblecitos situados en colinas cubiertas de nieve dieron paso a verdes praderas de escarcha y arboledas heladas. Después, ese verdor se hizo cada vez más intenso, adueñándose de todo, mientras el sol disipaba las brumas que habían enturbiado el horizonte gris.

Seis horas de tren dan tiempo para pensar. Para considerar situaciones posibles y probables, o analizar causas y efectos. Había subido al tren como después lo abandoné en la estación Termini de Roma y caminé entre la gente en dirección a la parada de taxis: atenta a los rostros que me rodeaban, volviéndome con disimulo para mirar atrás, del mismo modo que en el tren, con un libro de Beppe Fenoglio —*Il partigiano Johnny*— abierto sobre las rodillas, y al que apenas presté atención, había permanecido atenta a los pasajeros con los que me crucé en los pasillos u ocupaban asientos cerca de mí. Llevaba en el bolso, al alcance de la mano, un espray defensivo de pimienta, comprado en una tienda de Verona que me recomendó Giovanna; aunque no estaba segura de cuál podía ser su utilidad real. Nada había detectado de inquietante desde entonces; pero yo sabía que, visibles o no, motivos para estar inquieta tenía de sobra: un bigote rubio y ojos azules, y un rostro de mujer anguloso y duro. Imposible olvidarlos. Aún me dolía el cuerpo de la caída en el foso del anfiteatro de Verona; y también me ardía la cara al recordar el incidente. De humillación y de vergüenza.

Una presa marca al cazador que la persigue, dije en otro momento; así que durante todo el trayecto me había estado fijando en los grafitis de las vías y las estaciones. En Florencia, en unos vagones de ferrocarril abandonados, creí advertir al paso unas calacas de Sniper firmadas con el círculo de francotirador; pero la velocidad del tren me impidió confirmarlo. Lo mismo ocurrió llegando a Roma, donde en un muro bajo un viaducto alcancé a leer *Non c'è cazzo più duro che la vita* —No hay polla más dura que la vida— escrito con grandes letras negras bajo una niña que acunaba a una muñeca que tenía una calavera por rostro. Sólo podía tratarse de Sniper, concluí. Tanto ése como el de Florencia parecían grafitis viejos, deteriorados por el tiempo. Hasta tenían algún tachado encima. Pero me estremeció pensar que mi presa podía haber estado allí. Que habría ido dejando su rastro, ignorante de que yo iba a seguirlo.

Había telefoneado otra vez a Mauricio Bosque el día anterior, después de ordenar mis pensamientos. Mis proyectos. Llamé al editor de Birnan Wood para preguntar en qué lío me había metido, y hasta qué punto podía considerarlo responsable. Incluso le pregunté si tenía algo que ver. Bosque pareció sinceramente asombrado, primero, y alarmado después. Nada que ver, protestó. No sé quiénes son esos que me has descrito, ni por qué te siguen. Aquí no hay demasiada gente al tanto del trabajo que haces. El secreto no es absoluto, por supuesto. Mi secretaria está enterada, y quizá yo lo haya comentado con alguien a título particular; pero se trata de gente de confianza. Quizá son tus pesquisas las que alertaron a alguien. Vía intermediarios. A estas alturas ya habrás hablado, supongo, con muchos. Cualquiera puede haberse puesto en contacto con Lorenzo Biscarrués, si es él quien está detrás. Aunque vete a saber. Sniper lleva demasiado tiempo haciendo enemigos. De todas formas, no estaba previsto que esto fuese peligroso. Así que puedes dejarlo, si quieres. Te pago los gastos y lo olvidamos. Tan amigos. Tú a Boston y yo a California.

Me había quedado callada después de escuchar aquello. Tanto rato estuve en silencio, que él acabó preguntándome si seguía allí o se había cortado la comunicación. Sigo aquí, dije. Y pienso en lo que has dicho. En lo que haré. Estoy tratando de ahondar, añadí. Calcular los pros y los contras. Establecer hasta qué punto merece la pena continuar. ¿Y por qué vas a continuar?, preguntó Bosque. ¿Por qué arriesgarte? Lo más probable es que sea gente de Biscarrués. Al escuchar eso, mi respuesta fue algo parecido a no lo sé exactamente. De quién es gente y por qué me siguen. Por eso, lo de continuar o no, aún tengo que pensarlo. Entonces él deslizó en la conversación la palabra miedo, y yo dije que no se trataba de eso. Que, bien mirado, yo misma podía ser tan dura como cualquiera. Tan peligrosa. Y que un gordito con bigote y una zorra con abrigo de visón no iban a hacerme caer a un foso por segunda vez. O al menos, añadí, no iban a hacerme caer sola. Ya ni siquiera se trata de ti, dije. Luego lo repetí más despacio, con pausas y una ligera variación, para convencerme yo misma de eso. Nunca. Se trató. De ti.

Entonces fue Bosque quien se quedó un rato en silencio. Yo había trabajado varias veces con él, lo conocía razonablemente, y pude escuchar a través del teléfono el ruido de las ruedecitas dentadas girando en su cerebro: a cada vuelta sonaba el cling de una caja registradora. Tengo que pensarlo, dije para llenar el silencio. Y entonces él se rió de pronto, como si hubiera dado con la solución a todo. Si te ayuda a pensarlo, dijo, te doblo el sueldo del contrato. Y no me digas que soy generoso, porque es mentira. Después de lo de Verona, Sniper es Dios. Basta con ver los telediarios.

Me reuní con Paolo Taccia en L'Angoletto, un restaurante muy agradable que está casi oculto en el rincón de una placita situada cerca del Panteón. Taccia era profesor de universidad y crítico de arte moderno en el *Corriere della Sera;* y, también, la razón de que yo me encontrase en Roma. Era amigo de Giovanna Sant'Ambrogio, y ella le había anunciado mi visita. Te gustará Paolo, recomendó al despedirse de mí. Es cínico, inteligente y una autoridad en arte urbano. Él escribió *C'era una volta i muri,* que es el primer gran estudio italiano sobre grafiti. Y tiene contactos fabulosos en ese mundo. Si alguien puede orientarte sobre Sniper en Italia, es él.

Físicamente, Taccia no respondía al estereotipo meridional italiano: era casi rubio, llevaba el pelo cortado a cepillo, y los ojos claros tras sus gafas con montura de acero completaban un aspecto con el que no habría desentonado, en una película de época, un uniforme de las SS. Tenía el humor socarrón y la charla amena, docente, casi socrática: iba deslizando en ella apuntes de ideas a modo de pistas y luego aguardaba paciente, sin pestañear, con sonrisa zorruna y escéptica, a que tú llegases a las conclusiones lógicas. Cada vez que una de ellas era correcta, Taccia te gratificaba intensificando la sonrisa. Así ocurrió media docena de veces en los primeros minutos de nuestra conversación, hasta que entre su sexta y séptima sonrisa aprobadora creí saber, con tanta naturalidad como si el razonamiento lo hubiera completado yo sola, que existían poderosas razones para pensar que Sniper se ocultaba en el sur de Italia.

—Hay una vieja y bonita historia —contó Taccia— que podríamos definir como el cuento de un malvado y un buen muchacho; si es que, claro, esa clase de distinciones puede hacerlas hoy alguien que no sea exactamente un imbécil... ¿Quieres que te la cuente?

—Por favor.

Entonces me la contó. A su manera. Con pausas y nuevas sonrisas para que yo fuese rellenando las líneas de puntos. La historia empezaba con un personaje que respondía al casi inverosímil nombre de Glauco Zuppa: un galerista de arte moderno con sucursales en Londres, Montecarlo y Amalfi, que se movía con soltura entre la gente de dinero. Nada que ver con los modestos aficionados al arte a base de teléfono móvil y ordenador, más partidarios de bajarse gratis una reproducción vía Internet, y colgarla en la pared de su casa, que de poner los pies en una galería de arte para ver la obra original con un punto rojo en un ángulo del marco, adquirida por Bono, Angelina Jolie o no importa qué anónimo millonario capaz de pagar cincuenta mil dólares, o el doble, sin pestañear siquiera. El negocio del tal Zuppa se centraba en esta clase de clientes exclusivos, y a ellos había destinado, un año atrás, una subasta preparada con exquisito cuidado y mucha discreción previa. El asunto era el *street art,* y los fondos incluían piezas urbanas que, con absoluta falta de escrúpulos, Zuppa o sus secuaces, utilizando la misma técnica con la que se retiran los frescos de las iglesias y monumentos antiguos, habían ido arrancando de las calles en diversos lugares de Europa. Sitios sin propietario, naturalmente: muros de viejas fábricas abandonadas, vallas publicitarias, paredes y otros soportes diversos.

—Adivina cuántas eran de Sniper —sugirió Taccia, haciendo una pausa.

Yo recordaba vagamente aquel episodio. Había leído algo sobre eso, pero ignoraba unos detalles y había olvidado otros.

—¿Media docena? —aventuré.

Se intensificó la sonrisa de zorro socrático.

—Diecisiete... Exactamente las dos terceras partes de las obras dispuestas.

—¿Y qué dijo Sniper?

—No dijo.

—¿Hizo?

Taccia sonrió de nuevo, premiándome la conclusión. Después, tras una larga pausa para terminar su pescado, siguió contando. Casi todas las obras de las que Zuppa se adueñó estaban documentadas con fotos en Internet; algunas colgadas por el mismo Sniper. Con eso y más fotos propias, el galerista montó un catálogo donde cada pieza iba acompañada de extensa documentación sobre el emplazamiento original. En realidad Zuppa no vulneraba ningún derecho ajeno, pues todos eran trabajos callejeros y la simple firma del escritor —casi ninguno registraba legalmente su tag, y Sniper tampoco lo había hecho— no bastaba para atribuirles propiedad legal. Pintadas allí y expuestas a la destrucción por la intemperie o la acción vandálica de otros grafiteros, esos trabajos pertenecían a quien se hiciera con ellos. Y además, Zuppa era un tipo listo, que jugaba con el factor principal.

—Reivindicar su propiedad habría sido una contradicción por parte de Sniper —deduje.

Taccia me dirigió otra silenciosa sonrisa de aprobación.

—Un tipo como él —confirmó—, que debe mantener el anonimato y hacerlo compatible con su credibilidad como artista, obligado a mantenerse lejos de un mercado que al menor descuido puede convertirlo en millonario... Alguien que se manifiesta en contra de toda clase de legalidad, como él hace, queda atado por su propia ideología.

—Claro —concluí, impresionada por la evidencia—. La calle es de cualquiera.

—Eso es. Y Zuppa supo aprovecharse de ello. Él era cualquiera.

Sorbió un poco de vino mientras me miraba, paciente, con la sonrisa lista. Era mi turno.

—Pero Sniper no se quedó de brazos cruzados —tanteé.

—No —confirmó Taccia, aprobador—. Y ahí es donde entra el soleado sur de Italia.

La exposición previa a la subasta, añadió, se había dispuesto en la galería de arte que Zuppa tenía en Amalfi, en plena temporada del turismo de élite que frecuentaba la zona y cuando la campaña publicitaria llevaba dos meses en Internet. La obra de mayor tamaño entre las de Sniper era una pieza de 1,80 × 2,15 que representaba a Super Mario arrojando un cóctel molotov contra policías antidisturbios que, en idéntica actitud que los marines de la famosa foto de Iwo Jima, levantaban la bandera de la Unión Europea. Y su precio de salida en catálogo era de noventa mil euros. La víspera de la subasta, Zuppa organizó una fiesta en el café Gambrinus de Nápoles para recibir a los clientes invitados. Pero a esa misma hora, en Amalfi, una veintena de grafiteros cubiertos con pasamontañas asaltaron la galería, y Sniper estaba entre ellos. Con la rapidez y eficacia de una acción militar perfectamente estudiada, el vigilante nocturno fue neutralizado mientras las diecisiete piezas de Sniper eran destruidas con ácido y las paredes de la sala quedaban cubiertas de pintadas calificando la subasta de acto de piratería y de canallada mercantil. *Esto es lo que no soy,* afirmaba una enorme pintada escrita con aerosol en una de las paredes, sobre los restos de la pieza de Super Mario. Firmada con el círculo y la cruz del francotirador.

—Después de eso —prosiguió Taccia—, Sniper quedó encantado con los grafiteros que le ayudaron a reventar el negocio de Zuppa... Por esa época ya estaba perseguido por ese industrial español, el del hijo que murió en Madrid, y andaba de escondite en escondite. Los napolitanos le ofrecieron protección y se instaló un tiempo entre ellos...

—¿Un tiempo?

—Bueno, sí. Un tiempo largo.

—¿Y sigue allí?

—Podría seguir.

—¿Podría?

Mi interlocutor bebió otro sorbo de vino. Me miraba a los ojos y su silencio era significativo. Apoyé las manos en la mesa, a ambos lados del plato, como si necesitara establecer la horizontal exacta de todo. Sentía un incómodo apunte de vértigo.

—¿Quieres decir que, cada vez que viaja para hacer algo, como lo de Verona, Sniper vuelve luego a Nápoles?... ¿Que ésa es su base de operaciones? ¿Su guarida?

A modo de premio final, Taccia me dedicó una última sonrisa zorruna: la que se brinda a una chica aplicada, que acaba de superar un examen donde intuir preguntas es aún más importante que conocer respuestas.

—Eso se cuenta, al menos —confirmó—. Allí son duros hasta los grafiteros. Ellos lo ocultan y protegen, guardándole el secreto... ¿Has visto *Yo, Claudio, Quo Vadis* o una de esas series de la tele?

—Claro.

—Bueno, pues eso. Ellos son su guardia pretoriana.

Aquella tarde anduve por Roma, sin rumbo, envuelta en la claridad rojiza que resbalaba por las fatigadas fachadas ocres. Había estado allí con Lita mucho tiempo atrás, dos veces. La pequeña taberna donde solíamos cenar, situada en un estrecho callejón próximo a la via dei Coronari y sus tiendas de sospechosas antigüedades —llevaban un centenar de años siendo sospechosas, lo que las transformaba en antigüedades casi auténticas—, ya no existía. En su lugar encontré una tienda de recuerdos para turistas con camisetas *I love Italy,* coliseos de plástico, estampas del Papa, fotos de Audrey Hepburn con Gregory Peck en

vespa, y una máquina expendedora de agua embote-
llada. Como el resto de Europa y el mundo, Roma
procuraba congraciarse con la clientela del siglo XXI.
Mientras me alejaba pensé que a Lita la habría desconcertado saber que, después de todo, un día yo iba a
caminar por esa ciudad tras los pasos de Sniper.

Lita, recordé. Tras cada esquina sentía —Roma intensificaba ese efecto— sus ojos ingenuos y tristes pendientes de mí. Adivinaba su mirada empaña-
da de sueños que nunca fueron. Su dulce fantasma
atento al eco de mis pasos. Es demasiado oscuro,
pensé, el lugar donde ella ahora vive. Eso me produjo una melancolía tan extrema que, tras mirar a uno
y otro lado con la angustia súbita de quien busca
consuelo, entré en la librería Arion, que está al final
de la via Aquiro, dispuesta a aturdirme dentro —hay
quien toma aspirinas como analgésicos, y yo tomo libros—. Después de echar un vistazo a las novedades
y las ediciones de arte sin dar con nada interesante,
pasé al fondo, donde hay una sección de vitrinas de-
dicadas a bibliofilia. Estaba mirando la tarjeta con el
precio —mecanografiado, astronómico— junto a la
cubierta amarilla de una primera edición de *El Gato-
pardo,* cuando en mi bolso vibró el teléfono. Y la voz
que sonó al comunicar me dejó helada.

Cinco minutos después de la hora convenida,
que eran las nueve de la noche, llegué a Fortunato: un

formal restaurante de aire clásico, atendido por camareros de toda la vida. Uno de esos lugares en otro tiempo frecuentados por las estrellas que rodaban en Cinecittà, y que hoy ambientan italianos de buen aspecto y turistas de los que aún se ponen chaqueta oscura o collar de perlas para cenar.

—Celebro conocerla —dijo Lorenzo Biscarrués.

Pasta con trufa, bistec y un tinto del Piamonte cuya etiqueta permitía suponer un precio disparatado. Mi anfitrión olía a agua de colonia. Llevaba el pelo gris, casi blanco, peinado hacia atrás con raya, a tono con unos modales corteses, barnizados con tiempo y dinero sobre una biografía de orígenes sombríos, no siempre en el ámbito de la estricta legalidad. Biscarrués se había hecho inmensamente rico a lo largo de cuarenta años de esfuerzo continuo, voluntad férrea y trabajo tenaz. Figuraba en la lista Forbes y en la lista Bloomberg, y pocos habrían creído que ese individuo delgado y de amable apariencia, sentado ante mí en la mejor mesa del restaurante, impecablemente vestido con un traje gris marengo y corbata de seda en cuello italiano, había empezado explotando a inmigrantes asiáticos en talleres de confección ilegales y vendiendo él mismo en una vieja furgoneta, tienda por tienda, prendas falsificadas de grandes marcas. Ahora, con medio centenar de sucursales Rebecca's Box repartidas por el mundo, de aquel sastre mafioso sin escrúpulos sólo quedaban a la vista unas manos feas y ásperas, casi plebeyas, y unos ojos duros que me estudiaban muy fijos, tan seguros de sí como de la enorme fortuna que esa forma de mirar el mundo había hecho posible.

—Sé lo que hace en Italia.

—Sí —concedí—. Supongo que lo sabe... No creo que me haya localizado sólo para hacerme probar este vino.

—Usted busca algo que yo busco también.

—Quizá. Pero en tal caso, sería por diferente motivo.

Bajó la vista hacia el plato. Cortaba su bistec en trozos pequeños, casi diminutos, antes de llevárselos a la boca.

—¿No tiene curiosidad por averiguar cómo he llegado hasta usted?

—Claro que la tengo. Pero me lo acabará contando, si ésa es su intención.

Biscarrués seguía con la vista baja. Masticaba despacio, con desconfianza.

—Lo sé todo sobre lo que hace en Italia. Su viaje a Lisboa. Lo de Verona.

—Supongo que sí, que lo sabe. Aunque a veces usted o su gente se hayan pasado de listos y de todo. En Verona vi una navaja.

Alzó el rostro hacia mí, por fin. No había el menor indicio de excusas en su silencio. Tampoco yo las esperaba.

—Permita que le diga que no sé de qué me habla —dijo—. Aunque decírselo dos veces sería ofender su inteligencia, supongo.

Sonreía, pero no me agradó su sonrisa. La complicidad que brindaba con tanto descaro.

—Usted no sabe nada de mi inteligencia.

—Se equivoca. Sé bastantes cosas.

Me pregunté si era Mauricio Bosque, el editor de Birnan Wood, quien lo había puesto al corriente. Si los dos estaban de acuerdo. Tal como ocurrían las cosas, era posible que el encargo de localizar a Sniper fuese parte de la trama, y que el libro y lo demás sólo fueran pretextos. Quizá, concluí, todo respondía a una misma maniobra: Bosque encarga, ellos me siguen, yo localizo. Con Biscarrués al fondo, tejiendo paciente su tela de araña. La pregunta, entonces, era por qué había salido a la luz. Por qué estaba allí comiéndose un bistec.

—¿Por qué está usted aquí?

—Creo que las cosas se han complicado un poco —respondió tras reflexionar un momento—. De modo innecesario, además. Y creo que tiene motivos para estar molesta. Ésa nunca fue mi intención.

—En tal caso, debería elegir mejor a sus sicarios.

Me miraba impasible, cual si no hubiera oído mis últimas palabras.

—No sé si llegó a ver la pintada que mi hijo hizo la noche en que murió. Era su nombre. Su firma.

—Holden —asentí.

—Eso es. Ya sé que habló usted con un grafitero amigo suyo... ¿Le dijo por qué Daniel eligió esa firma?

—No.

—Su madre le regaló un libro. Yo no soy de muchas lecturas, pero ella sí. Tiene más tiempo. Le regaló algo titulado *El guardián entre el centeno*. A mi hijo le encantaba ese libro. Por eso tomó el nombre del protagonista: Holden no sé qué.

—Caulfield.

—Sí. Eso.

Tenía otros dos hijos, añadió tras un momento; pero Daniel era el más pequeño. Cuando murió tenía diecisiete años y llevaba tres saliendo de noche con sus latas de aerosol. No hubo manera de disuadirlo: le apasionaba escribir en las paredes. La policía solía llevarlo a casa con las manos y la ropa manchadas de pintura. Su padre había pagado innumerables multas. Cerrado docenas de bocas con dinero, para evitar problemas.

—Ahí afuera soy yo, decía. Me gano el respeto por mí mismo. Soy lo que escribo en las paredes, no el hijo de Lorenzo Biscarrués.

Miraba su plato con indiferencia. Parecía haber perdido el apetito.

—Siempre fue un crío especial —añadió con brusquedad—. Introvertido, sensible. Más parecido a su madre que a mí.

—Su amigo grafitero, SO4, dijo que era bueno en la calle.

—No sé. Nunca entendí de arte, si es que a eso se le puede llamar arte.

—Ésa es una vieja discusión, aunque yo diría que sí. Que se puede.

Me miró con atención, suspicaz, como si intentara establecer si yo era sincera o le estaba ofreciendo un consuelo que él no había pedido. Tras un par de segundos pareció relajarse.

—Una noche decidí ver lo que hacía. Lo hice seguir y me llevaron tras él. Desde un coche, al otro lado de una plaza, lo vi pintar una pared. No lo reconocí: ágil, seguro de sí mismo. Con esa extraña camaradería con sus compañeros... Fue raro, ¿sabe? Yo estaba horrorizado de verlo hacer aquello, y al mismo tiempo me sentía orgulloso de él.

Sonrió débilmente, el aire distraído. Sólo con la boca.

—Nunca se lo dije —añadió—. Nunca le conté que esa noche fui a verlo desde lejos.

La sonrisa se había ido apagando despacio. Ahora miraba pensativo sus propias manos, inmóviles sobre el mantel —en la izquierda relucía una alianza de oro—. Cuando alzó de nuevo la vista, su sonrisa era una mueca tan fría como sus ojos.

—Ese hombre al que busca... Usted es una mujer y no voy a utilizar ciertos adjetivos. Resumiré diciendo que él mató a mi hijo. Lo hizo con tanta certeza como si lo hubiera empujado desde aquel tejado. Y no fue el único chico al que empujó.

—No es tan simple —opuse—. La responsabilidad. Una cosa es sugerir, y otra...

—Mire —alzó un dedo como quien acostumbra a que eso signifique algo para los demás—. No soy hombre de mucho hablar. No alardeo de las cosas, ni prometo lo que no me propongo cumplir.

Respiró, visiblemente. Hondo. El dedo volvió a ocupar su lugar tranquilo entre los otros, en la mano de nuevo inmóvil sobre el mantel.

—Juré que ese hombre pagaría por lo que hizo.

—¿Y qué pretende de mí?

—Cuando supe lo de Verona, pensé que esto empieza a tomar una dirección equivocada. Por eso decidí verla a usted, personalmente.

—¿Está aquí por mí? —pregunté, incrédula.

—Sí. Tomé el avión y vine. A verla.

Medité sobre aquello. Era una noche de sorpresas, desde luego. Intenté atar cabos, pero desistí. No era lugar adecuado. Necesitaba soledad, tiempo y calma para pensar.

—No pretendo implicarla más de lo que está —dijo Biscarrués—. Sólo que sus pasos me lleven a donde quiero.

—Mis pasos son parte de un trabajo por el que me pagan.

—Lo sé. Y sé exactamente cuánto cobra —sacó un sobre del bolsillo interior de la chaqueta y lo puso ante mí—. Por eso le ofrezco algo más. En concreto, diez veces más.

El sobre no tenía la solapa pegada. Lo abrí. Contenía un cheque por valor de cien mil euros. La cifra me dejó con la boca abierta. Literalmente.

—¿Qué le parece? —preguntó.

—Generoso.

—Incluye mis disculpas por Verona.

—Y algo más, supongo. Lo que espera de mí.

Encogió los hombros. Sólo tenía que hacer, explicó, lo que había hecho hasta ese momento: mi trabajo. Concluir lo que tuviera proyectado según el encargo de Mauricio Bosque. Lo que me pedía era que, una vez logrado mi objetivo, yo le transmitiera a él la información inmediatamente. El lugar exacto donde se encontraba Sniper, y en qué condiciones.

Entonces formulé la pregunta inevitable:

—¿Y qué ocurrirá, si lo hago?

—Que usted recibirá otro cheque igual a éste.

Tragué saliva y conseguí decir lo que quería decir.

—No me refiero a eso.

—Pues debería. Supongo que sabe sumar.

No me gustó el tono. La suficiencia. Biscarrués no era de los que se limitaban a pagar, sino que además quería dejar claro que pagaba.

—No me refiero al cheque —repliqué—. ¿Qué le pasará a ese hombre?

—Responderá por sus responsabilidades.

—¿Ante quién?

Silencio elocuente. A qué gastar palabras en esto, decía su mirada. Por qué andar entre cazadores mirándonos la escopeta.

—¿Y si no doy con él? —insistí.

—Si hay buena voluntad por su parte, podrá conservar este cheque.

—¿Y qué hará usted?

—Soy aragonés. Encontraré otra manera.

Se había acercado un camarero a preguntar si tomaríamos postre. Biscarrués lo alejó con un ademán seco.

—Déjeme contarle algo... Una vez tuve un socio. Empezamos juntos, vendiendo ropa a tiendas pequeñas. Era como mi hermano. Y me la jugó. Un asunto de pagos que nunca llegaron a mí. Tardé mucho tiempo en responder. Vivió confiado todo ese tiempo. Y al fin, cuando lo tuve listo, lo aplasté. Lo perdió todo, de un día para otro. Todo.

Tenía los labios finos y duros. Una mueca sin humor le descubrió los dientes. Carniceros, pensé. Los de un chacal tenaz, con asuntos pendientes. Y con muy buena memoria.

—Esperé casi tres años para eso... ¿Comprende?

Comprendía.

—Dígame una cosa —planteé—. ¿Le ha pasado por la cabeza que puedo negarme a colaborar con usted?

Su sorpresa parecía sincera.

—Sería absurdo —dijo.

—¿Por qué?

—Por Dios... Todo ese dinero.

—Imagine que el dinero no me importe tanto como cree.

Seguía observándome con atención, supongo que más desconcertado por mi tono que por mis palabras. Pequeñas arrugas parecían petrificarse en torno a sus ojos.

—Sería un error por su parte —dijo al fin, cual si rematara un razonamiento complicado.

No, concluí en mis adentros. El error acabas de cometerlo tú. Ahora mismo. Y es el segundo de esta noche. Verona aparte.

—¿Sabe qué le digo?... Que me lo voy a pensar.

Retiró los codos de la mesa para recostarse en la silla, digiriendo aquello. Era obvio que le costaba.

—No me gusta la parejita que puso tras de mí —dije para ayudarlo a digerir—. Ni él ni ella. Lo del otro día fue desagradable.

Seguía estudiándome, pensativo. Entonces cometió el tercer y definitivo error.

—Puede haber cosas más desagradables todavía —dijo.

Tenía malos hábitos, comprendí. Dinero, poder, rencores, antiguos complejos y graves motivos personales: un hijo muerto y afán por vengarlo. Yo estaba dispuesta a ser indulgente en ese aspecto; pero también tengo mis propios hábitos —detestar que me amenacen es uno de ellos—. Y mis motivos. Así que hice algo de lo que seguramente iba a arrepentirme al poco rato. Dejé caer unas gotas de vino sobre el cheque, estudiándolo como si fuese a operarse en él alguna transformación química. Y cuando levanté la vista hacia Biscarrués vi cólera en sus ojos.

—Hace mal —dijo fríamente—. Una mujer como usted, con...

—¿Con qué?

—Con sus gustos.

—¿Mis?

—Sí. Eso la hace vulnerable.

—Vulnerable, dice.

—Eso digo.

Me levanté despacio, dejando el cheque mojado de vino sobre la mesa.

—Tengo la impresión de que usted está mal acostumbrado... ¿Tanto tiempo hace que nadie lo manda a tomar por culo?

6. El sicario culto

Me gusta Nápoles. Es la única ciudad oriental, Estambul aparte, que se encuentra geográficamente en Europa. Y carece de complejos. Mientras el taxi me transportaba desde la estación Central orillando las viejas y negras murallas españolas, el Mediterráneo invadía luminoso las calles saturadas de ruido, tráfico y gente, donde un semáforo en rojo o una señal de prohibido son simples sugerencias. Cuando el coche se detuvo ante la puerta de mi hotel, miré el taxímetro y lo comparé con el precio de la carrera que el taxista me pedía.

—¿Por qué quiere robarme? —pregunté.

—¿Perdón?

Señalé el taxímetro.

—No soy una turista americana, ni alemana. Soy española... ¿Por qué me roba?

El taxista era un tipo muy delgado, con el pelo negro, teñido, ligeramente alzado en tupé sobre la frente. En el labio superior lucía un bigote fino y recortado, como el de los traidores de las películas antiguas en blanco y negro. Sus brazos flacos estaban cubiertos de tatuajes y lucía un pequeño brillante en el lóbulo de una oreja.

—¿Española?

—Sí.

—Me gusta el Real Madrid.

Se bajó del asiento y me abrió la puerta. Tenía una mano con tres anillos de oro puesta sobre la camisa de seda estampada, a la altura del corazón. En la otra muñeca relucían un reloj y una gruesa esclava, también de oro.

—Yo no robo, señora. Pregunte a mis colegas —señalaba con el mentón hacia la parada de taxis de la esquina—. Pregunte por el conde Onorato.

Se mostraba ofendido, solemne. Encogí los hombros, resignada, y le alargué dos billetes de diez euros, la suma que me pedía. Los rechazó, altivo.

—Usted se equivoca conmigo y con Nápoles. Está invitada.

Discutí aquello, me negué a aceptarlo, se obstinó el taxista. Terminé excusándome por mi indelicadeza mientras intentaba meterle el dinero en el bolsillo y él se resistía, forcejeando ante la mirada risueña del portero del hotel, al que mi conde Onorato se volvía de vez en cuando para dirigirle rápidas palabras en dialecto napolitano, poniéndolo por testigo del desafuero al que lo sometían. Fue realmente divertido, y todo se resolvió cuando acabé pagando treinta euros por una carrera que costaba diez.

—Si necesita transporte estoy a su servicio, señora —se despidió, dándome una tarjeta con su número de teléfono antes de arrancar ruidosamente y perderse en el tráfico.

—¿De verdad es conde? —le pregunté al portero cuando cogió mi maleta.

—El apodo es de familia —aclaró éste, aún sonriente—. Viene de su padre. Era estafador, y se estuvo haciendo pasar por conde hasta que lo metieron en Poggioreale.

—¿Poggioreale?

—Sí. La cárcel.

El hotel era el Vesuvio. Mauricio Bosque corría con los gastos, y yo estaba dispuesta a aprovecharlo. A esas alturas del asunto, sobre todo después del incidente de Verona y la áspera charla con Biscarrués en Roma, no sentía remordimiento cuando descorrí las cortinas de la lujosa habitación y vi el Lungomare a los pies del balcón, y enfrente el castillo dell'Ovo y la bahía napolitana, en cuyo horizonte grisazulado se adivinaban Capri y la costa de Sorrento. Deshice la maleta, conecté a Internet el ordenador portátil y trabajé durante el resto de la mañana. Después, tras unas llamadas telefónicas, bajé a recepción y pedí un plano de la ciudad que estudié a fondo, desplegado sobre el mantel, mientras comía al otro lado de la calle, disfrutando de la temperatura casi primaveral en la terraza de uno de los restaurantes situados junto al puerto. Luego tomé dos cafés antes de levantarme y dar un largo paseo hasta la piazza Bellini. De vez en cuando, ante un escaparate o detenida en un semáforo, me volvía de modo en apariencia casual para comprobar si alguien iba tras mis pasos. Nada advertí de sospechoso, aunque en una ciudad como aquélla era imposible estar segura de eso.

El de Nicó Palombo era un amplio estudio de artista tipo loft, con un magnífico ventanal orientado al sur que permitía ver, más allá de tejados y terrazas, el campanario de San Pietro a Maiella. Toda la casa olía a pintura fresca, a barniz, a creatividad intensa. Había cuadros grandes en bastidores apoyados en las paredes, y papeles, cartones y lienzos a medio pintar cubrían una mesa de trabajo puesta sobre caballetes de madera. Los platos y cubiertos de la comida, sin lavar, se mezclaban en el fregadero con botes de disolvente, aerosoles y frascos manchados de color. Y en un aparato de música sepultado bajo una pila de cedés, un rapero por mí desconocido, en italiano local y tono muy agresivo, proponía bombardear la isla de Lampedusa con todos los inmigrantes dentro. *Missili, missili,* reclamaba sin rodeos, trufando la pieza con elocuentes onomatopeyas del tipo pumba, pumba —sonaba a bombas dando en el blanco—, y también glub, glub —Lampedusa hundiéndose en el mar, imagino—. O eso me pareció entender.

—Sniper puede estar aquí —dijo mi anfitrión—, lo mismo que puede no estar... Pero que pasó un tiempo, es seguro. Hay algún trabajo suyo conservado en la calle.

—Me gustaría verlo.

—Fácil. Hay una pieza que ocupa toda la pared cerca de la central de Correos. Todavía se puede ver.

Nicó Palombo me había gustado al primer vistazo: calvo, pequeño, nervioso y muy simpático, con unos ojos vivos e inteligentes que nunca podían estarse quietos. Nápoles lo había hecho así. Nacido en una ciudad donde la palabra calle equivalía a peligro, y donde el contrabando, la delincuencia, la policía y la Camorra se combinaban de forma insalubre para quien salía de noche con latas de pintura en la mochila, la tensión y la adrenalina habían dejado sus huellas en quien durante once años firmó paredes y hoy era uno de los más reconocidos artistas italianos; y también el único grafitero de esa nacionalidad que tenía en la espalda, a modo de roja insignia del valor, la cicatriz de un balazo recibido cuando, en plena acción nocturna, Palombo, que en aquel tiempo firmaba Spac, había intentado darse a la fuga sin atender la intimación de un policía que llevaba unas copas de más; lo que, aunque sin duda ofuscaba el buen juicio del servidor de la ley —el disparo fue a veinte metros—, en absoluto le alteró el pulso.

—Es verdad que durante un tiempo —siguió contando Palombo— Sniper estuvo relacionado aquí con lo que nosotros llamamos una *crew:* un grupo grafitero que lo ayudó en Amalfi, cuando reventaron la exposición. Son bastante jóvenes y se hacen llamar *gobbetti di Montecalvario.*

Me removí, curiosa. Mi italiano llegaba justo ahí.

—Viene de *gobbo,* joroba —confirmó Palombo—. En diminutivo. Montecalvario es una zona alta del barrio español.

—¿Los jorobaditos?... ¡Vaya nombre extraño!

—No tanto. Alude a la mochila con latas de pintura que el escritor de grafiti suele llevar a la espalda. Pero que no te despiste la palabra. Son muy agresivos.

—¿Pintando?

—Y también cuando no pintan. Más que un grupo, lo que son es una banda.

Había sacado una botella de vino blanco del frigorífico y estaba a punto de abrirla. Se interrumpió para hacer un gesto con el sacacorchos a la altura de su garganta, parodiando el acto de cortarse el gaznate.

—Cuando vino a Nápoles, Sniper ya tenía la cabeza puesta a precio. Y no me preguntes cómo, pero obtuvo su protección.

—¿Son muchos, esos jorobaditos del espray?

—No sé. Doce, treinta... Es imposible calcularlo —terminó de abrir la botella y sirvió dos copas—. Todos son chicos a medio camino entre el arte callejero y la delincuencia común. Usan el grafiti para marcar su territorio: bombardean cuanto pueden, en plan salvaje, aunque entre ellos hay un par de artistas buenos, con más calidad que la media. Lo que pasa es que siempre actúan en grupo, sin individualidades. Y es poco lo que respetan.

—Si es legal, no es grafiti —apunté, sonriendo.

—No sólo eso. Para ellos, todo cuanto es legal debe ser atacado sin piedad. Por sistema.

Miré con genuina admiración los trabajos que Nicó Palombo tenía en el estudio: obras de gran formato basadas en piezas del ajedrez y cartas del tarot, con escenas y personajes difuminados en un puntillismo difuso que parecía traspasarlo todo de sugerente neblina. Pocos habrían identificado aquello con los orígenes grafiteros de su autor; pero yo venía preparada, al tanto de sus duros comienzos en líneas ferroviarias y su posterior evolución hasta la madurez del artista indiscutible que era ahora. Aun así, Palombo seguía recurriendo al aerosol: fat cap con mucha presión, sucio de cerca, hermoso de lejos. Con ese estilo se había dado a conocer en Venecia —una intervención ilegal sobre la Commedia dell'Arte hecha con soporte de papel para no dañar los edificios— y en Roma, donde acabó presentándose, esta vez con todos los honores, en una exposición titulada *Gobierno antiético y antiestético*. Tenía, además, el honor de ser uno de los dos únicos autores callejeros —el otro era un artista de Rimini llamado Eron— que habían sido elegidos para decorar la cúpula sobre el crucero de una iglesia del XVII restaurada en fecha reciente. Lo que no dejaba de tener su novedad en materia de arte sacro: dos escritores de grafiti modificando sin complejos el canon. Yo lo había visto en Internet, concluyendo que sólo en Italia era posible que una osadía como aquélla se ejecutara con buen gusto y excelente resultado.

—Conozco a los gobbetti —siguió contando Nicó Palombo—, porque alguna vez me los topé. Y no guardo buen recuerdo. Son chicos jóvenes, muy agresivos, de los que en un bolsillo de la sudadera llevan el bote de pintura y en el otro una navaja. De esos para quienes calle y casa se funden en un solo concepto... Su cuartel general está en las calles altas del barrio español, como te dije.

—¿De qué manera se puso Sniper en contacto con ellos?

—No tengo ni idea. Puede que amigos comunes lo recomendaran cuando lo de Amalfi, o quizá los conocía de antes. El caso es que les cayó bien y lo adoptaron. Así que como ese compatriota suyo, o vuestro, el tal Biscarrués, le había echado los perros, decidieron protegerlo.

Palombo había vaciado su copa. Hizo un movimiento con ella, señalando la ventana, la calle, la ciudad.

—Hay quien dice que los gobbetti están vinculados a la Camorra. De ser cierto, Sniper no habría podido encontrar mejor protección en Italia.

—¿Y siguen protegiéndolo?

—Si continúa en Nápoles, es probable... Pero quizá se haya ido. Lo de Verona puede ser una etapa nueva. Un paso de página espectacular.

—¿Cuánto tiempo ha estado aquí?

—Entre seis meses y un año. Actuó con sus colegas en varios eventos. Uno fue la huelga de basuras del verano pasado, cuando Nápoles se convirtió en un estercolero y los gobbetti llenaron la ciudad de consignas contra el alcalde. Sniper llegó a firmar un par de piezas que, por desgracia, los servicios municipales se ocuparon de eliminar en veinticuatro horas. Aun así, salieron en Internet y en un reportaje de televisión, con Sniper hablando ante una de ellas...

Lo interrumpí en ese punto.

—¿Apareció aquí en televisión?... ¡No lo sabía!

—Sí. En Telenapoli: una emisora local con mucha audiencia. Estaba ante una de las piezas, llevaba la capucha subida y no se le veía la cara, pero hizo unas declaraciones pintorescas sobre las basuras, la ciudad y el alcalde. Como un napolitano más. Puedes verlo en Internet, si quieres.

—¿Estaba con los gobbetti?

—Sí. Había cuatro o cinco alrededor suyo, en plan guardaespaldas.

Reflexioné sobre aquello. Los caminos a seguir. Los pros y los contras.

—¿Cómo puedo llegar hasta ellos?

—No es gente fácil —Palombo sonreía, evasivo—. Desconfían mucho.

—¿Tienes amigos dentro?

—No. Mis amigos que siguen en la calle son grafiteros normales. No una banda de sociópatas, como son ésos. Y no estoy bien visto.

—¿A pesar del tiro que te dieron?

Se echó a reír.

—A pesar. Con matices.

—¿Cómo es que te disparó un policía?

Me lo contó. Seis años atrás, cuando aún firmaba Spac, se había infiltrado de noche en las vías de la estación Central. Iba con otros dos escritores, y el objetivo era hacer un triple whole-car pintando tres vagones hasta el techo. Entraron arrastrándose tras saltar el muro exterior y llegaron sin problemas hasta el tren, con las latas de pintura metidas en bolsas de plástico por si tenían que salir corriendo y abandonar el material. Palombo ya había hecho el contorno y el primer relleno de su vagón cuando lo deslumbró una linterna. Echó a correr, sintió un golpe en la espalda mientras escuchaba un estampido y perdió el conocimiento. Despertó al día siguiente, en el hospital.

—Después de aquello me hice famoso. Y esa fama me permitió dar el salto al arte serio. Pude exponer en una galería de Milán fotos de mis trabajos con trenes, y lo demás vino fácil. Volví aquí como gloria local. En esta ciudad, que un policía te pegue un tiro significa que eres respetable. De fiar.

—¿Y tú no lo eres para los gobbetti?

—Ellos son diferentes. Si hubiera seguido en la calle, les parecería un héroe. Pero tomé este camino. Me dejé ganar por el sistema. Mis cuadros alcanzan doce o quince mil euros en una subasta, y están expuestos en galerías de arte; así que me consideran un traidor, un vendido. Son radicalmente opuestos a cualquier aspecto legal que tenga que ver con latas de pintura. Por eso adoran a Sniper.

—Habrá una manera de acercarse a ellos.

—No conmigo, desde luego.

—Por favor.

—No gano nada con eso —torció la boca—. Sólo problemas.

—No pareces ser de los que se asustan ante los problemas.

Sus ojos esquivaban los míos.

—No se trata de miedo. Sé cómo son. Eso es todo.

Se veía incómodo, como quien no se muestra ante un huésped lo cortés que debería. Dio unos pasos por el estudio, tocando un par de objetos sin necesidad de hacerlo.

—¿Por qué tanto interés? —preguntó tras un momento de silencio.

—Como te dije por teléfono, preparo un libro —respondí con sencillez—. Muy importante y vinculado a exposiciones de alto nivel... Sniper tiene que estar ahí.

—Eso lo entiendo. Debería estar. En cualquier museo del mundo, desde luego. Pagarían una fortuna por sus cosas. Pero no creo que sea de los que se dejan.

—Ése es el desafío. Tentarlo como el diablo a Cristo. No me digas que no merece la pena, ¿eh?... Tentar a Sniper.

Me estudió, valorativo.

—¿Con mucho?

—Con todo. Y no hablo sólo de dinero.

—Cualquiera le ofrecería eso.

—No al nivel de la gente que yo tengo detrás.

Había venido hasta mí, despacio. Inclinaba la cabeza y fruncía los labios, poniéndose en los zapatos del personaje al que yo seguía el rastro.

—¿Crees que ese tipo es sincero? —inquirí.

Tardó un poco en responder. Seguía con la boca fruncida y la cabeza baja, las manos en los bolsillos.

—No lo sé —repuso al fin—. Hay quien dice que sí. Pero todos tenemos nuestro precio, nuestra estrategia. Y él...

Lo dejó ahí, pero yo había comprendido. No era la primera vez que lo enfocaban de aquel modo.

Perros olfateando a otro perro. En Madrid, Topo había dicho exactamente lo mismo.

—Estrategia —repetí, aislando la palabra.

—Quizá.

Se quedó otra vez callado; pero yo conocía aquello, por supuesto. Tenía la edad y la vida suficientes para comprender. Era simple condición humana: todo claudicante necesita a otros, del mismo modo que un traidor anhela que haya más traidores. Eso significa consuelo, o justificación, y permite dormir mejor. El ser humano pasa la mayor parte de su vida buscando pretextos para atenuar el remordimiento propio. Para borrar claudicaciones y compromisos. Necesita la infamia ajena para sentirse menos infame. Eso explica el recelo, la incomodidad, incluso el rencor suscitados por quienes no transigen.

—Es demasiado perfecto —comenté—. ¿No te parece?

—¿Sniper?... Puede. Sí. Que lo sea.

Me eché a reír mientras, como un reproche, mostraba mi copa vacía.

—No me digas que no te atrae la idea: el francotirador irreductible tentado a lo grande... Si ése es su juego, quizá sea hora de beneficiarse él.

Palombo servía más vino, pensativo. Sus ojos vivos me estudiaban atentos, como indecisos. Tras un instante sonrió también.

—Tengo un amigo —dijo—. Y amigo de sus amigos, me parece.

Cuando me despedí de Nicó Palombo, anduve despacio entre los tenderetes de las librerías que, bajo el arco de la Port'Alba, ocupan la calle hasta la piazza Dante. Miraba los libros, distraída —pensaba en la cita que Palombo iba a intentar conseguirme esa noche—, cuando me pareció advertir entre la gente, bajo el arco mismo, la presencia del hombre rubio del bigote. El de Lisboa y Verona. Ahora no llevaba sombrero ni vestía abrigo de cazador, sino una chaqueta de gamuza beige; pero creí reconocer su figura regordeta, su cabeza demasiado atenta al escaparate de una librería especializada en ciencias naturales. Caminé un poco más, con calma, a fin de no alertarlo de que me había dado cuenta de su presencia; pero cuando ya en la esquina de la plaza me detuve a mirar atrás con el pretexto de unas postales, mi seguidor había desaparecido. De todas formas, yo había estado esperando algo semejante; así que la confirmación de que podían haberme controlado hasta Nápoles no me inquietó más de lo razonable. Aun así, para estar segura, volví sobre mis pasos y fui a sentarme en una terraza de la piazza Bellini, desde donde podía vigilar la calle. Estuve allí media hora, que empleé en comer una pizza mediocre y beber un café bastante bueno. Al cabo me puse en pie, caminé otra media hora hasta la galería Umberto I y volví a sentarme en la terraza de un café, sin detectar nada sospechoso. Después de eso me fui al hotel.

Lo tenía delante, en la pantalla de mi ordenador. Un archivo vídeo de Telenapoli: veinticuatro
minutos sobre la huelga de limpieza que medio año
atrás había convertido la ciudad en un basurero. Las
imágenes mostraban bolsas y desperdicios apilados
en las calles, sindicalistas furibundos, impotentes por-
tavoces municipales, vecinos que pasaban junto a
montañas de basura tapándose la nariz para protegerse del hedor o manifestaban su desagrado ante el
micrófono. Hacia la mitad del reportaje, la cámara
mostraba paredes cubiertas con grafitis alusivos al
asunto, en términos muy duros con las autoridades
locales; y en el minuto 17 aparecía Sniper. Lo habían entrevistado de noche, en la calle, sobre el fondo de una pared decorada con un enorme grafiti que
podía apreciarse a la luz de una farola próxima pese
al granulado pardo de la imagen. Esa iluminación
producía un efecto de contraluz que dejaba su rostro
en sombra bajo la capucha subida de una sudadera
oscura.

Parecía alto y más bien flaco. El plano tele-
visivo era medio, de cintura para arriba: la capucha
sobre el rostro en sombra le daba un aspecto imponente, de monje medieval, inquisidor o guerrero
misterioso; y a veces, mientras gesticulaba al hablar,
entraban en cuadro unas manos delgadas, de dedos
largos, sin anillos ni reloj a la vista. Su voz me pareció agradable: masculina, ligeramente ronca. Hablaba un italiano muy correcto, casi tan bueno como
el mío, y se refería a la pared que acababa de pintar,

y que en ese momento otros grafiteros —sus amigos gobbetti, supuse—, vueltos de espaldas a la cámara, remataban a los lados con colores y platas. Su intervención duraba medio minuto, y no había nada destacable ni original en ella: solidaridad con el pueblo de Nápoles, grafiti como expresión no sujeta a poderes ni jerarquías, ilegalidad callejera para denunciar la arrogancia de las corruptas instituciones, etcétera. Lo interesante era el tono, la manera en que Sniper desarrollaba el discurso. Su fría seguridad mencionando razones por las que, en su opinión, esa huelga y sus resultados convertían Nápoles en símbolo de la descomposición de un mundo estúpido, suicidamente seguro de sí mismo. Esas montañas de inmundicia —el grafiti de la pared representaba a un coloso con una calavera por cabeza y cuyos pies eran bolsas de basura— constituían el único arte real allí posible: la actuación que esa ciudad, museo improvisado en su hediondo aire libre, ofrecía al mundo como símbolo y como advertencia.

Haciendo retroceder el vídeo, comprobé que bajo la imagen no aparecía el rótulo con el nombre de Sniper; quizá el reportero lo ignoraba, o el anonimato formal —superpuesto irónicamente a lo ya anónimo del tag— había sido condición exigida para situarse ante la cámara. O tal vez, con notoria presunción de artista, Sniper consideraba que su pieza en la pared le bastaba para ser identificado por quien debía. Y así era. La autenticidad de aquella obra —según Nicó Palombo, el Ayuntamiento la eliminó sin miramientos al día siguiente— era inconfundible incluso sin la firma con el círculo de francotirador que aparecía debajo. Congelé la imagen y estuve un rato mirando la silueta inmóvil de Sniper en el contraluz nocturno: aquella sombra impenetrable del rostro bajo la capucha. También eres bueno para las puestas en escena, pensé. Cabrón. Ningún experto en marketing lo haría mejor. Tengo que acordarme de decírtelo cuando te vea.

Palombo me telefoneó a las seis de la tarde, y una hora después yo estaba lista para reunirme con él. Al otro lado del ventanal y el pequeño balcón de mi habitación, el cielo enrojecía despacio sobre la bahía de Nápoles. Salí afuera, a fin de comprobar la temperatura exterior. Era tan agradable como la vista panorámica. En el atardecer, el cono oscuro y brumoso del volcán se alzaba lejos, orillando la bahía a la izquierda; y a mis pies, cuatro pisos más abajo, discurría ruidoso el tráfico por el Lungomare. Iba a meterme dentro cuando, recostada en el pretil del puente que une la tierra firme con el castillo, descubrí una figura familiar.

Entré en la habitación, cogí la pequeña cámara fotográfica que estaba en mi bolso, y accionando el zoom al máximo la utilicé como unos prismáticos improvisados para estudiar al rubio regordete. Yo había estado sólo unos segundos en el balcón, y ahora quedaba oculta entre los visillos de la ventana, con lo que él no parecía darse cuenta de mi presencia:

llevaba la misma chaqueta de gamuza que a mediodía, y leía un libro del que a ratos apartaba los ojos para vigilar la puerta del hotel o levantar la vista hacia los pisos superiores. Un sicario culto, me dije. No hay como la lectura para aliviar largas esperas; y aquél, sin duda, parecía acostumbrado a ellas. Seguramente eran parte rutinaria de su trabajo, fuera el que fuese. Quizá había comprado el libro aquella misma mañana, mientras me seguía entre los tenderetes de Port'Alba: policíaco, ensayo, filosofía. Me pregunté quién era. Empleado de Biscarrués, detective privado, matón a sueldo. Lo último, desde luego, encajaba mejor que el libro con la navaja que yo había visto relucir en sus manos cuando él y la mujer del abrigo de visón se equivocaron de hombre en la Arena de Verona. De cualquier modo, concluí, aquel tipo rechoncho, aficionado en apariencia a la ropa cara de campo y caza, con su aspecto apacible y un libro en las manos, no daba el perfil que cabía esperar en esa clase de gente. Pensar también en la mujer me llevó a escudriñar los alrededores, buscándola; pero no encontré rastro de ella. Barajé posibilidades: pareja profesional, sentimental, accidental. Imposible saberlo. Me reprochaba no haber indagado más sobre aquellos dos pájaros en el restaurante de Roma, durante el primer plato, cuando el tono de la conversación con su jefe era todavía cordial.

Dejé la cámara, metí el espray de pimienta en mi bolso y descolgué el teléfono de la mesita de noche. Amable, eficiente, el conserje del hotel me informó de que, en efecto, había una puerta de servicio que daba a otra calle situada a espaldas del hotel. Luego busqué la tarjeta que me había dado el taxista dos días atrás: *Onorato Ognibene, servizio taxi,* con un número telefónico. Lo marqué, sonó tres veces el timbre de llamada, una voz masculina respondió *Pronto?* entre ruido de tráfico callejero, y veinte minutos después el conde Onorato y su vehículo estaban a mi disposición, esperándome en la otra puerta.

Los sábados por la noche —aquél lo era—, el viejo Nápoles es un espectáculo fascinante. En el barrio español, treinta siglos de historia acumulada, pobreza endémica y ansias de vida desbordan una cuadrícula de vías angostas, callejones, ruinosas iglesias, imágenes de santos, ropa tendida y muros minados por la lepra del tiempo. En ese lugar abigarrado, peligroso, donde pocos forasteros se aventuran, la ciudad intensifica su carácter ferozmente mediterráneo. Y en las vísperas de días festivos, cuando llega la hora de cierre del comercio local, el barrio entero se torna caos de tráfico, ruido, cláxones, música saliendo por las ventanillas abiertas, motocicletas con familias enteras asombrosamente agrupadas encima, que circulan a toda velocidad entre una muchedumbre gritona, bienhumorada, que callejea con el desgarro vital de los pueblos prolíficos, indestructibles y eternos.

Nicó Palombo me esperaba cerca de la plaza de Montecalvario, en la esquina de una calle empinada, al pie de cuyos escalones se detuvo el taxi del conde Onorato.

—Allí arriba es —dijo—. Y tenga cuidado con el bolso.

Agradecí el consejo, bajé del coche y esquivé por centímetros, o ella a mí, una motocicleta conducida por un niño de diez o doce años que llevaba detrás a una joven rolliza, de ropa prieta, con una criatura de corta edad sentada encima de cada pierna. Su hermana, supuse. O su madre. Me quedé mirando la motocicleta, que se alejaba haciendo eses para sortear a los viandantes.

—¿Me esperará aquí? —pregunté al taxista, que había puesto la radio del coche a todo volumen y había salido fuera, recostándose indolente en la portezuela.

—Claro. No se preocupe, señora.

Aseguré mi bolso bajo un brazo, rodeé unos desperdicios de verduras que el dependiente de una tienda barría ante su portal, y ascendí peldaños al encuentro de Palombo. Lo acompañaba un muchacho moreno y flaco, con granos en la cara, que tenía las manos metidas en los bolsillos de una cazadora de motorista de hombreras acolchadas.

—Éste es Bruno... Ella es Alejandra Varela.

El chico de la cazadora me tendió la mano.

—¿Española?

—Sí. Puedes llamarme Lex.

—Vale. Lex.

Caminamos los tres hacia una de las calles que confluían en la plaza. Bruno era grafitero, explicó Palombo. No pertenecía a los gobbetti, pero sí un primo suyo, que era a quien íbamos a ver.

—¿Conoces el Porco Rosso? —preguntó Bruno.

—¿La película de dibujos?

—No. El bar.

Estábamos enfrente. El Porco Rosso asomaba en la embocadura de una calle estrecha, entre un altarcito con flores de plástico y una pescadería cerrada en cuyo portón había media docena de esquelas con fotos de difuntos recientes de la vecindad, pegadas con cinta adhesiva. Completaban el escenario un par de mesas con sillas desparejas y una docena de vespinos y pequeñas motocicletas aparcadas de cualquier manera, bloqueando casi por entero el paso. Aquel sitio, explicó Bruno, era lugar de cita habitual de los gobbetti de Montecalvario. De allí salían para sus expediciones por la ciudad.

—Y más estos días, en plena guerra de corso.

Miré desconcertada a Palombo, que se echó a reír. La guerra de corso, explicó, era una rivalidad entre bandas grafiteras motivada por cuestiones territoriales o de prestigio —una cosa solía aparejar la otra—, en la que ambos bandos se enfrentaban tachándose mutuamente las piezas o escribiendo en zonas que no eran suyas. Una de esas guerras había estallado semanas atrás, cuando una crew del barrio del puerto, que firmaba colectivamente TargaN y solía operar a lo largo de la via Amerigo Vespucci, empezó a escribir en las calles bajas del barrio español. La respuesta fue fulminante, con incursiones de castigo que a su vez dieron lugar a nuevos ataques del otro bando. En todo aquello, Sniper había actuado poniendo su ingenio y su talento al servicio de los gobbetti, para los que constituía un aliado formidable. La guerra había durado un par de meses y estaba prácticamente liquidada, aunque algunos de la TargaN mantenían focos de resistencia en algunos barrios ajenos al suyo, y un par de casuales tropiezos nocturnos habían acabado a golpes y navajazos.

—Mi primo Flavio —dijo Bruno—. Ella es Lex.

—¿Y ese otro? —preguntó el tal Flavio, con ironía.

—Nicó Palombo —se presentó él mismo.

—Ah, claro... El artista.

No era un buen comienzo. Lo de *artista* sonaba a desdén gremial: un soldado dirigiéndose a otro que cambió de bando y fue ascendido a sargento. Flavio era un joven delgado y rubio, de aspecto ascético, con una barbita rala que completaba su vago parecido con el autorretrato de Durero que está en el Prado. Vestía vaqueros muy estrechos sobre unas nike manchadas de pintura, y una sudadera de felpa oscura que llevaba estampada una hoja de marihuana con las palabras *Culiacán* y *México*.

—Tomáis cerveza —decidió sin preguntar.

Tenía maneras de chico duro, y le seguí la corriente. Nos situamos de pie al fondo de la barra, frente a cuatro cervezas en vasos de plástico. La música era urbana y agresiva: sonaba *Stankonia,* de OutKast, lo bastante alto para dificultar la conversación; pero Flavio y el resto de parroquianos parecían cómodos entre aquel ruido. En el Porco Rosso predominaba la estética rapera: gorras, felpas, pantalones caídos, deportivas. Unos pertenecían a los gobbetti y otros no, expuso Flavio, ambiguo, en respuesta a una pregunta mía. El bar estaba decorado con fotos de pilotos de hidroaviones y vistas aéreas de islas del Adriático, enmarcadas y colgadas en las paredes cubiertas de grafitis alusivos a lo mismo. En una de ellas, en torno a la cabeza pintada de un cerdo con gafas de sol y gorro de aviador, leí, escrito con hermosas letras pompa: *Un cerdo que no vuela, sólo es un cerdo.* Advertí, sorprendida, que estaba firmado con el círculo cruzado de francotirador.

—Sniper —dije, yendo al grano.

Flavio miró a su primo, luego a Nicó Palombo, y al cabo posó sus ojos castaños en mí.

—¿Quién?

Alcé una mano para señalar el grafiti, y luego le toqué el antebrazo con el dedo índice.

—¿Me salto todo el protocolo previo, o perdemos diez minutos en que tú me digas que no sabes de quién te hablo y yo te demuestre que sí lo sabes?

Era un tiro a ciegas, pero sonrió a medias. Le había tocado el estilo.

—¿Y? —inquirió.

—Pues que lo mismo te interesa saber para qué lo busco.

Intensificó un punto la sonrisa y luego dejó de sonreír.

—Puede.

Se lo dije, alzando la voz sobre el estrépito de la música mientras él bebía cerveza: editor internacional, libro importante en marcha, posible gran retrospectiva en Nueva York o Londres. Todo aquello. Llevaba semanas tras su pista. De Lisboa a Verona, y ahora Nápoles. Los gobbetti y demás. La guerra de corso.

Giró el rostro, hosco, hacia su primo y Palombo.

—¿Se lo habéis contado vosotros?

Acudí al quite con rapidez.

—Es un asunto conocido —interpuse—. Famoso. Vuestra historia con los chicos de la TargaN ha hecho ruido.

Pareció complacerle aquello. Lo de la fama. En el mundo del grafiti, casi todo puede resumirse con la palabra respeto. Las reglas internas del asunto, claro. Los códigos que manejan los iniciados. Cuando todavía estábamos juntas, Lita me había dicho algo que no olvidé nunca: ahí afuera, en esas paredes que pintamos, se han refugiado cosas que la gente ignora. Palabras viejas que ya no pronuncia nadie. Palabras que los chicos como yo salen a buscar cada noche, soñando con hacerlas suyas.

—No creo que Sniper trague —opinó Flavio—. Toda esa mierda.

—Eso pretendo: comprobar si traga, o si tiene la garganta seca.

No sonrió. Movía la cabeza, descartando comprobaciones innecesarias.

—Quieren cargárselo —apuntó, brusco.

—No pensarás —respondí, serena— que quiero cargármelo yo.

Llegaron otras cuatro cervezas. Flavio miraba a Nicó Palombo y a Bruno como si los hiciera responsables de mí. El primo se encogió de hombros, pero Palombo me echó un cabo.

—Es una buena chica —argumentó—. Sólo hace su trabajo.

La ojeada que obtuvo a cambio no fue alentadora. También a él Flavio lo estudiaba con desconfianza.

—¿Qué ganas tú con esto, artista?

—Ella me cae bien.

—¿Te chupa la polla?

Abrió Palombo la boca para responder, pero lo acallé con un ademán.

—Prefiero comerle el coño a tu novia, si la tienes —dije a Flavio, brutal, dispuesta a reconducir el asunto a sus propios términos.

Hubo un silencio más bien relativo: lo llenaba el estruendo de música rapera: Mos Def y su *Black on Both Sides*. Los tres me miraron con sorpresa.

—Pues estás medio buena —comentó Flavio al fin.

—Sí —admití.

Le miraba los ojos, sin pestañear, y seguí haciéndolo mientras me bebía la segunda cerveza. Aquél, confirmé, era un camino tan derecho como cualquier otro. Era Flavio quien marcaba el ritmo.

—¿En serio te gustan las tías? —preguntó.

—¿De verdad todos los grafiteros de Nápoles sois gilipollas?

Miró alrededor, suspicaz, para comprobar si pese al ruido de la música alguien había oído mis palabras. El primo Bruno se reía, hasta que Flavio cerró su boca con una ojeada poco amistosa.

—¿Lex, has dicho que te llamas?

—Sí.

—Te estás buscando problemas, Lex.

Camino equivocado, concluí. El mío. Mientras me recriminaba en silencio por mi torpeza, pusieron otras cuatro cervezas sobre la barra. A Flavio, la suya le dejó borreguillos de espuma en la barba.

—¿Cobras por esto, o es amor al arte?

—Cobro —respondí.

—¿Mucho?

—Razonable.

—Es una especialista —aclaró Palombo con buena voluntad.

—Sí —confirmó el primo Bruno, que apenas tenía idea de lo que yo era.

—¿En qué?... ¿En buscar gente?

—Más o menos —dije—. Gente y libros. Trabajo en arte desde hace muchos años.

Moduló Flavio una sonrisa desdeñosa. De iniciado.

—A cualquier cosa la llaman arte.

—En eso estamos de acuerdo.

Pausa de cinco segundos. Más música.

—Todos quieren encontrar a Sniper.

—Lo sé. Pero no con las mismas intenciones. Yo sólo quiero hacerle llegar el mensaje. La oferta. Estoy aquí, deseo entrevistarme con él y contarle. Eso es todo.

También deseaba ir a los servicios, pero eso no lo dije. No era momento. Miré el grafiti de Sniper en la pared.

—¿Cuándo lo hizo? —pregunté.

No hubo respuesta inmediata. Sé dónde vivís, decía ahora otro rapero en italiano, cuya voz amplificada hacía vibrar el plástico del vaso en mi mano. Chunda, chunda. Sé dónde vivís y voy a buscaros. Porque me tenéis envidia. Porque tengo las mejores chicas y las mejores paredes. Chunda, chunda. Sé dónde vivís. Y cuando vais, yo estoy de vuelta. Chunda, chunda. Cabrones.

Flavio sonreía reticente. Esquinado. Como si la letra fuera suya.

—Él no está en Nápoles —comentó al fin.

Suspiré con fatiga sincera. Aquello era un continuo empezar de nuevo.

—Prefiero que me lo diga él mismo.

—Que él te diga, ¿qué?

—Que no está en Nápoles.

Bebió un largo trago, chasqueó la lengua y se secó la barbita con el dorso de la mano. Miraba a Palombo y al primo Bruno como si los pusiera por testigos de mi impertinencia.

—Sniper no acepta ofertas de nadie. Otros ya lo intentaron antes.

—Sólo quiero llegar hasta él. Y que decida.

Flavio aún sostenía el vaso cerca de la boca. Con la mano libre me tocó una cadera.

—Nunca me he tirado a una bollera.

Vacié el mío de un trago. Después lo estrujé hasta convertirlo en un crujiente aglomerado de plástico con aristas y puntas, y lo acerqué a un palmo de su mentón.

—Pues yo sí le corté la cara a algún hijo de puta.

No había terminado la frase cuando el primo Bruno pasó por mi lado, veloz, desapareciendo camino de la calle, y Nicó Palombo me empujó en la misma dirección. Salí afuera, y al volverme vi que Flavio venía detrás. Metí una mano en el bolso, buscando el espray de pimienta.

—Demasiado chula —dijo, parado en el umbral— para ser tía.

—Vete a mamar —respondí—. Subnormal.

Palombo seguía empujándome calle abajo, hacia la plaza.

—¿Estás loca, o qué? —exclamaba, indignado.

Yo me eché a reír, liberando la tensión acumulada en la última media hora. Reía con una risa exaltada, descompuesta. Aquello era absurdo, concluí. Sin salida. Me sentía como una mosca golpeando una y otra vez contra el cristal de una ventana. Mauricio Bosque, Biscarrués, Sniper... Todo era un enorme disparate. Y por primera vez estuve tentada de aceptar la derrota.

Nicó Palombo y yo seguimos comentándolo en el taxi. El conde Onorato permanecía callado, atento en apariencia al volante; pero a través del espejo retrovisor yo veía sus ojos observándome con las luces cambiantes del tráfico. Palombo pidió que lo dejáramos en la piazza Dante y allí nos despedimos, apesadumbrados, quedando en vernos otro día para comer y charlar de su trabajo.

—Siento la escena, Nicó.

—No te preocupes. No fue culpa tuya... Nápoles también es esto.

Vi alejarse su pequeña figura entre la gente, bajo las farolas de la plaza; y cuando el semáforo se puso en rojo, mi taxista hizo una descarada maniobra ilegal, cruzándose al tráfico para retomar la via Toledo. Una pareja de guardias, apostados junto a un coche de policía, observaron la infracción con las manos plácidamente cruzadas a la espalda y nos dejaron pasar sin más trámite. El conde Onorato seguía mirándome por el retrovisor.

—¿De verdad le interesa eso? —preguntó al fin—. ¿El grafiti?

—Me interesa —respondí, resignada—. Aunque no estoy teniendo mucha suerte.

—¿Sniper?

Me sorprendió ese nombre en su boca, aunque en seguida comprendí que lo había estado oyendo pronunciar por Nicó Palombo y por mí durante el trayecto desde Montecalvario.

—Sniper, sí —confirmé—. ¿Sabe quién es?

La luz de un semáforo le teñía de verde el perfil latino: la nariz aguileña y el tupé un poco alzado sobre la frente.

—Por supuesto. ¿Quiere ver algo suyo?

Tardé un momento en salir de mi asombro. En reaccionar.

—Claro.

—Pues con mucho gusto.

Giró el volante bruscamente a la izquierda, chirriantes los neumáticos, internándose por una calle estrecha. Tres semáforos en rojo después salimos a la plaza situada frente al edificio de Correos y volvimos a tomar una calle estrecha.

—Ahí lo tiene —dijo el taxista frenando el coche—. Un Sniper auténtico.

Bajé, estupefacta. A mi espalda sonó la portezuela del conductor, y un momento después el conde Onorato estaba a mi lado encendiendo un cigarrillo.

—Prefiero a Picasso —dijo.

En ese momento yo no estaba segura de preferir a Picasso. Ni a ningún otro. La luz no era buena, y provenía del rótulo iluminado de una tienda y de una farola adosada a la pared contigua; pero bastaba para apreciar una obra grande, al menos cuatro metros de largo por dos de altura, que sin duda se vería monumental con la luz del día: rodeada de figuras inspiradas en el *Juicio Final* de Miguel Ángel, cada una de las cuales vestía ropa interior de corte moderno, una Madonna de sonrisa apacible sostenía en el regazo a un Niño Jesús cuyo rostro era una calavera de las típicas de Sniper. Esta vez el texto era *Non siamo nati per risolvere il problema:* No hemos nacido para resolver el problema. Y estaba firmado con la mira de francotirador.

—No lo han respetado mucho —comentó el taxista.

Era cierto. La pieza había sido bombardeada sin consideración: parte de su lado derecho, con las figuras que incluía, estaba cubierta por un grafiti de hechura vulgar, gruesas letras en un wildstyle casi ilegible a base de rojos, platas y azules, que representaban, creí descifrar, el nombre del grupo TargaN. El resto estaba muy maltratado con firmas que iban desde colores y marcas de aerosol a simples trazos con rotulador grueso. Excepto la mayor parte de la Madonna y algunas de las figuras superiores, la obra se veía muy dañada. Vandalismo sobre vandalismo, pensé. En teoría, Sniper tendría que apreciar aquello. Según sus propias reglas, que lo fastidiaran de esa manera tenía que ponerlo caliente.

—¿Qué sabe de su autor? —pregunté al conde Onorato.

No respondió en seguida. Permanecía a mi lado, pensativo, contemplando el grafiti. Cuando se volvió a mirarme, la luz del rótulo y la farola iluminó el brillante en una oreja, la esclava y el reloj de oro en la muñeca de la mano con que fumaba. Aquel bigotillo recortado que le daba aspecto de traidor de película antigua.

—A veces lo llevo en mi taxi.

Estuve a punto de agarrarme a su brazo para no caer sentada al suelo. Veía relámpagos minúsculos cabrilleando ante mis ojos. O dentro de ellos.

—¿Conoce a Sniper?

—Claro.

Esperé a que los relámpagos se extinguieran del todo.

—¿Y cómo es posible? —pregunté.

—¿Por qué no?... Coge taxis, como todo el mundo. Y también ayuda a decorar una iglesia en Montecalvario. A veces lo veo por allí.

—¿Lo ha llevado usted en su coche?

—Varias veces, le digo. En realidad recurre a mí cuando necesita uno.

—¿Y lo ha...? —señalé la pared—. ¿Lo ha visto hacer esta clase de cosas?

—Sí. Incluso alguna vez hemos dado vueltas en busca de un buen sitio —indicó la pared, con orgullo—. Yo mismo lo traje a éste, cargado con sus latas de pintura.

Respiré tres veces, muy hondo, antes de hacer la siguiente pregunta.

—Cuénteme cómo es.

—¿Físicamente?... Pues normal, de edad mediana. Sobre los cuarenta. Es español, como usted, pero habla italiano bastante bien. Delgado, más bien alto... Poco hablador, pero amable. Y generoso con las propinas.

—¿Sabe dónde vive? ¿Querría llevarme?

Esquivó mis ojos mientras daba al cigarrillo una profunda chupada que le adelgazó más el rostro.

—Es un cliente —dijo echando humo por la nariz—. No puedo traicionar su intimidad, del mismo modo que tampoco traicionaría la de usted.

—¿Ni por dinero?

Suspiró hondo, fuerte. Demasiado fuerte.

—Señora, no estropee las cosas. Antes, oyéndola hablar, he comprendido el interés que tiene en esto. Sus problemas —se encogió de hombros—. Pero soy el conde Onorato, ¿comprende?... Todo Nápoles me conoce.

Dio otra larga chupada que volvió a ahondarle las mejillas, pensativo, como si intentara convencerse de cuanto acababa de decir.

—Tengo una reputación que mantener.

Con esas palabras finales, dichas en tono consternado, parecía descartar toda tentación posible. Se situaba a sí mismo, con violento esfuerzo interior, lejos de mi alcance. De lo material.

—Habrá alguna solución honorable —repuse tras meditarlo un poco.

El taxista miraba la colilla, reducida a una brasa que casi le quemaba las uñas. La dejó caer al suelo y se la quedó mirando, melancólico.

—¿Cuánto de honorable? —preguntó.

—Quinientos euros.

Alzó la vista con sobresalto. Después se llevó la mano de los anillos sobre el corazón y sus ojos oscuros me dirigieron un mudo, dolido, larguísimo reproche.

—¿Mil? —aventuré.

7. Treinta segundos sobre Tokio

Pasé la mitad del día siguiente en mi habitación del hotel Vesuvio, mordiéndome las uñas de impaciencia mientras intentaba leer sin conseguir concentrarme en ello, o visitaba con el ordenador portátil los lugares de Internet donde podía haber rastro de Sniper. Estuve así todo el tiempo, atenta al teléfono de la mesita de noche y con el móvil sobre la colcha de la cama, confiada en que el conde Onorato cumpliera su promesa. La temperatura afuera seguía siendo agradable, así que dejé abierto el ventanal que daba al balcón sobre el fondo de la bahía y el castillo. Una ligera brisa de mar agitaba de vez en cuando los visillos, y de abajo llegaba ruido de tráfico y bocinazos cuando el semáforo situado frente al hotel cambiaba de rojo a verde. A las dos menos cuarto, el rectángulo luminoso de sol que a través de la ventana se había estado desplazando por el suelo con irritante lentitud pareció detenerse cuando vibró el móvil.

—«Tiene una cita —sonó la voz del taxista—. Pasaré a buscarla dentro de seis horas».

Quise saber más, pero el conde Onorato, muy en su papel de mensajero de los dioses, estuvo parco en palabras. Repitió las instrucciones, añadiendo que no debía llevar conmigo cámara fotográfica ni teléfono móvil, y cortó la comunicación. Saboreando mi júbilo bajé a comer un plato de pasta en el Zi' Teresa, saliendo por la puerta principal del hotel; aunque, excitada como estaba, una vez allí apenas probé bocado. Después, para tranquilizarme, di un paseo por el Lungomare —nadie parecía seguirme esta vez— hasta la librería Feltrinelli, donde anduve curioseando entre las novedades y los libros de arte. Compré una novela de Bruno Arpaia y un ensayo de Luciano Canfora y regresé sin prisas, después de tomar un café, por la via Chiatamone, lo que me condujo directamente a la parte trasera del hotel. Por no rodear el edificio entré desde allí, recorriendo el pasillo de servicio hasta los ascensores del vestíbulo, pero me detuve en seco. Sentado en uno de los sillones próximos a la puerta del bar, convenientemente disimulado por una maceta con ficus de hojas frondosas, estaba el individuo rechoncho del bigote rubio. Vestía la misma chaqueta de gamuza del día anterior y mantenía abierto sobre las rodillas un libro al que no prestaba atención, pues tenía el rostro vuelto hacia la puerta giratoria que daba a la fachada principal y al Lungomare. Mi desconcierto fue breve. Tardé sólo tres segundos en comprender que vigilaba precisamente mi regreso; y esos tres segundos fueron el tiempo exacto que empleé en retroceder con cautela, tomar la escalera interior y preguntarme por qué en ese momento. Por qué ahora, y en el mismo hotel. Por qué no antes. Por qué tan cerca.

Me batía el pulso con violencia en las sienes, ensordeciéndome, mientras caminaba rápidamente sobre la moqueta del pasillo del cuarto piso, hacia mi cuarto. Intenté que no se desbocaran los latidos de mi corazón —en ese momento parecía bombear adrenalina a chorros— y que los pensamientos se ordenaran de forma útil en mi cabeza. Piensa, me decía. Piensa despacio. Calcula qué ha cambiado. Qué hay de nuevo. Qué ocurre, para que ese individuo se arriesgue más. Se acerque tanto. La intuición de que un peligro añadido, una modificación grave de acontecimientos entraba en escena, transformó durante los últimos pasos mi aprensión en certeza. Quizá por eso tenía limitada la capacidad de sorpresa y estaba más alerta de lo usual cuando introduje la tarjeta en la ranura de la puerta, abrí ésta y me encontré de cara con la mujer que en Verona me había golpeado en la cabeza, arrojándome al foso. Esta vez no llevaba abrigo de visón, sino un traje oscuro de pantalón, calzado bajo y el pelo recogido en la nuca —todo eso pude apreciarlo mejor algo después—; pero el rostro era como lo recordaba: muy delgado, huesudo y anguloso hasta casi lo desagradable, con labios finos y ojos negros grandes, muy vivos, que parecieron desorbitarse sorprendidos de verme allí, a dos palmos de su cara. Era un poco más alta que yo, y eso facilitó las cosas. Llevada por el impulso que había ido tensando en mi cavilación por el pasillo, animada por el estupor que parecía enflaquecer más las facciones de la intrusa, enfurecida hasta la repugnancia física por verla allí violando mi intimidad, me puse de puntillas y, olvidándome del espray de pimienta que llevaba en el bolso, le di un cabezazo en la cara.

Sonó fuerte. Sonó croc. Pero el ruido no era mío. Tuve suerte, creo. La alcancé de casualidad en mitad del rostro, justo cuando por el rabillo del ojo advertí que una de sus manos, la derecha, de pronto cerrada en forma de puño, ascendía hacia mí. Pero la violencia de mi golpe bastó para que el suyo perdiera fuerza a mitad de recorrido y diese en el vacío; tal vez porque, para entonces, Cara Flaca, o como se llamara, había emitido ya un quejido ronco y sordo, de aire que escapaba de sus pulmones, y retrocedía trastabillando mientras agitaba los brazos en busca de apoyo o equilibrio; de conseguir una ventaja que yo, a esas alturas y sin que el golpe propinado aliviara un gramo la furia que sentía, no estaba dispuesta a concederle. Así que le fui detrás, o encima, sin pensarlo siquiera, y con todas mis fuerzas le di una patada en el vientre que la hizo encogerse y dio con ella en el suelo. Me miró desde allí sin dejar de hacer esfuerzos por ponerse en pie —observé que le sangraba la nariz— con una expresión que no olvidaré nunca, pues jamás antes me había visto en una situación tan extrema como aquélla. Se le había deshecho el pelo recogido en la nuca y ahora se derramaba sobre la cara, negro como alas de cuervo de mal augurio, manchado de sangre, intensificando el odio en sus ojos. Aturdida y venenosa. Me estremecí con todo motivo, recordando el golpe que me había dado en la Arena de Verona: preciso y casi científico. Una tía capaz de mirar y de atizarte así, pensé. No sé si Cara Flaca es profesional de los golpes o no, pero sin duda sabe darlos. Vaya si sabe. Y si le permito levantarse estoy frita, concluí. Así que me puse a pegarle patadas en la cabeza hasta que dejó de moverse.

El fulano del bigote rubio y rizado en las puntas no me oyó llegar. Seguía sentado tras el ficus, mirando hacia la puerta principal del hotel, cuando salí del ascensor y me detuve a su lado. Bajo la chaqueta de gamuza llevaba una corbata de punto y una camisa rosa pálido cuyos botones se tensaban demasiado sobre el abdomen. La perplejidad en sus ojos azules, cuando se volvieron hacia mí con sobresalto, fue otro de los hitos gloriosos de aquel día.

—Tengo dos opciones en este momento —dije con calma—. ¿Quieres que te las cuente?

No respondió. Seguía mirándome en asombrado silencio. Los incisivos conejiles asomaban en la boca entreabierta por el estupor. Me senté en el sillón contiguo, un poco inclinada hacia él, disfrutando con la ventaja que la situación me proporcionaba. Bigote Rubio había cerrado el libro en edición de bolsillo que tenía sobre las rodillas, y alcancé a leer el título: *Jardinería en casas rurales*. Nunca lo habría adivinado, pensé absurdamente. Luego lo miré de nuevo a los ojos.

—Una opción es acercarme al mostrador de Recepción, pedir que llamen a la policía, y que ésta eche un vistazo a lo que hay en mi habitación. La otra...

Me detuve. Mi interlocutor había parpadeado tres veces, como si eso lo ayudase a recobrar el uso de la palabra.

—¿Viene de arriba? —preguntó, al fin.

La voz le había salido ronca, difícil, necesitada de lubricación inmediata. Acento educado, español. Los ojos claros seguían perplejos.

—Vengo. Y hay una mujer inconsciente en mi alfombra.

La perplejidad de Bigote Rubio cedió paso a la alarma.

—¿Inconsciente, dice?

—Sí.

—¿Qué ha pasado?

La voz seguía saliéndole ronca. Encogí los hombros.

—Se cayó. Así, por las buenas. Zaca. Se cayó y se golpeó la cabeza varias veces. Zaca, zaca. Ella sola. Parece aficionada a caerse.

—¿Usted hizo eso?

—Yo no hice nada. Te repito que se cayó ella. Me limité a maniatarla para que no se caiga más... Lo hice con bolsas de lavandería retorcidas y cinturones de albornoz. Y arriba sigue, supongo. Durmiendo boca abajo. Cuando despierte necesitará aspirinas y quizá un médico. Tampoco ha quedado guapa de cara, suponiendo que haya sido guapa alguna vez... Diría que tiene la nariz rota.

Advertí en Bigote Rubio un movimiento que no supe interpretar. Tal vez era de inquietud, o de amenaza hacia mí. Parecía recobrar el control y me estudiaba suspicaz, valorando la situación. Sin duda calculaba adónde iba yo a llegar. Mis intenciones. Me retiré un poco, recostándome en el sillón. Prudente. De cualquier modo, concluí, nada intentaría contra mí en aquel lugar, con el barman a diez metros y los recepcionistas y conserjes al otro lado del vestíbulo. Un grito mío bastaría para ponerlo en evidencia.

—Habló de dos opciones —dijo.

Lo hizo sereno, al fin. Y manteniendo el usted, a pesar de mi tuteo. Dispuesto a negociar la opción menos mala. Eso me suscitó un suspiro de alivio que procuré no exteriorizar. En realidad —caí en la cuenta luego—, salvo la inquietud que sentía por el estado de la mujer de arriba, yo estaba disfrutando con aquello. Con el triunfo. Con el momento y sus perspectivas.

—La otra es que subas y te hagas cargo de esa hija de puta.

Sostuvo un instante la mirada. Esta vez sin pestañear.

—¿Y? —preguntó al fin.

—Y eso. Que la lleves a un hospital o a donde te parezca oportuno —miré el reloj—. Y que Lorenzo Biscarrués me telefonee.

—No conozco a ese Biscarrués.

—Ya. Pero procura que ese cerdo me llame. Por la cuenta que le trae.

Los ojos azules se volvieron hacia el vestíbulo y luego me miraron largamente, valorativos, considerando despacio cuanto yo acababa de decir. Al fin, Bigote Rubio se metió el libro en un bolsillo de la chaqueta y compuso una mueca que descubrió algo más los incisivos: una sonrisa fría, postiza. Resignada.

—Está bien —dijo.

Nos levantamos —lo hizo con una agilidad asombrosa en un tipo regordete como él— y fuimos hasta el ascensor con apariencia de huéspedes inocentes. Pulsé el botón y subimos, evitando mirarnos directamente aunque nos vigilábamos de soslayo en el espejo y Bigote Rubio no apartaba sus ojos inquisitivos de mi mano derecha, metida en el bolsillo donde llevaba el espray de pimienta —como me equivoque de lado al apuntar, pensé absurdamente, estoy lista—. Pero no hubo necesidad de él. Una vez arriba, recorrimos en silencio el pasillo, abrí la puerta y me hice a un lado, cauta.

—Joder —exclamó al entrar.

Cara Flaca seguía tumbada en el suelo, boca abajo y maniatada, como la había dejado al irme. En las películas, la gente que recibe golpes se levanta luego tan campante; pero yo sabía que en la vida real las cosas rara vez ocurren de ese modo. Hay conmociones cerebrales, derrames y cosas así. Para mi alivio —temía haberme excedido en las patadas finales—, la mujer estaba ya medio consciente y gemía de un modo sordo, gutural. Había manchado un poco de sangre la alfombra, y en su nariz y labio superior empezaba a coagularse una costra pardusca. También tenía un gran hematoma violáceo en la frente y los ojos hinchados. Yo misma me asusté de su aspecto, y me alegré de que Bigote Rubio se hiciera cargo de aquello.

—Joder —repitió, arrodillándose incrédulo junto a la mujer—... ¿Usted le ha hecho esto?

—Ya he dicho que se cayó. Varias veces.

Me dirigió una mirada entre reprobadora y admirada mientras deshacía las ligaduras de las manos de Cara Flaca. No es fácil dejarla en este estado, parecía decir. Hace falta tener mucha suerte, o ser aún más perra de lo que puede serlo ella. Que puede, y mucho.

—¿Tiene hielo en el minibar?

—No querrá una copa, ahora —repuse con pésima intención.

Pareció encajar mi sarcasmo con mucha flema.

—¿Tiene o no tiene hielo? —insistió.

—No.

—Entonces traiga unas toallas mojadas en agua fría, por favor.

Parecía dueño de sí. Acostumbrado, pese a su aspecto apacible, a situaciones semejantes. Recordé el destello de la navaja en sus manos cuando yo estaba sobre la nieve, en Verona, junto al infeliz al que habían tomado por Sniper. Quizá he cometido un error al traerlo, pensé. Metiéndome en una nueva trampa. Mientras mojaba toallas en el lavabo, miré alrededor en busca de algo que me sirviera como arma defensiva, sin dar con nada. Luego recordé el florero de vidrio que estaba sobre la escribanía. Aquello podría valer, en caso necesario, como complemento del espray.

—Ayúdeme —pidió Bigote Rubio.

Entre los dos levantamos a Cara Flaca y la tumbamos en la cama. Volvía en sí. Seguía gimiendo, y entre el pelo apelmazado y la hinchazón de los párpados nos miraba con ojos vidriosos, intentando reconocernos. Su compañero le limpió la sangre de la nariz, y después le aplicó las toallas mojadas en la cara. Yo fui a situarme junto al florero de vidrio, precavida, con una mano en el bolsillo. Calculando distancias.

—¿Cómo está? —quise saber.

Me observaba receloso, intrigado. Parecía preguntarse por qué estaba yo tan serena, sin armar un escándalo.

—No demasiado mal —dijo—. La nariz no está rota.

—¿Podrás llevártela de aquí?

—Creo que sí. Dentro de un rato se tendrá en pie, me parece... ¿Tiene usted unas gafas de sol?

—¿Para qué las necesitas?

Señaló a la mujer, cuyo rostro, a excepción de una pequeña abertura para respirar, estaba cubierto por las toallas.

—Ella no puede cruzar el vestíbulo así, con esa cara. Llamaría demasiado la atención.

Abrí mi bolso, saqué las gafas y se las eché por el aire. Las atrapó de un manotazo. Por primera vez, la expresión de sus ojos claros se tornaba amable. Casi simpática. El bigote rubio pareció retirarse un poco más sobre la mueca conejil.

—Como sicarios no parece que os estéis luciendo mucho —comenté.

No contestó. Sólo emitió una risa suave, contenida, al escuchar aquello. La risa le daba aspecto bonachón, equívocamente benévolo. No habría sido mal parecido, pensé, con diez o quince kilos menos, una tripa que no le tensara los botones de la camisa y un palmo más de estatura. El bigote rizado en las puntas aportaba un toque de ridícula distinción.

—Quiero hablar con Biscarrués —le recordé.

Me miró unos segundos con curiosidad mientras el apunte de sonrisa se le extinguía muy despacio. Me pregunté cuánto sabía de mi vida. Desde cuándo me vigilaba. Pensarlo me hizo sentir un extraño pudor violentado. Y eso me enfureció.

—Biscarrués —repetí, seca.

No pareció haberme oído. Miraba a su compañera, que se recobraba poco a poco, quejumbrosa y dolorida.

—No es fácil madrugarle así —dijo, objetivo.

—Lo supongo... Pero ahora estamos en paz. Por lo de Verona.

Pareció considerar en serio el argumento. Al fin asintió ligeramente, como con desgana.

—No vea en ello nada personal. No iba contra usted.

—Puedes tutearme —reí, sarcástica—. A estas alturas de convivencia.

Sólo vaciló un instante.

—No iba contigo.

—Ni con aquel pobre tipo, supongo. El que confundisteis con Sniper.

—Tampoco. Fue un malentendido.

—Ya. Que casi nos mata.

Hizo un ademán vago, evasivo, medio fatigado. La vida, parecía argumentar, abunda en momentos en los que a cualquiera pueden despacharlo por error o por azar. Es absurdo buscar responsables.

—Biscarrués —insistí—. Y lo digo por última vez.

Siguió estudiándome un momento, como si dudara. Yo miré de reojo el florero, tensa. Al cabo sacó un teléfono del bolsillo de la chaqueta y marcó un número.

—Ella está aquí —dijo, lacónico, cuando hubo comunicación.

Después me pasó el teléfono, y con él en la mano salí al pasillo.

Cuando regresé a la habitación, Cara Flaca parecía más repuesta. Su compañero la había sentado en la cama, recostándola en las almohadas. Ya no tenía las toallas mojadas sobre la cara. Por entre el cabello húmedo, que dejaba a la vista un gran hematoma sobre el puente de la nariz, los ojos oscuros de la mujer me miraron con odio tras los párpados inflamados.

—Quiere hablar contigo —dije a Bigote Rubio, pasándole el teléfono.

Se lo llevó a una oreja y estuvo escuchando en un largo silencio, sólo roto por monosílabos de asentimiento. Los últimos los emitió en tono de ligera duda, aunque en ningún momento se opuso a nada. Al cabo cortó la comunicación, guardó el móvil y se me quedó mirando, desconcertado.

—No veo por qué... —empezó a decir.

Se interrumpió ahí, pensativo. No era, supuse, del tipo de quienes hacen confidencias sobre lo que ven o no ven ante quien acaba de hincharle la cara a patadas a su compañera de trabajo, o como se llamara lo que trajinaban juntos aquellos dos. En ese punto, Cara Flaca sintió una urgencia —«Necesito mear», murmuró con boca pastosa y desabrida vulgaridad—, y Bigote Rubio la ayudó a incorporarse y caminar apoyada en él hasta el cuarto de baño. Luego cerró la puerta, se volvió hacia mí y sacó un paquete de cigarrillos y un encendedor de oro.

—¿Se puede fumar aquí? —preguntó.

—Quizá salte la alarma —respondí—. Mejor hazlo en el balcón.

Sonrió un poco. Tenía una mueca simpática, confirmé ecuánime, con aquellos incisivos asomando bajo el bigote rizado en las puntas. Una sonrisa agradable en la cara regordeta y anacrónica de un verdadero hijo de puta. Mientras pasaba por mi lado y salía al balcón, encendiendo allí el cigarrillo, pensé si llevaría encima la navaja que había estado a punto de clavarle al pobre Zomo en la Arena de Verona.

—¿Todavía tienes esa navaja? —pregunté, apoyándome en el marco del ventanal abierto.

Asintió, y sacándola del bolsillo de la chaqueta me la mostró en la palma de la mano: larga, de metal plateado y cachas de nácar. Hasta parecía bonita. Observé que tenía un botón en la empuñadura: debía de ser de esas con resorte, automática, que desplegaba la hoja al presionar. Un modelo antiguo, seguramente. Según mis noticias, esa clase de navajas estaban prohibidas.

—¿Cómo te las arreglas en los aeropuertos? —me interesé.

—La facturo con el equipaje.

—Supongo que son tiempos incómodos para un asesino, ¿verdad?... Con tanto escáner, tanto detector y tanta puñeta.

—Y que lo digas.

—¿Asesináis sólo a ratos, o a dedicación completa?

No respondió a eso. Me miraba con gesto casi divertido, entornados los ojos por el humo del cigarrillo que ahora sostenía en la boca. La chaqueta de gamuza era de calidad. Bien cortada, cara. También los zapatos eran buenos. Observé que tenía el pelo ligeramente ondulado, cortado con esmero. Un sicario cuidadoso de su aspecto, aquél. Con posibles.

—Bonita vista —dijo señalando afuera, hacia el sol poniente sobre la bahía.

—¿Hace mucho que trabajas con Cara Flaca?

Sonrió del todo.

—¿Así la llamas?... ¿Cara Flaca?

—Sí.

—No creo que le guste. Aunque supongo que ése es el menor problema que tiene hoy —me dirigió una ojeada valorativa—. No es fácil dejarla en ese estado.

—Y tú eres Bigote Rubio.

—¿En serio?... Vaya. No puede decirse que hayas forzado mucho la imaginación.

—Tampoco puede decirse que como sicarios seáis eficaces. Os encuentro más bien chapuceros.

Se echó a reír.

—Ella suele tener mejores reflejos, te lo aseguro.

—Pues no me di cuenta.

—Bueno, ya sabes... Hay días y días.

—Será eso.

Sonó el ruido de la cisterna del cuarto de baño y Cara Flaca apareció en la habitación, moviéndose todavía con paso inseguro. Casi daba lástima verla. Bigote Rubio aplastó la brasa del cigarrillo en la barandilla de hierro del balcón y lo arrojó al vacío. Después fue a su encuentro, solícito.

—Adivina —le dijo— cómo te llama.

A las siete y cuarenta minutos, después de quedarme sola, recién duchada y vestida con un pantalón vaquero y un suéter bajo el chaquetón, bajé por la escalera de servicio, recorrí el pasillo interior, y utilizando la puerta de atrás del hotel salí a la calle donde aguardaba el taxista.

—¿Todo bien, señora?

—Todo bien.

No hice comentarios sobre lo ocurrido aquella tarde. No tenía por qué. El conde Onorato me dirigía una sonrisa resplandeciente a través del espejo retrovisor.

—¿Nerviosa?

—Un poco.

Arrancó, y nos sumimos en el tráfico intenso. Anochecía casi por completo, y los faros de automóviles y la iluminación urbana se imponían sobre la última claridad del cielo. Tras pasar el túnel della Vittoria salimos al otro lado, bajo el palacio y las torres negras del castillo, y recorrimos la avenida que discurre a lo largo de las instalaciones portuarias. Allí, mi conductor detuvo el taxi junto a un edificio arruinado en el que, a la luz de unas farolas torcidas, podían reconocerse los restos de un viejo búnker entre cuyas grietas crecían arbustos ralos y sucios. Era, comentó el conde Onorato, un antiguo puesto militar. En aquella parte del puerto, la que sufrió los peores bombardeos y destrucción durante la guerra, quedaban restos que nadie se había ocupado de demoler.

—¿Éste es el lugar? —pregunté, intrigada.

El taxista había bajado del automóvil y fumaba recostado en el muro del búnker.

—Sí, señora —respondió.

—¿Y qué hacemos aquí?

—Esperar.

Di unos pasos, mirando alrededor. Extraño lugar para una cita, fue lo primero que pensé. O no tan extraño, me corregí tras un instante. Olía a basura, a hormigón añejo, a suciedad secular. Al otro lado de una verja cercana que circundaba las instalaciones portuarias se veían contenedores apilados, con manchas de óxido sobre las marcas de las compañías navieras. Las luces del puerto estaban detrás, más intensas, iluminando grúas, depósitos, instalaciones y una especie de torre o chimenea con un destello rojo parpadeando arriba.

—Ahí están —dijo el conde Onorato.

Contuve el aliento. Los faros oscilantes de dos motocicletas llegaban por el mismo camino que habíamos recorrido nosotros. Se detuvieron junto al taxi, sin parar los motores. Tres figuras masculinas se destacaban sobre ellas, en la penumbra. Dos sobre una de las motos y una solitaria en la otra.

—Ella es Lex —dijo una voz.

Reconocí a Flavio, el tipo con el que había estado a punto de pegarme en el Porco Rosso: llevaba la misma sudadera de felpa con la hoja de marihuana estampada, los mismos vaqueros estrechos. La única novedad era una gorra negra de béisbol cuya visera parecía enflaquecerle de sombras el rostro. Los otros vestían de modo parecido: felpas, vaqueros, zapatillas manchadas de pintura. Ropa para pintar y correr.

—Puedes irte —le dijo Flavio al taxista—. La llevaremos luego.

El conde Onorato me dirigió una mirada en busca de confirmación. Asentí, me dedicó una última ancha sonrisa, dijo *buona fortuna* y desapareció con su taxi.

Flavio se bajó de la moto sin apagar el motor.

—Levanta las manos —ordenó.

Lo hice sin protestar. Se había arrodillado ante mí y me cacheaba desapasionadamente. Muy rápido y eficaz.

—Nada de grabadoras, teléfonos o cámaras de fotos —advirtió.

—No llevo nada de eso. Ya me lo dijo el taxista... ¿No te fías?

Sacó el espray de pimienta de mi bolsillo y lo tiró lejos.

—Claro que no me fío.

Se incorporó tras asegurarse de que no había nada más y volvió a subir a la moto, suficiente.

—Siéntate detrás.

Obedecí. Ocupando la parte posterior del asiento, pasé los brazos en torno a su cintura. Hizo resonar más fuerte el motor un par de veces, y luego arrancó con violencia. Íbamos a excesiva velocidad, envueltos en el ruido de las motos, brincando sobre un sendero estrecho y sin asfaltar. Los faros oscilaban enloquecidos, y la moto que nos seguía proyectaba nuestra sombra sobre los contenedores apilados a modo de alto muro al otro lado de la verja. Los tubos de escape, resonantes, vibraban como órganos que escupieran música techno. Un momento después, cuando dejamos de estar al resguardo de los contenedores, Flavio apagó la luz, lo mismo hizo el de la otra moto, y así continuamos en la oscuridad igual que centauros suicidas, sin que ninguno de aquellos descerebrados redujera la marcha, mientras yo me agarraba crispada a Flavio como si eso pudiera protegerme en caso de que —algo muy probable— nos fuéramos al diablo.

Había cuatro grafiteros más, y nos aguardaban. Sus siluetas se destacaron en la penumbra apenas se detuvieron las motocicletas. Salieron de las sombras donde estaban agazapados bajo una tapia que los protegía de las luces del puerto. Vestían como mis acompañantes y llevaban pequeñas mochilas. Todo de color oscuro. Ésta es Lex, se limitó a repetir Flavio a modo de seca presentación. Ningún nombre de la otra parte, ningún rostro especialmente visible bajo las capuchas o las viseras de las gorras de los gobbetti de Montecalvario. Estreché sus manos jóvenes, vigorosas, mientras se movían en silencio a mi alrededor. Lo hacían con aplomo casi militar, pensé. Como soldados antes de un combate nocturno. Olían a ropa sudada y a pintura.

—¿Y Sniper? —pregunté.

—Más tarde —dijo Flavio—. Primero vienes con nosotros... A pasar la prueba.

—¿Qué prueba?

No hubo respuesta. Alguien había sacado unos tapones de corcho quemado y circulaban de mano en mano mientras todos se oscurecían el rostro con ellos. Cuando llegó mi turno, asistida por Flavio, hice lo mismo, tiznándome la nariz y la frente.

—No se trata de que te vuelvas negra —dijo el grafitero—. Sólo de que desfigures el blanco de la cara.

Asentí, obediente. Me sentía al mismo tiempo ridícula y excitada. Era como jugar entre niños, concluí. Recobrar un retazo de infancia. La emoción del desafío, lo desconocido por llegar. La aventura. Imaginé, inquieta, que me acabara deteniendo un guardia aquella noche, con esa pinta. Una extranjera de mi edad, jugando a guerrillera urbana. Haciendo arte ilegal, o lo que hiciera aquella tropa. Sería muy difícil de explicar, desde luego. Una situación incómoda.

—¿Adónde vamos? —pregunté.

Flavio me lo contó. Cerca de allí había una terminal de ferrocarril que se usaba para carga de mercancías llegadas por mar. El día anterior, en un reconocimiento previo, habían descubierto un tren de siete vagones cisterna que transportaban productos químicos. El objetivo era hacerse con cuantos fuera posible.

—Su destino es Milán, y salen mañana... No les dará tiempo a eliminar la pintura, así que esos vagones van a recorrer media Italia con lo nuestro.

Sonaron golpes sobre el suelo. Algunos del grupo saltaban para ver si resonaban las latas de pintura en sus mochilas o llevaban objetos sueltos. Todo parecía en orden.

—Vamos —dijo Flavio—. A partir de aquí, que nadie fume ni hable en voz alta.

Caminamos en fila india, sin hacer ruido, a lo largo de la tapia. Algo más adelante ésta daba paso a una tela metálica gruesa, de unos dos metros y medio de altura, que tenía espirales de alambre de espino extendidas encima. Nos detuvimos agrupados y de rodillas en el suelo, como en las películas de comandos, y pensé que tal vez esos chicos habían visto demasiados videojuegos, aunque parecían tomárselo muy en serio.

—Oled eso —dijo alguien con deleite—. Huele a trenes.

Flavio sacó de su mochila unos alicates de cortar alambre. Durante cinco minutos se ocupó de la tela metálica hasta dejar libre un hueco adecuado. Nos metimos por allí uno tras otro, arrastrándonos. La película se volvía real.

—No te levantes todavía —susurró Flavio, que tiraba de mí—. Hay una garita de vigilancia treinta metros a la derecha.

Avanzamos sobre los codos y las rodillas, adentrándonos en el recinto mientras buscábamos la protección de la oscuridad. Aquello era asombroso, pensé. El latido de la sangre en mis tímpanos lo ensordecía todo con un tamborileo de tensión y miedo. Me sentía como una cría que jugara a esconderse en la noche: ecos de lejanos juegos infantiles, momentos perdidos en el recuerdo, me venían a la memoria.

—Ése es el túnel —dijo alguien.

Nos incorporamos a medias y recorrimos encorvados los últimos metros, muy despacio, procurando no hacer ruido. La boca negrísima de un túnel se abría ante nosotros como fauces siniestras que engulleran el doble reflejo metálico de unos raíles que corrían por el suelo, a nuestros pies. El convoy, explicó Flavio, estaba en una vía muerta del otro lado.

—Cuidado —murmuró uno de los grafiteros, sosteniéndome por un brazo.

Le di las gracias, porque yo había resbalado en una mancha de grasa. Nos adentramos en el túnel como ratas, caminando cautos mientras tanteábamos la pared, que rezumaba humedad. El aire era maloliente. La otra boca se distinguía a lo lejos: una especie de semicírculo algo más claro que la oscuridad que nos rodeaba, con el doble y tenue reflejo metálico de la vía que parecía converger en su centro. Era poca la distancia entre la vía y el muro, comprobé. Si entra un tren en el túnel y aún estamos dentro, pensé inquieta, puede hacernos carne picada.

—¿Y si viene un tren? —pregunté en voz alta.

—Más vale que no —comentó alguien detrás de mí.

En tono festivo, utilizando el dialecto napolitano, otro grafitero dijo algo que no entendí, y sonaron risas sofocadas hasta que Flavio reclamó silencio. Todos nos mantuvimos callados mientras alcanzábamos el final del túnel, donde nos fuimos agrupando tumbados en la vía.

—Ahí está.

Flanqueada por los grafiteros, en cuyos rostros ennegrecidos relucían sonrisas satisfechas, miré lo que todos miraban. La vía del túnel iba a unirse a otras que se multiplicaban medio centenar de metros más allá, bajo un entramado de postes, señales y cables de tendido eléctrico. En varios lugares había vagones de tren, aislados o unidos a otros. Conté una veintena. El sitio no estaba por completo a oscuras, pues una hilera de farolas potentes iluminaba una especie de andén y unos almacenes situados algo más lejos; y ese resplandor recortaba el contorno de siete vagones cisterna estacionados en una de las vías muertas.

—¿Son los nuestros? —pregunté.

—Claro.

Nadie pareció sorprendido de que también considerara mío el objetivo de aquella noche.

—¿Qué vais a hacer?

—Nada de florituras —respondió Flavio mientras se ponía unos guantes de látex—. Simples reglas de bombardeo: escribe y vete.

—¿Y si algo sale mal?

—¿Mal?

—Si nos descubre un guardia.

Sonaron gruñidos desaprobadores alrededor, cual si mentar aquello atrajese el mal fario. Flavio hurgó en su mochila y me pasó una linterna pequeña, de plástico.

—En ese caso, corres hacia el túnel y luego buscas el agujero de la tela metálica... Ya conoces el camino.

—¿Y si me cogen?

Más gruñidos incómodos. Todos movían la cabeza entre las sombras, desentendiéndose.

—Eso es cosa tuya.

No era tranquilizador en absoluto, así que decidí no pensar mucho en ello. Metí la linterna en un bolsillo del chaquetón y seguí tumbada estudiando el convoy: los vagones estaban sin locomotora, y en el contraluz del andén iluminado y las farolas dejaban un espacio de sombra y penumbra que hacía posible tanto la aproximación sin ser vistos como pintar, con relativo resguardo, en los costados de las cisternas opuestos al andén.

—¿Quieres una lata? —preguntó Flavio, haciendo tintinear un bote de pintura.

—Mejor no —dije—. Prefiero mirar.

—Vale —se había vuelto hacia los otros—. Buena caza, chicos.

Se subieron las capuchas de las felpas o se cubrieron el rostro con pasamontañas. Algunos se pusieron mascarillas. Después nos incorporamos y avanzamos agachados, dispersándonos en dirección al convoy. Seguí a Flavio, que se encaminó al primer vagón de la derecha. Tenía la boca seca y el pulso acelerado seguía martilleándome los tímpanos. En ese momento, en quien menos pensaba era en Sniper.

Así que era eso, concluí. Treinta segundos sobre Tokio. La excitación intelectual, la tensión física, el desafío a tu propia seguridad, el miedo dominado por la voluntad, el control de sensaciones y emociones, la inmensa euforia de moverse en la noche, en el peligro, transgrediendo cuanto de ordenado el mundo establecía, o pretendía establecer. Moviéndote con sigilo de soldado en los estrechos márgenes del desastre. En el filo incierto de la navaja. De ese modo avanzaba aquella noche junto a mis casuales compañeros: encorvada, cauta, escudriñando la oscuridad, atenta a las amenazas que pudieran surgir desde las sombras. Los vagones cisterna del tren estaban allí mismo, pesados, oscuros, cada vez más grandes, cada vez más cerca y al fin cerca del todo, al alcance de mi mano que se apoyaba en la superficie fría, metálica, áspera y ligeramente curva: el lienzo único sobre el que Flavio ya aplicaba la boquilla de su aerosol, la pintura liberada con un siseo de gas al escapar de su confinamiento, colores dispuestos a cubrir con su particular esencia, o identidad, cuanto de prohibido, de formal, de injusto, de arrogante, encerraban las ciudades y las normas y la vida. Habría gritado de gozo en ese momento para comunicar al Universo entero lo que estábamos haciendo. Lo que acabábamos de conseguir.

—Venga —dijo Flavio, pasándome un bote de pintura—. Anímate.

Esta vez no puse objeciones. Cogí la lata sin preocuparme de qué color contenía ni cuál era mi función en aquello. La agité, haciendo tintinear las bolitas, acerqué la boquilla a un palmo de la superficie metálica y la oprimí. El sonido del líquido pulverizado al salir me produjo una explosión interior casi física. Olía fuerte, mucho, a pintura y disolvente; y ese olor ascendía por tus fosas nasales hasta el cerebro, con la intensidad de una espesa droga. Moví la mano y pinté por todas partes sin objeto, sin plan, casi enloquecida, sin otro concierto que seguir escuchando aquel sonido, aspirando aquel olor, cubriendo de cualquier manera mi parte del vagón mientras unos pasos a mi izquierda Flavio trabajaba serio, metódico, marcando y rellenando letras enormes que ejecutaba con una rapidez y una facilidad pasmosas; y a lo largo del convoy, escalonadas ante los diferentes vagones, otras seis sombras hacían lo mismo, ágiles y silenciosas en el contraluz de unas luces lejanas que iluminaban el entramado del tendido eléctrico colgado de postes y los reflejos gemelos, prolongados hasta el infinito, en los raíles de las vías.

—¡Ahí vienen! —gritó alguien.

Mi corazón se detuvo un instante. Miré hacia las vías y vi moverse entre ellas y el andén tres puntos de luz que se acercaban apresurados. Eran linternas.

—¡Corre! —me dijo Flavio.

Una de las sombras más próximas, la del grafitero que había estado actuando en el vagón contiguo, corrió hasta mí, me dio un manotazo para que soltara el espray y me empujó hacia las vías, en dirección opuesta a las linternas que se acercaban. Por aquella parte sonó un silbato que se clavó en mi angustia como una daga. Flavio ya era una mancha oscura que corría en la oscuridad, y a mi lado pasaban, fugaces como exhalaciones, los otros chicos huyendo en la misma dirección. El pánico había estallado en mi cuerpo de dentro afuera, paralizándome; y habría permanecido allí, inmóvil hasta ser capturada, si el grafitero que me había empujado no hubiese vuelto sobre sus pasos para tirar de mí con violencia, obligándome a seguirlo. Reaccioné al fin y corrí tras él ignorando adónde se dirigía, sin prestar atención a nada más, aterrorizada ante la posibilidad de que aquella rápida silueta negra, mi única y última referencia, se desvaneciera en la noche dejándome sola.

—¡Espera! —exclamé.

No lo hizo. Yo corría detrás de él por la vía del tren, procurando no tropezar en las traviesas, cuando pasamos junto a uno de nuestros compañeros de aventura que saltaba con agilidad asombrosa para encaramarse a una tapia alta. Dudé un instante entre intentarlo o no —la tapia parecía más segura y próxima que seguir corriendo a ciegas en la noche—, aunque en seguida comprendí que mis posibilidades de salvar esa altura eran mínimas. Aquellos segundos de indecisión me hicieron perder de vista al que corría delante, así que reaccioné, aterrorizada, lanzándome en su dirección para darle alcance. No había luz en ese lugar y dejé de verlo. Sólo podía oír los pasos largos de su correr, alejándose.

—¡Espera! —supliqué.

De pronto el sonido de pisadas me llegó con un eco diferente, y vi el arco de piedra del túnel. Un momento después yo estaba dentro, corriendo también entre sus muros húmedos. Sola, sin escuchar otra cosa que mis pasos. Deshecha por el esfuerzo y respirando con dificultad —cada golpe de aire parecía arañar mis pulmones—, empuñé, desesperada, la linterna que me había dado Flavio, a fin de alumbrarme el camino. Y cuando salí de nuevo al aire libre, en la penumbra originada por el resplandor distante de unos focos que iluminaban contenedores apilados, una sombra surgió de la oscuridad. Su mano en mi brazo casi me hizo pegar un grito.

—Es por aquí —dijo.

Arrebató mi linterna, apagándola. Después me hizo seguirlo hasta la alambrada por la que todos habíamos entrado una hora antes. Noté cómo tanteaba la tela metálica hasta encontrar el hueco.

—Pasa. Rápido.

Obedecí. Vino detrás de mí, arrastrándose como yo. Una vez al otro lado, nos incorporamos y corrimos un trecho, encorvados, protegiéndonos entre los arbustos. Al fin nos detuvimos lejos de la alambrada, al amparo de un muro arruinado. Me dejé caer exhausta, sudando bajo el chaquetón y el suéter, mientras el grafitero, ensombrecido el rostro por la capucha, apoyaba la espalda en el muro y se deslizaba despacio hasta quedar sentado junto a mí.

—Joder —dije.

—Sí —respondió.

Escuché el chasquido de un encendedor, y a su breve luz vi un rostro delgado, moreno, con el mentón un par de días sin afeitar. También vi una sonrisa de las que hace falta tener dos veces veinte años para que la vida te la defina en la boca y en la mirada. Y entonces, como en una revelación brutal, supe que había encontrado a Sniper.

8. El cazador y la presa

—Creo que te has tomado muchas molestias —dijo Sniper—. Para verme.

Escupí un buche de agua. Nos quitábamos el tizne de la cara en una fuente pública próxima a la plaza Masaniello.

—Es verdad —respondí.

—¿Y merece la pena?

Le miré los ojos. Con aquella luz parecían castaños y tranquilos. Llevaba echada hacia atrás la capucha de la felpa, y eso le descubría el cabello, que era vagamente rizado y empezaba a clarear en la frente. Sus facciones eran regulares, quizá atractivas; aunque parte de esto último se debiera, posiblemente, a la sonrisa que seguía en su boca, franca y ancha.

—De ti depende que la merezca o no.

Miró mis manos manchadas de pintura azul. Eso pareció acentuarle la sonrisa.

—Un hombre o una mujer son lo que hacen con sus manos... Al menos eso dice un proverbio oriental.

—Puede ser —convine—. En todo caso, las mías aún tiemblan.

Puso la cabeza bajo el chorro de agua y luego se incorporó sacudiéndola como un perro mojado.

Era más bien alto, sin exageraciones. Delgado y en buena forma física, como había tenido ocasión de comprobar muy poco antes. De mí no se podía decir lo mismo: aún me ardían los pulmones, y sentía unas espantosas agujetas.

—¿Habrán pillado a alguno?

—¿De los chicos?... No creo. Éramos los últimos, me parece. Y ellos son rápidos.

—Creí que cuidaban de ti.

—En ciertas ocasiones, cada uno cuida de sí mismo.

Hubo un silencio. Sniper metió las manos en los bolsillos de la felpa y se me quedó mirando, indiferente al agua que le goteaba desde el pelo por la cara mojada.

—¿Qué te pareció?

Lo miré, despistada. Pensando en otras cosas. Para ese momento calculaba los siguientes pasos a dar. El modo de aprovechar la oportunidad antes de que ésta se desvaneciese como el resto del grupo, en la noche.

—¿Qué? —dije.

—La incursión... Los vagones de tren y todo lo demás.

—¿Era una prueba, como dijeron?

—¿Para ti?... Oh, no —encogió los hombros—. Era un asunto de rutina. A los gobbetti les gusta meterse en territorio de otros grupos, con incursiones de castigo. Esa parte del puerto es de la TargaN. Y a veces los acompaño.

—Corrías muy rápido, para tu edad.

Ladeó un poco la cabeza, distraído, cual si pensara en alguna otra cosa.

—¿Mi edad?... Ah, sí. Es cierto. Ya no voy estando para trotes. Pero aún tengo buena forma física. Es necesario, cuando te dedicas a esto.

—Es curioso.

—¿Qué te parece curioso?

—Tú. Esta noche. No necesitas esto. Podrías...

—¿Podría?

No sonaba a pregunta, sino a singular afirmación. Nos mirábamos como dos esgrimistas, y yo buscaba el hueco. Pero él no parecía tener prisa.

—Sólo eres joven en la víspera de la batalla —dijo tras un instante, como si lo hubiera estado pensando—. Luego, ganes o pierdas, has envejecido... ¿Comprendes lo que quiero decir?

—Creo que sí. Más incertidumbres que certezas.

Pareció satisfecho de mi respuesta. Entonces sacó la mano izquierda del bolsillo de la felpa e hizo un ademán con ella, como refiriéndose a la ciudad; al tráfico que ya escaseaba pero seguía siendo caótico y ruidoso, con los faros de los automóviles moviéndose entre las luces de los edificios y las farolas de la plaza.

—Es bueno reservarse vísperas de batallas de vez en cuando —dijo.

Sonreía otra vez, o quizá no había dejado de hacerlo. Sin más gestos ni comentarios caminó en dirección a la parada de autobús.

—Esos chicos te cuidan —insistí—. Te protegen bien.

No respondió a eso. Había llegado a la parada y consultaba el panel indicador de líneas bajo la marquesina.

—Creo que tienes algo para mí —dijo al cabo de un momento.

—No es un objeto.

—Sé que no es un objeto... ¿Una propuesta?

—Sí.

—Pues cuéntamela.

Se la conté. En términos precavidos, con largas pausas para darle tiempo a asimilar toda la información: la oferta de Mauricio Bosque, el catálogo, la gran retrospectiva prevista en el MoMA de Nueva York, la gente de las casas de subastas. Mi papel en todo aquello. Empleé en eso los veinte minutos que, con algunas paradas intermedias, un autobús tardó en llevarnos de la plaza Masaniello a la de Trieste y Trento, frente al café Gambrinus. Y durante todo el trayecto Sniper permaneció inmóvil y en silencio, sentado a mi lado junto a la ventanilla, con las luces de la ciudad recorriéndole la cara como trazos lentos de pintura luminosa y deleble, amarillo y naranja de farolas, edificios y automóviles, verde, ámbar y rojo de semáforos, y de nuevo más destellos amarillos y naranjas que a trechos me deslumbraban con su compleja paleta nocturna, recortaban el perfil de mi interlocutor o proyectaban sobre mí su sombra móvil de francotirador esquivo.

Pero he escrito interlocutor, y la expresión resulta imprecisa. En ningún momento a bordo del autobús mi acompañante dijo una palabra. Escuchaba vuelto todo el tiempo hacia el exterior, mirando la ciudad como abstraído en ella. Cual si lo que le planteaba no sonara como lo que de verdad era: el salto perfecto, la Consagración Definitiva con la que todo artista, del género que sea, sueña alguna vez en su vida. Parecía que estuviésemos hablando de una tercera persona cuyo destino le fuera indiferente. Recordé lo que semanas atrás me había dicho en Madrid el ex grafitero llamado Topo, con el que el hombre silencioso que ahora se sentaba a mi lado en un autobús de Nápoles había compartido años de muros ilegales e incursiones contra trenes a principios de los noventa: Sniper es muy listo. Algún día se quitará la careta y sus obras valdrán millones. No podrá seguir así siempre.

Ahora estábamos de pie junto al palacio real. Él y yo, cara a cara. Al otro lado de la plaza se alzaba la cúpula neoclásica, iluminada por focos, de San Francesco di Paola.

—Eso significa salir a la luz —dijo Sniper al fin—. Dar la cara.

—No necesariamente. Sé de tus problemas de seguridad. Todo estaría garantizado.

—Mis problemas de seguridad —repitió, pensativo.

—Eso es.

—¿Y qué sabes tú de mis problemas de seguridad?

Respondí despacio, con extrema cautela, eligiendo cuidadosamente cada una de mis palabras. Sniper escuchaba con atención casi cortés. Cual si valorase mi tacto.

—Con tanto dinero de por medio, dispondrás de un dispositivo perfecto —concluí—. Equiparable al de Rushdie, o al de Saviano.

—Una jaula de oro —resumió, ecuánime.

No supe qué responder. Tenía en ese momento otras cosas en la cabeza: metáforas más inmediatas que me preocupaban mucho. Sniper dio tres pasos como si hubiera decidido caminar hacia la via Toledo, pero se detuvo en seguida.

—Me gusta esta forma de vida —dijo sin dirigirse a mí en particular—. Vivir en el lado turbio de la ciudad... Llego con la oscuridad y dejo mensajes que después, con la luz, todos pueden ver.

Se quedó callado, mirando un coche de policía estacionado con dos agentes fuera, de pie: uno era una mujer con melena leonada bajo la gorra blanca, de esas policías increíblemente peinadas y maquilladas que sólo pueden verse en Italia. Por mi parte, no creí prudente interrumpir aquella pausa. La seguridad era el punto más delicado de todos, o así me lo parecía. Establecí un par de argumentos sobre eso, a fin de introducirlos en la conversación. Sin embargo, cuando habló de nuevo, Sniper se refirió a algo completamente distinto.

—Detesto a quienes pronuncian *artista* dándose importancia. Incluidos los idiotas que llaman *aerosol art* al grafiti, y todo eso... Además, las exposiciones en museos están agotadas. Ya es como ir a la Toyota a comprarte un coche. No hay diferencia.

Inclinaba la cabeza para encender un cigarrillo, protegida la llama en el hueco de las manos y accionando el mechero con la izquierda. Recordé que era zurdo.

—Yo no hago arte conceptual, ni arte convencional —añadió—. Yo hago guerrilla urbana.

—¿Como en la Maternidad de Madrid? —apunté.

Me dirigió una ojeada de súbita atención.

—Eso es.

Parecía agradarle que hubiera mencionado aquello. Esa actuación se había producido cuatro años atrás, en la clínica de maternidad de la calle O'Donnell: todo un muro amaneció cubierto con un enorme grafiti en el que, junto a una docena de bebés con cabezas de calacas mejicanas, amontonados dentro de una gran incubadora, Sniper había escrito con letras de medio metro de altura: *Exterminadnos ahora que aún estáis a tiempo.*

—También recuerdo —añadí— tu intervención saboteando la campaña oficial contra el sida de hace tres años. Aquellas vallas publicitarias del Ministerio de Sanidad grafiteadas por ti, con una frase terrible...

—¿*Mi sida es cosa mía?*

—Sí.

—No padezco esa enfermedad. En tal caso, habría escrito algo diferente.

—O quizá no.

También pareció gustarle aquello. Mi quizá no. Exhaló humo por la nariz y se me quedó mirando.

—El arte sólo sirve cuando tiene que ver con la vida —dijo—. Para expresarla o explicarla... ¿Estamos de acuerdo en eso?

—Lo estamos.

—Pues no voy a aceptar tu propuesta. Ni exposición, ni catálogo, ni nada.

Un hueco repentino en mi estómago. Casi me tambaleé en mitad de la calle. Alarmada.

—Por Dios. Te he dicho quién respalda esto. Estamos hablando de...

Alzó la mano del cigarrillo con éste entre dos dedos, interrumpiéndome. Y entonces soltó un discurso que ya debía de haber empleado otras veces. El arte actual es un fraude gigantesco, señaló. Una desgracia. Objetos sin valor sobrevalorados por idiotas y por tenderos de élite que se llaman galeristas con sus cómplices a sueldo, que son los medios y los críticos influyentes que pueden encumbrar a cualquiera, o destruirlo. Antes eran los comitentes los que determinaban el asunto, y ahora son los compradores quienes determinan los precios en las subastas. Al final todo se reduce a reunir unos cuantos euros. Como en todo lo demás.

—Es repugnante la apropiación del mercado por parte de los cuervos del mercado —concluyó—. En este tiempo, un artista es, lo sea o no, quien obtiene su certificado de los críticos y de la mafia de galeristas que pueden impulsar o destruir su carrera. Secundados por los estúpidos compradores que se dejan convencer.

—Tú no eres de ésos —objeté—. Contigo sería diferente.

—¿De verdad lo crees?... ¿O crees que puedo llegar a creerlo?... Lástima. Si estamos conversando, es porque creí que eras una chica inteligente.

—Lo soy. He llegado hasta ti.

No parecía haberme oído. Retomaba el hilo.

—La calle es el lugar donde estoy condenado a vivir —prosiguió—. A pasar mis días. Aunque no quiera. Por eso la calle acaba siendo más mi casa que mi propia casa. Las calles son el arte... El arte sólo existe ya para despertarnos los sentidos y la inteligencia y para lanzarnos un desafío. Si yo soy un artista y estoy en la calle, cualquier cosa que haga o incite a hacer será arte. El arte no es un producto, sino una actividad. Un paseo por la calle es más excitante que cualquier obra maestra.

Lo estoy perdiendo, me dije. Sin remedio. Ha puesto el automático y se aleja. De un momento a otro dirá buenas noches y acabará todo. Ese pensamiento hizo que me sintiera irritada.

—¿Y matar? —casi se me escapó—... ¿También es excitante?

Me estudió casi con sobresalto. Como si alguien hubiese disparado un tiro en mitad de un concierto.

—Yo no mato —dijo.

—Hay quienes piensan lo contrario.

Tiró lo que quedaba de cigarrillo, se acercó un poco más a mí y miró a uno y otro lado, cual si pretendiera asegurarse de que nadie nos escuchaba.

—No te equivoques. Existe gente que sueña y se queda quieta, y gente que sueña y hace realidad lo que sueña, o lo intenta. Eso es todo... Luego, la vida hace girar su ruleta rusa. Nadie es responsable de nada.

Se detuvo. Los dos policías habían subido a su automóvil y se marchaban entre destellos.

—Imagina —añadió viéndolos alejarse— una ciudad donde no hubiera policías ni críticos de arte ni galerías ni museos... Unas calles donde cada cual pudiera exponer lo que quisiera, pintar lo que quisiera y donde quisiera. Una ciudad de colores, de impactos, de frases, de pensamientos que harían pensar, de mensajes reales de vida. Una especie de fiesta urbana donde todos estuvieran invitados y nadie quedase excluido jamás... ¿Puedes imaginarlo?

—No.

La sonrisa ancha y franca volvió a iluminarle la cara.

—A eso me refiero. Esta sociedad te deja pocas opciones para coger las armas. Así que yo cojo botes de pintura... Como te dije antes, el grafiti es la guerrilla del arte.

—Es un enfoque demasiado radical —protesté—. El arte aún tiene que ver con la belleza. Y con las ideas.

—Ya no... Ahora el único arte posible, honrado, es un ajuste de cuentas. Las calles son el lienzo. Decir que sin grafiti estarían limpias es mentira. Las ciudades están envenenadas. Mancha el humo de los coches y mancha la contaminación, todo está lleno de carteles con gente incitándote a comprar cosas o a votar por alguien, las puertas de las tiendas están llenas de pegatinas de tarjetas de crédito, hay vallas publicitarias, anuncios de películas, cámaras que violan nuestra intimidad... ¿Por qué nadie llama vándalos a los partidos políticos que llenan las paredes con su basura en vísperas de elecciones?

Se detuvo con el ceño fruncido, como para recordar si en su discurso había pasado algo por alto.

—Deberíamos... —empecé a decir.

—¿Sabes cuál es mi próximo proyecto? —me interrumpió, sin prestarme atención—. Mandar a cuantos escritores pueda a pintar el costado de ese transatlántico monstruoso que encalló hace un año lleno de pasajeros, y todavía yace sobre las rocas de una isla italiana... Todo bajo una frase: *Tenemos los Titanic que merecemos*... Mandarlos a decorar en colores y platas, en una sola noche, ese monumento a la irresponsabilidad, la inconsciencia y la estupidez humanas.

—Es bueno —admití.

—Es mucho más que eso. Es genial.

Puso una mano en mi hombro. Lo hizo de un modo natural, casi agradable. Y me quedé parada y en silencio como una estúpida, a la manera de una boba cualquiera aturdida por el discurso del jefe de una secta.

—El grafiti es el único arte vivo —sentenció—. Hoy, con Internet, unos pocos trazos de aerosol pueden convertirse en icono mundial a las tres horas de ser fotografiados en un suburbio de Los Ángeles o Nairobi... El grafiti es la obra de arte más honrada, porque quien la hace no la disfruta. No tiene la perversión del mercado. Es un disparo asocial que golpea en la médula. Y aunque más tarde el artista se acabe vendiendo, la obra hecha en la calle sigue allí y no se vende nunca. Se destruye tal vez, pero no se vende.

Dio la vuelta y se fue. En pocas zancadas llegó a la esquina de la primera calle del barrio español, que era su territorio y su refugio. Al cabo de unos segundos reaccioné al fin y caminé detrás, apresurándome, dispuesta a seguirlo. A caminar pegada a su huella hasta localizar la guarida. Pero cuando medio minuto después llegué a la esquina, Sniper había desaparecido.

El conde Onorato se presentó por la mañana, al poco de recibir mi llamada telefónica. Aparcó en la parada de taxis que hay en la esquina del hotel y accedió a acompañarme dando un paseo al otro lado de la calle, por el puente que sirve de entrada al castillo y al puerto marinero. Cruzamos el semáforo y fuimos a apoyarnos en el parapeto, mirando la curva azul del paseo marítimo y las lejanas alturas grises de Mergellina. El taxista sonreía con su cara flaca y morena de berberisco, inquisitivo, torciendo el bigotito recortado mientras me pedía noticias de la incursión nocturna. Si todo había ido a mi gusto, etcétera. Sin entrar en detalles le dije que sí, que todo. De lujo. Pero que todavía necesitaba un servicio suyo. Una información.

—Naturalmente —respondió.

Su mirada, de pronto recelosa, indicaba que de natural, nada. Que respecto a nuestro asunto con los grafiteros, el conde Onorato y su reputación habían llegado a donde estaba permitido llegar, e incluso más allá. Que la confianza, y hasta el dinero, tenían sus límites. Lo tranquilicé asegurándole que no iba a demandarle nuevos compromisos. Sólo una precisión sobre algo que él había dicho un par de días atrás.

—¿Qué dije? —se interesó, preocupado.

—Que Sniper trabaja como voluntario restaurando una iglesia en Nápoles.

Lo meditó un poco, cual si calculara los límites entre información y delación. Imagino que el recuerdo de los mil euros que yo le había entregado el día anterior, y tal vez la oportunidad de conseguir más, contribuyeron a matizar las cosas. A desplazar esos límites.

—Es cierto —confirmó al fin—. La Annunziata.

No pestañeé, ni moví un músculo, ni dije cáspita. Nada. Seguí mirando impasible las alturas lejanas donde la tradición, falsa, asegura que estuvo enterrado Virgilio.

—Una iglesia —repetí distraída, con aire de pensar en otras cosas.

—Exacto. En el mismo barrio español.

—¿Por qué parte?

—En la subida a Montecalvario, a la izquierda. Casi llegando a la plaza. En realidad no es una iglesia sino una capilla en mal estado. Pero una vez estuvo allí el padre Pío, y se le tiene devoción. Los vecinos llevan dos meses restaurándola, porque el municipio ha dado algún dinero para las obras... Como son del barrio, los gobbetti también ayudan. El párroco es joven, de esos sacerdotes abiertos de ideas. Modernos. Les da margen a los chicos, y así ellos respetan las paredes de las otras iglesias.

Me volví hacia el taxista, despacio. Con cuidado. Mi manifestación de interés sólo era razonable. Tranquila.

—¿En qué ayudan?

—En la decoración de dentro: los muros y la cúpula. Cómo será, que ahora la llaman Annunziata de los Grafiteros... Todo el interior quedará adornado con trabajos de ésos. De poca calidad, como puede imaginar. Lo que ellos hacen. Pero hay santos, palomas, ángeles y cosas así... Aún no está acabado, aunque resulta curioso de ver. Puedo llevarla, si le interesa.

Era el momento de colocar la pregunta, debidamente situada entre las otras. En su contexto lógico.

—¿Y Sniper suele estar allí?

El conde Onorato se encogió de hombros, aunque seguía mostrándose cooperador. Voluntarioso.

—Ayuda en la decoración de dentro... No sé si va todos los días, pero echa una mano. Creo que la cúpula la ha pintado él. O la está pintando.

Se quedó callado de pronto, contemplándose los tatuajes de los antebrazos. Luego me miró brevemente y de nuevo apartó la mirada.

—Si le interesa, puedo llevarla.

El tono era distinto, ahora. Un punto ávido, percibí. De fenicio calculando cuánto obtendrá de los indígenas en la próxima playa. Decidí soltar carrete al pez. No podía permitirme un error, ni correr riesgos. Un aviso imprudente a Sniper lo estropearía todo.

—Quizá vaya uno de estos días —respondí con indiferencia—. Ya se lo diré.

Me miraba, evaluando. Curioso. Al fin pareció relajarse.

—Cuando guste... ¿De verdad le fue bien anoche?

—¿Anoche?

—Claro —sonrió, amable—. Con Sniper.

Moví la cabeza afirmativamente, devolviéndole la sonrisa.

—Oh, sí. Fue muy bien.

—Me alegro. Le dije que era un gran tipo.

Aquella mañana, tras despedir al taxista, fui a ver la capilla. La Annunziata era como la había descrito: un pequeño edificio de portada barroca emparedado por dos antiguos palacios, ahora ruinosos, del barrio español, entre cuerdas con ropa tendida al sol y con bajos ocupados por una frutería y un mugriento taller de motocicletas. Un andamio metálico y unas lonas cubrían parte de la fachada, y en la puerta había un contenedor con escombros y una hormigonera oxidada. Estuve un rato observando el lugar desde una esquina próxima, donde un bar sin rótulo de bar, que sólo disponía de una mesa dentro y otra situada en la puerta, aparte un frigorífico con bebidas y media docena de sillas desvencijadas, ofrecía un apostadero seguro. Al cabo, tras asegurarme de que no llamaba la atención, crucé la calle, sorteé la hormigonera y los sacos, y me asomé a la capilla. Su nave no debía de tener más de cien metros cuadrados, y al fondo había un nicho con una imagen sacra cubierta por una lona. Había sacos de cemento apilados en el suelo, y un albañil trabajaba sin excesivo entusiasmo, de rodillas, enluciendo con una paleta parte del muro mientras otro, de pie a su lado, fumaba un cigarrillo. La pared opuesta estaba decorada con imágenes de grafiti pintadas con aerosol, que se encaramaban unas en otras con singular barroquismo posmoderno: había allí ángeles y santos y diablos, y niños y palomas y nubes y rayos de luz en colores vivos y trazos de toda clase, formando un conjunto al mismo tiempo estridente y atractivo, singular, como gritos simultáneos de desolación y de esperanza que trepasen por el muro buscando el cielo, allí donde una pequeña cúpula a medio pintar, con un andamio metálico que ascendía casi hasta el techo, mostraba innumerables manos de Dios formando un óvalo en cuyo centro, con su osamenta desnuda, se erguía un esqueleto de ser humano rematado por una calavera.

—¿Cuándo trabajan en esto? —pregunté a los albañiles, señalando los grafitis.

—Nunca antes del mediodía —respondió el que fumaba—. No son muy madrugadores.

Volví a mi acecho, y esperé. Media hora después vi llegar a Flavio con otro chico. No me vieron. Se quedaron dentro hasta las cuatro, y a esa hora me había bebido ya tres botellas de agua y comido una pizza sorprendentemente sabrosa, cocinada por la joven gruesa y escotada que atendía el tugurio. Vi irse a los dos grafiteros caminando calle abajo, y no entró nadie más. Al rato se marcharon los albañiles. Fui hasta la capilla para comprobar que la puerta estaba cerrada, y me alejé de allí. De vez en cuando me volvía a mirar con disimulo, pero no me seguía nadie. O eso creí.

Por la tarde hice unas compras en la via Toledo. Después, sentada en la terraza de un bar con las bolsas entre las piernas, telefoneé a Mauricio Bosque para que precisara con más detalle la oferta que yo podía hacer a Sniper: catálogo, exposición, MoMA, dinero.

—¿Mauricio?... Soy Lex.

—«¿Lex?... Maldita seas. ¿Dónde te habías metido?... ¿Dónde estás?»

—Sigo en Nápoles.

—«¿Y...? ¿Lo tienes?»

—Aún no. Pero lo podría tener.

Hablamos un buen rato, discutiendo cada punto. Bosque pidió detalles de mis progresos de acercamiento, y yo le dije que todavía estaba en ello. Que al menos la fase de contacto era cosa hecha. El editor se mostró entusiasmado. Del respaldo económico, aseguró, no había que preocuparse. Sus socios estaban dispuestos a adelantar lo que Sniper quisiera, bajo la forma que él mismo eligiese, si dedicaba un tiempo a reunir material subastable que pudiera ser puesto en circulación el próximo año en Londres o Nueva York. Respecto al catálogo, se publicaría en gran formato, dos volúmenes en un espectacular estuche, en la colección estrella de Birnan Wood que era buque insignia de las librerías en los principales museos del mundo; un sello selecto que hasta entonces sólo había publicado los catálogos retrospectivos, a modo de obra completa, de siete artistas contemporáneos: Cindy Sherman, Schnabel, Beatriz Milhazes, Kiefer, Koons, Hirst y los Chapman. Y en lo que se refería al Museo de Arte Moderno de Nueva York, añadió, todas las teclas estaban tocadas, con maravillosas perspectivas, a la espera de una confirmación formal del asunto.

—«Así que puedes decirle de mi parte —concluyó Bosque— que, si acepta el juego, hay un sólido equipo de gente dispuesta a conducirlo hasta el mismísimo cielo».

Le pregunté a bocajarro si era él quien había puesto sobre mi rastro a Biscarrués. Si jugaba doble en todo aquello. Respondió primero con un silencio en apariencia atónito, luego con indignación y al cabo con encendidas protestas de inocencia.

—«Te lo juro —insistió—. ¿Cómo iba a ir contra mis propios intereses?».

—Muy fácil. Obteniendo de Biscarrués más de lo que obtendrías con tu supuesta operación Sniper.

—«¿Te has vuelto loca?... ¿Sabes la de gente que tengo metida en esto?»

Lo dejamos en ese punto y volví al hotel. Seguía sin estar segura de si Mauricio Bosque actuaba de buena fe o era una pantalla para el juego de Lorenzo Biscarrués. Hasta podía ocurrir, concluí, que por cubrirse las espaldas el editor estuviese apostando a dos caballos a la vez. Pero eso no había modo de averiguarlo, por el momento. Y en cualquier caso, en lo que a mí se refería poco cambiaba las cosas.

Nadie parecía seguirme. Estuve leyendo el resto de la tarde *La storia falsa,* de Luciano Canfora, y por la noche cené pasta y me emborraché a medias con una botella de vino de Ischia. Continué con el minibar de la habitación, hasta agotarlo, viendo una película de Takeshi Kitano en la tele. Con los últimos restos de lucidez me asomé al balcón a echar otro vistazo. Igual que durante el resto del día, no vi rastro de Bigote Rubio ni de Cara Flaca; parecían haberse esfumado, pero yo sabía que no era así. Que andaban cerca, atentos a las últimas instrucciones que habían recibido.

La cabeza me daba vueltas. Cerré la ventana, fui a tumbarme en la cama sin quitarme la ropa, y me quedé dormida. Soñé con Lita y descansé mal: poco, inquieta. Atormentada.

Sniper apareció al tercer día. Para entonces, la mujer gorda y escotada del pequeño bar taberna sin rótulo en la puerta estaba persuadida de que yo era, como dije para justificarme, una periodista que realizaba un reportaje turístico sobre el barrio. Seguía leyendo en la mesa de dentro, junto a la ventana sucia por la que vigilaba la calle, cuando vi llegar a tres grafiteros, el más alto de los cuales era Sniper: vestía una vieja cazadora de cuero marrón, de piloto, y unos vaqueros raídos, y calzaba zapatillas deportivas. Entraron los tres en la Annunziata, y yo cerré el libro y me dediqué a esperar mordiéndome las uñas, atenta a que se calmasen los latidos de mi corazón. Lo tenía, al fin. O lo iba a tener. Ése era el plan. La gorda escotada, por su parte —seguía llevando la misma camiseta que el primer día—, pareció ofenderse de que yo no hiciera, como las veces anteriores, honor a la humeante pizza que puso en mi mesa. Pero el estómago se me había anudado; y mi boca, aunque despaché varias botellas de agua, seguía seca como si estuviera tapizada de arena.

—¿Hoy no tiene apetito, señora?

—No mucho, lo siento.

—Quizá desee otra cosa —propuso, malhumorada.

—No, de verdad... Gracias.

Sniper salió solo de la iglesia, una hora y quince minutos después. Con un estallido de pánico advertí que venía en mi dirección, y por un momento temí que entrase al bar y me descubriese allí sentada, espiándolo. Pero siguió de largo hacia la parte alta. Dejé un billete sobre la mesa, metí el libro en mi bolso, me crucé éste en bandolera —llevar con descuido un bolso en Nápoles resulta casi suicida— y salí detrás, siguiéndolo a distancia; lo bastante lejos para que no reparase en mí y lo bastante cerca para no perderlo estúpidamente, como la última noche. Por fortuna, el barrio estaba tan animado como solía: vecinas charlando, niños que a esa hora debían estar en la escuela, vehículos que pasaban acosando a los peatones en las calles estrechas, puestos de verdura que lo invadían todo con sus cajones multicolores o pescaderías donde coleaban anguilas vivas, combinaban entre sí un paisaje abigarrado, hormigueante de olores, voces y sonidos, donde era fácil pasar inadvertida.

Caminaba Sniper con calma, sin apresurarse. Relajado. Llevaba gafas de sol y se había puesto una gorra de béisbol. Un par de veces se detuvo a saludar brevemente a alguien, a cambiar unas palabras con conocidos. Procuré mantenerme a distancia prudente de su figura delgada, cuyos hombros parecían más anchos bajo la cazadora de piloto. Cuando se detenía, yo lo imitaba, disimulando entre la gente o pegándome a un portal o al escaparate de una tienda. En una frutería, Sniper se detuvo a comprar algo y salió con una pesada bolsa en la mano. Algo más arriba, la calle confluía con una escalinata y una calle transversal, formando una pequeña placita donde había un banco de madera al que faltaba el tablón central. Todas las casas tenían macetas y ropa tendida en las ventanas y balcones. De cables que iban de las ramas de unos árboles raquíticos a una farola con el cristal roto, pendían aún sobre los coches aparcados las banderitas y los farolillos de papel descolorido de alguna verbena remota.

Una mujer venía de frente, bajando la escalinata con una cesta de la compra en la mano. Era grande, atractiva, hermosa de formas, muy clásicamente napolitana. Me recordó a esas rotundas actrices italianas que estuvieron de moda en tiempos de Vittorio de Sica y de Fellini. Ésta llevaba el pelo más corto que largo, una falda oscura y un suéter ajustado que moldeaba las formas de un pecho de aspecto pesado, voluminoso —más tarde comprobé que tenía los ojos verdes y una nariz tan atrevida como su boca, ancha y de labios definidos y rojos—. Sniper se había parado al pie de la escalinata, viéndola llegar, y ella se acercaba a él, sonriente. Yo había visto ya sonrisas como aquélla, y supe lo que significaba antes de que él le enseñase desde lejos la bolsa con fruta que había comprado, la mujer lo amonestara sin perder la sonrisa, con palabras que no alcancé a escuchar, y un instante después, al llegar uno junto al otro, se besaran en la boca.

Continuaron camino juntos —Sniper había cogido la bolsa de la compra que la mujer llevaba—, pero no necesité seguirlos mucho más, porque en seguida entraron en uno de los portales de la plaza, correspondiente a un antiguo caserón de ancho pórtico, y los perdí de vista en el interior oscuro. Aquello, pensé, daba nuevas perspectivas al asunto. Me situaba en posición ventajosa, por fin, tras haber pedaleado mucho para alcanzar la cabeza del pelotón. Mientras consideraba los pros y los contras de la inesperada novedad, me acerqué a observar mejor el lugar, el edificio, las calles próximas y los detalles de la plaza. Había cerca otro pequeño bar de los que a mediodía se convierten en casa de comidas, comercios artesanales propios del barrio, una hornacina con flores de plástico en honor de san Gennaro y la entrada de un garaje. Tomaba nota mental de todo eso cuando la mujer apareció en un balcón estrecho del segundo piso, muy cerca de mí y justo sobre mi cabeza, mientras yo miraba hacia arriba. La vi inclinarse sobre la barandilla de hierro para comprobar si la ropa tendida estaba seca, y volverse luego hacia el interior, como si alguien le hablara desde allí. Después la mujer miró hacia abajo, en mi dirección. Lo hizo de modo accidental, pero se encontraron nuestras miradas. Sostuve la suya un par de segundos antes de apartar la vista con aire casual, sin darle importancia, y seguir mi camino como si paseara. No me volví, pero estoy segura de que ella aún me observaba. También de que, al mirarme por un breve instante, a sus ojos claros había asomado la inquietud de un presentimiento.

Regresé a la placita al día siguiente, temprano. Bebí dos cafés en el bar y estuve vigilando de lejos el portal de la casa, tomándolo con mucha calma, hasta que vi salir a Sniper. Llevaba gafas de sol, gorra y la misma cazadora de piloto que el día anterior. Se alejó calle abajo, pero esta vez no lo seguí, sino que sorteé los automóviles aparcados y me dirigí a la casa. Había visto moverse a la mujer en el piso, a través de la ventana que daba al balcón. Sabía que seguía arriba.

El portal era amplio, espacioso: una casa antigua con cierto empaque, muy venida a menos. Del patio interior subía una escalera ancha, de techo alto, ennegrecida de contaminación urbana, sobre la que pendían cables eléctricos y bombillas desnudas. Subí despacio hasta el segundo piso. En la puerta de madera, limpia y bien barnizada, había atornillado un Sagrado Corazón de latón reluciente. También una de esas viejas mirillas circulares enrejadas que al descorrerlas permiten ver al que llama. Pulsé el timbre, giró el semicírculo dorado de la mirilla y unos ojos verdes, grandes, me estudiaron desde dentro.

—He quedado con él —mentí.

No era del todo necesario, pensé mientras esos ojos me observaban. No forma parte del plan, y seguramente no aporta nada en lo técnico. Tal vez hasta complica las cosas. Pero había pasos —la noche en duermevela me había llevado a esa certeza— que yo debía dar con más seguridad antes de llegar al final de todo. Claves propias que, a la luz de los últimos descubrimientos, necesitaba proyectar en el hombre cuyo rastro seguía desde hacía semanas. En su mundo y en los seres que lo poblaban.

—No está en casa —dijo una voz agradable, profunda, de marcado acento napolitano.

—Lo sé. Me dijo que saldría. Que podría esperarlo aquí.

—¿Española?

—Sí. Como él —modulé una sonrisa adecuada a las circunstancias—. Estuvimos juntos la otra noche... Con los gobbetti.

Los ojos verdes me estudiaron durante unos segundos más tras la celosía de latón. Al fin sonó el pestillo y la puerta se abrió ante mí.

—Pase, por favor.

—Gracias.

Me adentré en un amplio vestíbulo oscuro, comunicado con una salita de estar que tenía un balcón a la calle. Esperaba un estudio de pintor con lienzos, pinturas y frascos de color por todas partes, y quedé sorprendida al verme en una casa convencional de apariencia modesta. El sofá, tapizado con dibujos de hojas otoñales, tenía labores de ganchillo en los brazos y el respaldo. Había fotografías familiares enmarcadas en las paredes, y el único cuadro pintado era un paisaje mediocre con ciervos bebiendo de un arroyo, bajo árboles por los que se filtraba un ancho trazo de sol púrpura. Completaban la decoración y el mobiliario una lámpara con tulipas de cerámica que pendía del techo, una talla vulgar de alguna de los cientos de Vírgenes italianas con flores puestas en un búcaro, y un aparador con figuritas de Capodimonte, una colección de dedales de metal y porcelana, algunas novelas y vídeos, y más fotos. Cerca de la ventana destacaba un enorme televisor conectado a un deuvedé. Excepto un par de fotos sin enmarcar en las que Sniper posaba junto a la mujer, en aquella habitación no había indicios de su presencia.

—¿Quiere café o té? —me ofreció.

—No por el momento.

—¿Un vaso de agua?

Sonreí, tranquilizándola. Con mi mejor mueca social.

—Tampoco. Gracias.

Estaba frente a mí, todavía indecisa. Imagino que estudiando la manera adecuada de tratarme. De averiguar quién era y qué hacía allí. Era más alta que yo, aunque calzaba sandalias sin tacón, y realmente hermosa de rostro y formas. Un magnífico ejemplar de su raza y de su casta. Llevaba un vestido ligero de tonos claros que le descubría los brazos desde los hombros y las piernas desde las rodillas, y se ajustaba suavemente a sus caderas —más bien anchas, observé— cuando se movía por la habitación. Llevaba barniz en las uñas, pero sus manos no estaban cuidadas. Por lo demás, las maneras eran tranquilas, sin afectación. Transmitía una apacible serenidad que parecía irradiar de los ojos, muy claros incluso cuando la luz no daba directamente en su rostro. Aunque ahora parecían sombríos.

—¿No le habló de mí? —inquirí, aparentando sorpresa.

Negó con la cabeza, sonriendo un poco a modo de disculpa. Luego me ofreció asiento con un ademán gentil de la mano izquierda, donde llevaba un reloj barato y una cadena fina de oro. De otra, en su cuello, pendía una crucecita del mismo metal. Me senté en el sofá y ella estuvo un momento de pie, aún dubitativa, antes de ocupar un sillón frente a mí, al otro lado de una mesita de cristal sobre la que había revistas del corazón y media docena de pequeños e inútiles ceniceros de alpaca. Tenía unas espléndidas piernas, aprecié. Carnosas pero fuertes, de recio aspecto, como los brazos. Al sentarse un poco inclinada hacia mí, sus senos pesados parecían gravitar más, moldeando la tela del vestido.

—Nos conocimos la otra noche, como le he dicho. En el puerto. Él y yo.

Dejé caer ese *él* con naturalidad, eludiendo el nombre de Sniper. Ignoraba si ella lo llamaba de ese modo, o si lo hacía por su nombre real, fuera el que fuese, o por otro inventado.

—En el puerto —repitió, espaciando cada palabra.

Era el suyo, comprendí de pronto, un recelo de índole animal. Poco elaborado. En realidad no desconfiaba de mí —había abierto la puerta, al fin y al cabo—, sino de lo que mi presencia anunciaba desde que nuestras miradas se encontraron por primera vez. En ese momento su instinto de hembra había detectado amenaza —nido en peligro—, y ahora ella intentaba establecer qué tenía yo que ver con eso. Con el presentimiento que había enturbiado la claridad de sus ojos.

—Sí —confirmé—. Anduvimos por allí con los otros chicos... Ya sabe.

No detalló lo que sabía o no sabía. Sólo siguió mirándome como en espera de más palabras. Por mi parte sonreí de nuevo, sosteniendo el farol con mucha naturalidad. Ni siquiera podía imaginar cuánto sabía ella de Sniper. De su vida clandestina, de su pasado, de la amenaza que pesaba sobre su vida.

—Es un artista genial —aventuré—. Lo admiro mucho.

Luego hablé durante un par de minutos para relajar el ambiente. Para disipar la suspicacia que aún advertía en sus ojos cuando los fijaba en mí casi radiografiándome los propósitos. Hablé de mi trabajo como historiadora del arte, de mi especialidad en artistas contemporáneos, de mis relaciones con museos y casas editoriales. Y al poco rato comprobé que dejaba de prestarme atención. Asentía a veces, amable, aunque sin mostrar ya un interés significativo. Su instinto de peligro parecía haberse adormecido. Dos veces consultó a hurtadillas el reloj que llevaba en la muñeca, y comprendí que no le interesaba lo que yo decía. Ahora sólo era cortés conmigo; aquélla era su casa, y cumplía con su deber de anfitriona, distraída, algo incómoda, en espera de que regresara su hombre. Confiando en que la presencia de éste confirmara o disipara sus aprensiones. Dispuesta, como en otras cosas, a ponerse en sus manos a ciegas. Y probablemente, deduje, ésa era su historia. Así de simple. No había, después de todo, ningún misterio en aquellos ojos; sólo el vacío. Los hombres suelen creer que los ojos de las mujeres bellas tienen algo dentro, y a menudo se equivocan. Yo misma había esperado algo más de la compañera de Sniper, y sólo veía ante mí un cuerpo grande, moreno, mórbido: un hermoso pedazo de carne. Lo mismo, pensé sarcástica, ni siquiera sabe que ese hombre suyo, o de quien sea, es uno de los grafiteros más famosos y buscados del mundo.

Entonces sonó la puerta de la calle. Cuando me puse en pie, Sniper estaba allí, mirándome desconcertado.

Me sacó a la escalera, tirándome del brazo. Sentí dolor, pero no opuse resistencia. Lo dejé arrastrarme por el pasillo hasta la puerta ante los ojos asombrados de la mujer, y sólo allí me encaré con él.

—Suéltame —dije, desasiéndome.

Estaba de verdad furioso, y en ese momento distaba mucho de parecer un francotirador paciente. La imagen de hombre tranquilo que tenía de él, la que me había fabricado durante aquellas semanas de búsqueda, nada tenía que ver con ese rostro crispado, los ojos coléricos, las manos en tensión que parecían dispuestas a zarandear o pegar.

—No tienes derecho —masculló—. No aquí... No con ella.

—Me faltaba esa pieza —respondí con calma—. Ha sido una larga caza.

Por alguna razón, mis palabras lo serenaron en el acto. Se me quedó mirando inmóvil, dominándose, mientras respiraba fuerte. Se diría, pensé, que lo he zarandeado yo a él.

—Tu retaguardia —añadí.

Apoyé las manos en el antepecho del rellano, que protegía del hueco de la escalera. Una caída de dos pisos, consideré. Le habría bastado un empujón.

—No tienes ni puta idea —murmuró.

—Empiezo a tenerla.

La puerta seguía abierta, y miré hacia el pasillo. La mujer estaba al fondo, casi en las sombras, observándonos de lejos.

—Tortillera de mierda —me dijo Sniper.

Lo hizo desapasionadamente, como quien enuncia un hecho objetivo. Y es que sabe fijarse en las cosas, pensé. Como buen artista, sabe ver. Tiene ese don. Yo seguía mirando hacia el pasillo y él se volvió siguiendo la dirección de mis ojos.

—Podrías estar muerto —comenté—. ¿Se te ha olvidado?... Nada más fácil, desde que nos encontramos. Pero no se trata de eso.

Me estudiaba ahora con fijeza. Luego volvió dos pasos atrás para cerrar la puerta, despacio. Creí advertir en él un ápice de indecisión.

—Yo también corro mis riesgos —añadí—. Y lo sabes.

—No tienes derecho —insistió.

Sonaba a protesta casi formal. Sonreí, burlona.

—No te reconozco... ¿Derecho?... ¿Es Sniper quien habla?

Aparté las manos del antepecho de la escalera. Ya no eran necesarias.

—¿El mismo que dijo aquello de *si es legal, no es grafiti*? —rematé.

Seguía mirándome a los ojos, atento. Quizá inquieto.

—Claro que tengo derecho —proseguí—. Me lo he ganado, resollando tras tu rastro como una perra. Y por Dios que lo hice bien.

Asintió de modo casi imperceptible, a regañadientes.

—¿Y ahora? —preguntó.

Me gustó el tono. El nuevo cauce del asunto. Ése ya era mi terreno.

—No pensarás que voy a irme por las buenas, después de tanto trabajo. Dejaría demasiadas cosas vulnerables tuyas detrás.

Hice una pausa para que la idea lo empapase a fondo. Una idea importante, al fin y al cabo, con mayúscula: la única Idea. Estar vivo o no estarlo. Después encogí los hombros:

—No te conviene que me vaya así.

Era innecesario, pero quise asegurarme. Se quedó pensando en aquello. Me miraba cual si calculase estragos inevitables. Control de daños.

—Convenir —murmuró al fin, dirigiendo un vistazo de soslayo a la puerta cerrada—. ¿Ésa es la palabra?

No respondí. Él sólo procuraba aclarar sus ideas, y lo que yo dijera nada tenía que ver con eso. Ahora la decisión era suya. Pero ni siquiera él mismo, consideré maligna en mis adentros, sabía hasta qué poco punto lo era. Dicho en seco, no quedaba más que un camino. Algo inevitable.

—Ven —dijo.

Lo seguí escalera abajo, conteniendo mi júbilo. Había una puerta interior en el amplio y gris vestíbulo. La abrió y nos encontramos en un garaje sucio convertido en estudio de pintura, aunque tales palabras no sean las que mejor definen el lugar. Yo había visto otros talleres de pintores, antes. Muchos. Y nada tenían que ver con aquel lugar cuyos muros estaban saturados de grafitis superpuestos, tachados sobre tachados, sin un solo lienzo pintado pero lleno todo de cartones con pruebas para ser llevadas a paredes de la calle, stencils de papel recortado, croquis preparatorios para bombardear vagones de tren y autobús, planos de varias ciudades con marcas y señales de colores, centenares de aerosoles de pintura nuevos o vacíos apilados por todas partes, mascarillas protectoras, herramientas para abrir candados o cerraduras, romper cadenas, cortar telas metálicas... Sobre una mesa de caballete, entre un arcaico Fiat cubierto de polvo y un banco con herramientas de mecánico, había tres pantallas de ordenador, un teclado y dos impresoras para escaneos de gran formato, pilas de libros sobre arte y grafiti, reproducciones de cuadros clásicos sobre las que Sniper había ejecutado irreverentes intervenciones personales. Vi calaveras mejicanas pegadas o pintadas sobre la *Mona Lisa,* y sobre la *Isabel Rawsthorne* de Bacon, y sobre la *Santa Cena* de Leonardo... Junto a la puerta, como un centinela de tamaño natural, se erguía una mala copia en yeso del *David* de Miguel Ángel con una máscara de luchador mejicano y el torso garabateado con firmas de Sniper. Y algo más allá, pintada con aerosol en una pared, una parodia magnífica de *El Ángelus* de Millet, donde una tercera figura de mujer, cruzada de brazos, fumaba indiferente un cigarrillo mientras los otros dos personajes, inclinados para la oración, vomitaban sobre la *Dánae* de Tiziano recostada en el suelo. Aquello, concluí mirándolo todo, no era, desde luego, un taller de artista. Era un genial laboratorio de guerrilla urbana.

—Dios mío —exclamé asombrada.

Sniper me dejaba moverme, ver, tocar, con plena libertad. Había pilas de cedés con música de los ochenta y los noventa: Method Man, Cypress Hill, Gang Starr, Beastie Boys, y algún vinilo histórico, entre ellos uno de The Jimmy Castor Bunch. Me detuve ante la reproducción grande, escaneada, de una fotografía del *Costa Concordia* tumbado sobre la orilla de la isla del Giglio: el costado visible del crucero se veía decorado con trazos a rotulador, a modo de estudio o maqueta previa; de intenciones del nuevo proyecto de Sniper. Junto a esa foto había una copia del retrato de la modelo Kate Moss hecho por Lucian Freud, con un billete de cien dólares americanos pegado sobre el sexo. Sólo aquellas docenas de papeles y cartones, pensé, sus manchas de color, calaveras, troquelados y trazos de pintura, valdrían ya una fortuna con la firma de Sniper al pie y un certificado en regla que los autentificase. Ese taller contenía millones potenciales de euros, de dólares, de rublos.

Lo dije en voz alta. Esto vale una fortuna, alegué. Un boceto, una simple maqueta o prueba en papel para trenes o autobuses rabiosamente coloreada, puede venderse por un dineral. Expuestos en el MoMA para la consagración oficial, subastados luego en Claymore, o Sotheby's. Una locura.

—Cualquier coleccionista ávido —añadí—, cualquier rico caprichoso, pagarían sin rechistar cuanto les pidieran. Hasta los grafitis de estas paredes se los llevarían, troceados a tamaño manejable.

La idea lo divirtió mucho.

—¿Y por qué?... ¿Porque no conocen mi rostro?

—Porque todo es muy bueno —opuse—. Porque es terrible, atrozmente hermoso. Porque, sacado a la luz, haría la felicidad de mucha gente.

—Felicidad —repitió.

Parecía paladear esa palabra, sin encontrarle el punto.

—Exacto —dije.

—Yo saco a la luz lo que quiero sacar.

—No lo comprendes. Creo que ni tú mismo eres consciente —señalé hacia el techo, en dirección a la vivienda—. Yo sí lo he comprendido ahí arriba. Al verla a ella.

—Llevo aquí once meses —informó, seco—. Ella es ajena a este mundo. Ni siquiera comprende lo que hago.

—¿Cómo la conseguiste?

No pareció ofenderse por mi impertinencia.

—Va incluida en la ciudad —se limitó a decir—. Viene con el barrio.

Después, tras corta pausa, señaló unos papeles amontonados sobre una mesa.

—Posó para mí.

—Es hermosa, desde luego —yo miraba los papeles, que apenas eran bocetos: trazos abstractos, sin sentido aparente. Manchas de color. Nada que se relacionara con la mujer a la que había visto en la casa—... Y también algo anacrónica, tal vez.

—Sí —admitió.

—¿Eso es todo?

Leí en su silencio como si él mismo lo hubiera escrito en una pared ante mis ojos.

—Te encanta, ¿verdad? —caí en la cuenta—. Ese esnobismo tuyo. Presumir ante ti mismo de tu poca presunción. Como el millonario que puede permitirse un Jaguar, pero prefiere conducir un Golf. El discreto francotirador emboscado, ascético a su manera.

Frunció el ceño. Al fin hizo un ademán vago con las manos, que dejaba aparte todo cuanto no contenían aquellas paredes.

—Mantenla fuera —dijo.

—Sólo quiero comprender, antes.

Me miró penetrante.

—¿Antes de qué?

—De decidir sobre ti.

Su carcajada fue brutal.

—Creí que la decisión era mía.

—Todos tenemos una carta en la manga —apunté.

Siguió mirándome un poco más, cual si mi respuesta le pareciese demasiado oscura.

—¿De qué vives, Sniper?

Se encogió de hombros.

—Hago trabajos y los vendo.

—¿Con tu nombre?

—Claro que no. Diseño fundas de cedés, tatuajes, customizo ropa, decoro con los gobbetti alguna tienda de por aquí... Me las arreglo.

—¿Y eres feliz con eso? ¿Vives en el mundo que deseas?

Soltó una carcajada extraña. Al cabo cogió un paquete de tabaco de entre los cachivaches que cubrían la mesa y encendió un cigarrillo.

—Creemos que el arte hace el mundo mejor y más feliz a la gente —dijo—. Que lo hace todo más soportable. Y eso es mentira.

Señaló el *David* de yeso cubierto con la máscara de luchador.

—Los griegos marcaron la armonía y la belleza —continuó—, los impresionistas descompusieron la luz, los futuristas fijaron el movimiento, Picasso hizo la síntesis de lo múltiple... Ahora, sin embargo, el arte nos hace más...

Se detuvo buscando la palabra.

—¿Estúpidos? —propuse.

Me miró agradecido. Hasta tumbarse a dormir en una bañera, dijo, se consideraba una experiencia artística. Era elocuente el caso de Marina Abramović en Nueva York, tres años atrás, sentada ante una mesa y al otro lado una silla vacía donde los visitantes se iban turnando. La artista permanecía completamente inmóvil y en silencio, y estuvo así siete horas y media cada día, mientras duró la exposición.

—Acuérdate de todos aquellos cretinos que rompían a llorar o vivían experiencias espirituales sentados frente a ella... O por buscar otro ejemplo, piensa en Beuys y su *Cómo explicar los cuadros a una liebre muerta*... ¿Te enteraste?

—Por supuesto. Sentado en una silla en una galería de Düsseldorf, con la cabeza embadurnada de miel y en los brazos una liebre muerta a la que miraba fijamente... ¿Te refieres a eso?

—Sí. Ese fulano dijo que la idea era exponer lo difícil que es explicar el arte actual, de una parte, y de la otra señalar que los animales tienen más intuición que los humanos. De vez en cuando se levantaba, recorría la sala, y ante los cuadros murmuraba a la liebre palabras inaudibles... Así, tres horas. Por supuesto, el público estaba entusiasmado.

Apagó el cigarrillo aplastándolo en una lata vacía de coca-cola y se me quedó mirando desafiante, cual si por su parte casi todo estuviera dicho.

—Hasta el arte callejero lo han convertido los ayuntamientos en un parque temático —añadió—. Ese imbécil concepto de participación pública, tan socialmente correcto, acabó siendo una simple diversión más, con la gente tirándose por rampas y cosas así. Un jolgorio impune... Pero yo demuestro que, de diversión, nada. Y que a veces va la vida en ello.

—*Vomito sobre vuestro sucio corazón* —cité.

Se echó otra vez a reír, halagado. En ese momento me pregunté si realmente Sniper tenía sentido del humor, y hasta qué punto éste podía consistir en seca y retorcida malignidad. O tal vez éramos los demás —el despreciable público— quienes le atribuíamos ese humor por nuestra cuenta. Y riesgo. Como la silla vacía de Abramović o la liebre muerta de Beuys.

—Desde siempre, los artistas han utilizado instrumentos, motores —dijo—. Grecia, la armonía y la belleza; el Renacimiento, las reglas y proporciones racionales... Yo uso ácido. Figurado, claro. O no tanto. Como arrojar ácido a la cara de una mujer estúpida, satisfecha de sí misma.

—¿Incluidos los que a veces mueren por devoción a ti?

Ni pestañeó al escuchar eso.

—Incluso ellos —admitió fríamente—. Hoy en día cualquiera se autodenomina artista con perfecta impunidad... Por eso hay que ganarse el título. Pagar por él.

Suspiré, fatigada. Lo estaba de verdad. Ni siquiera mi interlocutor podía imaginar cuánto, ni por qué. Ya no era la conversación que yo deseaba mantener. Para eso necesitaba la noche.

—¿No vas a aceptar, entonces? —reconduje el asunto.

Alzó las palmas de las manos, elusivo.

—Supongo que es difícil de entender. Que tú misma te preguntas cuánto tiempo aguantaré antes de jugar el juego que propones... El tuyo o el de otros.

—Quitarte la careta, dijo Topo.

Su sonrisa parecía sincera. Evocadora.

—El buen Topo... ¿También estuviste con él, preguntándole sobre mí?

—No me reveló mucho.

—¿Todavía es capaz de hablar de nosotros? ¿Aunque no termináramos bien?

—Aun así. Ya sabes: esa extraña lealtad que te guardan todos... ¿Nunca te preguntaste por qué?

—Quizá porque soy de verdad. Y lo intuyen.

Compuse una deliberada mueca escéptica.

—Topo tiene dudas sobre eso. Tu autenticidad.

—Quizá se limita a justificarse a sí mismo.

—Puede.

Alcé una mano muy despacio. Sniper seguía el movimiento con los ojos, preguntándose en qué iba a acabar.

—Te propongo una cosa —dije—. Un pacto honorable.

De nuevo la mirada desconfiada. Cautela de francotirador en paraje descubierto.

—¿Cuál?

—Salgamos juntos esta noche. Tú y yo. A buscar una pared complicada.

—¿A escribir?

—Claro. Pero no en sitio fácil... Una sesión particular. Sólo para mis ojos. Supongo que me la debes.

Pareció considerarlo, y al cabo hizo un ademán negativo.

—Yo no debo nada a nadie. Soy libre.

Rió esquinado tras decir aquello, cual si saborease otra broma que sólo él era capaz de apreciar. También yo sonreí. Ciertas bromas podían ir en ambas direcciones.

—De eso podemos hablar esta noche —dije—. De deudas y libertades, si quieres... Hay preguntas que todavía necesito hacerte.

—¿Y después?

—Nada. Cada cual por su camino.

Me estudió largamente, suspicaz.

—¿Así de fácil?

—Así.

—¿No contarás nada de esto? —parecía indeciso, o confuso—. A fin de cuentas, tengo la cabeza a precio. Mi seguridad...

Lo miré de cerca, a los ojos, sin parpadear ni un instante. Con todo el aplomo de que fui capaz. Que en ese momento era mucho.

—En tu seguridad no me meto —argumenté—. No es asunto mío. Pero es verdad lo que dices. Igual que yo te encontré, otros podrían hacerlo. Tú verás cómo te organizas en el futuro. Lo mío se zanja hoy... Es un asunto privado.

Asintió con la cabeza. Primero una vez, débilmente. Aún pensativo. Luego con más confianza.

—Esta noche, entonces —dijo.

—Sí —confirmé—. Tú y yo. Una pared adecuada y un lugar adecuado. Peligroso, como esos adonde envías a la gente a suicidarse. A hacer... ¿Cómo dijiste antes? Ah, sí. A tirar ácido a la cara.

9. Ácido en la cara

Estaba sentada al sol en la terraza de un café, junto a Santa Caterina, mirando a la gente que pasaba con bolsas con marcas de tiendas de ropa idénticas a las que pueden verse en Moscú, Nueva York, Buenos Aires o Madrid. Desde mi última visita a Nápoles, esa clase de tiendas había multiplicado su espacio. Y eso ocurre en todas partes, pensé. Cualquier comercio tradicional que cierra por ruina del negocio, librería, tienda de música, anticuario, taller de artesanía, se convierte automáticamente en tienda de ropa o en agencia de viajes. Las ciudades de todo el planeta están llenas de gente que va de un lugar a otro en vuelos baratos para comprar las mismas prendas que a diario puede ver expuestas en los comercios de la calle donde vive. El mundo entero es una tienda de ropa, concluí. O quizá, simplemente, una inmensa, innecesaria y absurda tienda.

Tenía un libro sobre las rodillas, aunque resultaba difícil concentrarme y leer. Veía mi reflejo en el vidrio de un escaparate cercano: vestida de oscuro, con gafas de sol, inmóvil. A la espera. Pasando revista a lo ocurrido y a lo que tal vez estaba a punto de ocurrir. Sopesando por última vez los pros y los contras de la aventura. Del camino sin vuelta atrás.

Bigote Rubio apareció a la hora prevista, caminando por la acera. Traía su acostumbrada chaqueta de gamuza y una camisa azul pálido sin corbata, a juego con sus ojos casi inocentes. Ocupó una silla en la mesa contigua, cruzando las piernas vestidas de pana beige. Me fijé en sus zapatos ingleses de costuras, viejos pero muy cuidados y relucientes.

—Bonito día —dijo sin mirarme.

No respondí. Estuvimos un rato callados, viendo pasar a la gente. Cuando vino el camarero, Bigote Rubio pidió un café. Lo tomó sin azúcar, de un único y lento sorbo. Después se secó la boca con una servilleta de papel y se recostó en la silla, apacible.

—¿Cómo está Cara Flaca? —pregunté.

Oí su risa queda, entre dientes.

—Bien.

—¿Cómo de bien?

Tardó en responder, cual si lo pensara.

—Mejor de salud —dijo al fin—. Prefiere no pasear con mucha luz, pero en general va bien. Menos hinchada, gracias a cremas antiinflamatorias, ibuprofeno y todo eso. Y aún tiene hematomas... Creo que también te tiene presente en sus oraciones. Quizá, ha comentado, pueda devolverte alguna vez las cortesías.

Compuse una mueca de falsa desolación.

—Se le pasó el momento, me parece. Mala suerte. De todas formas, ahora ella sabe que yo misma puedo ser tan cortés como cualquiera...

Volvió a reír suave, muy bajito. Apreciando el argumento.

—Eso le digo yo.

—Pues dale saludos míos.

—Oh, sí —parecía complacerse con la idea—. Lo haré.

Nos quedamos otro rato callados, mirando los escaparates y a la gente.

—Extraña ciudad, ¿no te parece? —dijo tras un momento.

—Sí.

—Llena de gente rara.

—Igual los raros somos nosotros —sugerí.

Pareció reflexionar sobre ello. Se había vuelto a mirarme de lado mientras intentaba, seguramente, situarme en la categoría adecuada de tipos raros. Y comprendí las numerosas dificultades que tenía para eso.

—El mundo es un lugar extraño —concluyó, resignado.

Asentí, mostrándome de acuerdo. Al cabo, cual si recordase algo de pronto, Bigote Rubio metió una mano en un bolsillo de la chaqueta.

—Ahí tienes lo que pediste —dijo.

No había dicho aquí sino ahí, como desentendiéndose. Cogí el pequeño paquete de sus manos y lo metí en el bolso.

—¿Están las dos cosas? —pregunté desconfiada.

—Absolutamente —parecía de verdad molesto con mi suspicacia—. En cuanto al teléfono, procura llevarlo encendido todo el tiempo... Con eso bastará.

Aún parecía pensar en algo más, dubitativo. Al fin movió la cabeza con ademán de censura. Casi desaconsejándolo todo.

—Oye... ¿Estás segura de lo que haces?

—Por completo.

—Me han ordenado seguir las indicaciones al pie de la letra. Y eso hago. Pero deberíamos...

—Vete al carajo —lo interrumpí, grosera.

Después me puse de pie. Al hacerlo encontré de nuevo mi reflejo en el cristal del escaparate. Y esta vez tardé en reconocerme.

—Ésa es —dijo Sniper.

Estábamos parados en una esquina. Me sequé las palmas de las manos en las perneras de los vaqueros. Sudaban.

—¿Por qué este lugar? —quise saber.

—Porque es perfecto. Peligroso y perfecto.

—Pues no parece muy peligroso.

—No te fíes.

—¿De ti?

—De las apariencias.

Tiró el cigarrillo que había estado fumando. Después recorrimos la calle, explorándola cautos mientras nos acercábamos a una garita metálica adosada a un muro de piedra y cemento coronado por una verja. Al llegar allí, me pasó una gorra.

—Tápate la cara —aconsejó—. Encima hay una cámara.

Me detuve, alarmada.

—¿Nos verán entrar?

—No. Sólo cubre parte del muro, hacia el otro lado. La garita queda fuera de campo. Por eso entramos desde aquí.

Subí el cuello de mi chaquetón y me puse la gorra, y él se cubrió la cabeza con la capucha de la felpa negra que llevaba bajo la cazadora de piloto.

—¿Has estado aquí otras veces? —pregunté.

—Muchas. Pero nunca llegué tan lejos como a donde vamos hoy.

—¿Por qué?

—Lo sabrás cuando lleguemos allí.

Estábamos más allá de la estación de metro y ferrocarril de Mergellina, hasta donde habíamos ido en autobús. El lugar era poco transitado y estaba oscuro. Los coches aparcados mejoraban la protección, y la luz de una farola situada a una veintena de pasos iluminaba lo suficiente para movernos con comodidad, aunque limitaba el lugar a un juego de tinieblas, sombras y penumbra.

—Tenía el lugar reservado para otras cosas —dijo Sniper—. Pero es una buena ocasión.

La garita estaba cubierta de pintadas y carteles con publicidad. Un candado grueso mantenía cerrada la puerta.

—Está cerrada —dije.

—Siempre lo está.

Se quitó la mochila de la espalda, la puso en el suelo y extrajo una cizalla grande, con mangos sólidos. Tras hacer presión y sonar un chasquido, el candado cayó al suelo.

—Vamos —dijo, colocándose de nuevo la mochila.

Había un pozo oscuro detrás de la puerta. Alcancé a ver los primeros peldaños de una escalera de hierro. Por el hueco ascendía una corriente de aire frío y húmedo. También olía sucio, a tierra corrompida tras siglos de soportar viejas ciudades encima. Sniper se había metido hasta el pecho en el agujero y me miraba, agarrado a los peldaños.

—Hay unos diez metros —comentó—. Procura no caerte.

Empezó a bajar, y lo seguí. Pese a que llevábamos zapatillas deportivas, cada uno de nuestros movimientos hacía resonar el hueco de tinieblas bajo los pies, aumentando la sensación de que nos hundíamos en un negro vacío sin final.

—Ya está. Cuidado ahora.

Pisé suelo firme. La luz de una linterna me deslumbró un momento.

—Hay cables a lo largo de la pared —comentó Sniper—. Algunos son eléctricos y están aislados; pero también son viejos y las paredes están húmedas... Así que procura no tocar nada.

El haz de la linterna se movió a uno y otro lado, iluminando un túnel de cemento de unos tres metros de altura por dos de ancho. Corrían cables y tuberías por ambos lados y el techo, entre grandes manchas oscuras de humedad. El suelo era de tierra, cubierto de escombros y suciedad añeja. Una rata inmóvil, con los ojos convertidos en dos puntos luminosos por efecto de la luz de la linterna, nos miró fijamente antes de desaparecer con rapidez arrastrando su larga cola.

—¿Te dan miedo esos bichos?

—No —respondí—. Siempre que no se acerquen demasiado.

Sniper parecía divertido.

—Pues esta noche vamos a cruzarnos con unos cuantos.

Caminé detrás de él y su linterna. Algo más adelante, el túnel se ensanchaba un poco. A partir de allí había grandes pilares de hormigón, como cimientos de un edificio situado encima. Pilares y muros estaban cubiertos de grafitis desde el suelo al techo: una espectacular galería decorada hasta la saturación, pintura sobre pintura, desde simples tags con rotulador hasta piezas complicadas hechas con aerosol, superpuestos unos a otros en un despliegue espectacular de trazos y color.

—Es nuestra capilla Sixtina... Varias generaciones de escritores pasaron por aquí.

El círculo de luz recorría los muros en mi honor: centenares de grafitis torpes, brillantes, mediocres, geniales, obscenos, cómicos, reivindicativos, se extendían alrededor y sobre mi cabeza.

—Dentro de unos siglos —comentó Sniper—, después de una guerra nuclear o cualquier otra catástrofe que mande lo de arriba al diablo, los arqueólogos descubrirán esto, impresionados.

Movió la cabeza, convencido de su propio argumento.

—Es cuanto quedará del mundo: ratas y grafitis.

Seguimos avanzando. Cada cuatro o cinco minutos, una especie de estruendo llegaba desde lejos, como un trueno, originando una corriente de aire cuya presión hacía sentir su efecto en mis tímpanos. Y a medida que recorríamos el túnel, ese estruendo era cada vez mayor.

—¿Adónde lleva esto? —pregunté.

—Al metro de Nápoles.

—¿Y vamos a pintar allí?... ¿Vagones?

—No —el tono de Sniper se había vuelto serio—. Vamos a hacer una pieza en un lugar donde nunca antes nadie la hizo.

La galería terminaba en un pasaje estrecho, abierto a un rectángulo negro que, cuando Sniper apagó la linterna, resultó ser una débil claridad que perfilaba contornos: una doble vía con reflejos metálicos en los raíles y un muro al otro lado, del que colgaban más tuberías y cables. Estábamos a tres o cuatro pasos del hueco cuando el estruendo que habíamos escuchado antes se produjo de nuevo, esta vez en forma de rugido creciente; y, al mismo tiempo que una brutal corriente de aire me golpeaba la cara y me ensordecía los tímpanos, un prolongado relámpago atronador cruzó ante mis ojos, al otro lado del hueco, con una sucesión de recuadros luminosos que desfilaron a gran velocidad, como una centella descompuesta en efectos de luz estroboscópica.

—Pasan cada cinco minutos, aproximadamente —dijo Sniper cuando se alejó el sonido.

Parecía divertirse con el efecto de terror que me había causado aquello. De nuevo tenía encendida la linterna y me iluminaba el rostro.

—Querías acción, ¿no? —dijo.

—Claro —respondí, rehaciéndome.

—Pues ven... Pero a partir de ahora habla en voz baja. Aunque no lo parezca, este lugar transmite el sonido de nuestras voces hasta muy lejos... Apaga también el teléfono móvil.

Metí la mano en el bolsillo del chaquetón e hice como que lo apagaba, pero lo dejé encendido, limitándome a quitarle el sonido. Al otro lado del hueco había una especie de nicho de un par de metros de anchura, contiguo a la vía. Al asomarnos a él, comprobé que el túnel describía en ese lugar una curva. Llegaba alguna claridad desde un extremo, quizá procedente de una estación de metro próxima, que estiraba largas sombras en el muro del túnel. Y aquella lejana luz difusa, amortiguada, permitía distinguir las vías y la pared de la curva pegada a una de ellas: larga, lisa, limpia, sin una sola marca.

—Ésa es —dijo Sniper.

Encendió otra vez la linterna unos instantes, el tiempo justo para iluminar mejor el tramo de vía que pasaba junto a la pared, a nuestra izquierda.

—Hay muy poco espacio, como ves. Nada donde guarecerse. Cualquier tren que pase y nos pille ahí nos hará pedazos.

Apagó la linterna y estuvo un momento callado, para dejar que la idea se asentara en mi cabeza.

—La única protección —añadió— es este nicho.

Me cogió del brazo, haciéndome asomarme un poco más. Animándome a comprobarlo yo misma.

—El asunto —prosiguió— consiste en ocuparse de esta pared y al mismo tiempo estar atentos a los trenes.

—¿Y cada vez que uno llegue?

—Prevenirlo a tiempo y refugiarse aquí. Después, salir y continuar el trabajo. Como te dije, suele haber unos cinco minutos entre tren y tren. Los que van en la otra dirección no son peligrosos.

—Pero los maquinistas nos verán, supongo. Llevan faros que iluminan las vías.

—Puede que sí, y puede que no... De cualquier manera, dudo que algún empleado del metro o guardia de seguridad se atreva a perseguirnos aquí. Tendrían que cortar el tráfico, suspendiendo el servicio en esta línea; y eso no van a hacerlo por unos grafiteros.

Mis ojos se habían acostumbrado a la penumbra. Ahora podía distinguir mejor las cosas: el túnel, la curva de las vías, el reflejo de luces lejanas en ellas, la distancia que en el punto más estrecho separaba nuestra vía de la pared. Apenas un metro, calculé. Insuficiente para protegerse, por mucho que alguien se pegara a ella. La misma turbulencia del convoy podía arrancarte de la pared.

—¿Tenías reservado esto para tus chicos?

—Era una posibilidad. Otro desafío.

Moví la cabeza, asombrada.

—Venir a jugarse la vida —dije.

—Lo hablamos esta mañana —replicó—. Hoy en día, la diferencia entre hacer arte callejero o emborronar paredes hay que ganársela.

—¿Y de verdad no te importa lo que les ocurra?

Encendió un cigarrillo, tapando la llama del mechero con el hueco de las manos.

—¿Por qué habría de importarme? Nadie obliga a hacer esto. Hay quien plantea problemas difíciles de matemáticas, o conjeturas científicas. Yo planteo intervenciones. Teóricas, hasta que alguien decide convertirlas en prácticas.

—Y muere.

Se echó a reír.

—O no. A partir de ahí no es asunto mío.

Ahora se asomaba a la vía con cautela, el oído atento. Fumando arrodillado en el borde del nicho.

—Sin embargo, el servicio de metro se suspende durante unas horas de madrugada —comenté—. ¿Qué impide a cualquiera venir y pintar, entonces?

Tardó un momento en contestar.

—Hay reglas. Códigos. Todo el mundo sabe que esta pared es lo que es. Se necesitan testigos para probar que se hizo como es debido. Colgar el vídeo en Internet y cosas así. Entre los escritores de grafiti, la única palabra que cuenta es *reputación*. Por eso se hace todo: por reputación.

Sonó algo en el túnel, lejos, y Sniper se quedó callado. Entre las sombras vi su brazo alzado, pidiendo silencio para escuchar. El ruido no volvió a repetirse.

—Cualquiera que hiciese trampa se vería despreciado por todos —susurró tras un instante, apagando el cigarrillo.

Había salido al túnel, sobre la vía, y palpaba la pared comprobándola con mano experta: textura, suciedad, posibles desconchados que hicieran saltar las placas de pintura, humedades.

—Una buena pared napolitana —decidió.

Volvió al hueco del nicho, retiró la mochila que llevaba a la espalda y la dejó en el suelo. Luego se quitó la cazadora de cuero. De la mochila extrajo dos botes de pintura, los hizo tintinear y me entregó uno.

—Conoces la secuencia, ¿verdad?... Marcar, rellenar, colorear... Yo marco y tú rellenas en rojo. ¿De acuerdo?

Me pasó también unos guantes de látex. Él se puso otros. Luego se sentó a mi lado.

—Después del próximo tren —dijo.

Éste pasó medio minuto más tarde: dos faros amenazadores precedidos por un estruendo creciente. Imitando a Sniper me protegí los oídos con las palmas de las manos, y de nuevo desfiló, ahora a menos de dos metros de nosotros, dando chispazos, el prolongado relámpago descompuesto en veloces recuadros de luz que en seguida se alejó por el túnel, dejando atrás una sensación de aplastamiento y vacío en mis tímpanos y pulmones, y un olor acre, sucio, intenso, a cable y metal quemados.

No se había desvanecido del todo el estrépito del tren cuando sentí la mano de Sniper en mi hombro.

—Vamos. Hay mucho por hacer.

Salimos al túnel, pisando la vía. Desconcertada al principio, miré a mi acompañante en demanda de instrucciones. La penumbra lo recortaba a contraluz en la pared. Pude así advertir su silueta cubierta con la capucha destacándose sobre el muro, el brazo izquierdo extendido, la mano presionando la boquilla del aerosol que, con un siseo de pintura blanca saliendo a presión, dibujaba ya un gran arco en la pared. Marcaba, comprobé, con una rapidez y una naturalidad pasmosas, un trazo sinuoso de arriba abajo, por la izquierda, y luego el trazo gemelo a la derecha, a dos palmos de distancia uno de otro, cerrados al fin por abajo y arriba, conformando una gran s mayúscula, la primera letra de su tag.

—Rellena lo marcado —dijo.

Como en un sueño extraño, me adelanté hasta la pared. Merced a su trazo blanco, el contorno era muy visible. Hice tintinear el aerosol, alcé el brazo y empecé a pintar de rojo la letra marcada, de arriba abajo, con un vaivén que cubría la totalidad del espacio señalado. Junto a mí, casi hombro con hombro, Sniper trabajaba en el contorno de las letras siguientes. Yo estaba acabando la primera, agachada, cuando el estrépito de otro tren empezó a acercarse por el túnel.

—Al hueco —aconsejó Sniper.

Unos faros asesinos avanzaban iluminando la curva. Nos metimos apresuradamente en el estrecho refugio, dejé el aerosol en el suelo y me tapé los oídos mientras la brutal serpiente de luz intermitente y sonido aterrador me zarandeaba como un tornado. El corazón me sacudía el pecho. Luego, recobrando el aliento bloqueado por la tensión y el miedo, cogí la lata de pintura y volví a mi tarea. Sniper ya estaba en la suya, contorneando más letras pared adelante.

—¿De verdad crees que lo mío es una máscara? —preguntó de pronto—. ¿Como dijo Topo?

Yo respiraba lento, muy hondo, para serenarme.

—No lo sé —repuse—. Pero de una cosa estoy segura. Los muertos son reales. La gente que se rompe el alma por ti, muere de verdad.

Seguí oprimiendo la boquilla del aerosol, rellenando de rojo la segunda letra.

—Si fueras un fraude, sería imperdonable —añadí.

—Eso nadie puede saberlo hasta el final, ¿no es cierto?... Mientras tanto, habrá que concederme el beneficio de la duda.

Sniper había retrocedido hasta el centro de la vía para echar un vistazo al conjunto.

—El único arte posible —añadió— tiene que ver con la estupidez humana. Convertir un arte para estúpidos en un arte donde serlo no salga gratis. Elevar la estupidez, lo absurdo de nuestro tiempo, a obra maestra.

—Y eso es lo que tú llamas intervenciones.

—Exacto.

—Es falso que estimes a alguien —cada vez lo veía más claro—. Nos desprecias a todos. Hasta a los que te siguen. Quizá porque te siguen.

—También el desprecio puede ser fundamento de la obra artística.

Lo dijo fríamente. Después fue hasta el nicho donde estaba la mochila y regresó con un espray en cada mano.

—¿Acaso crees que el terrorista ama a la Humanidad por la que dice luchar? —me preguntó—. ¿Que los mata para salvarlos?

Pintaba con las dos manos al mismo tiempo, aplicando colores. Y eso es él, pensé. Lo que acaba de decir. Una autodefinición perfecta.

—No merecemos sobrevivir —se detuvo a comprobar el efecto, y siguió pintando—. Merecemos una bala en la cabeza, uno por uno.

—El francotirador paciente.

—Justo eso —no parecía advertir mi sarcasmo—. Pero hace tiempo se me acabó la paciencia.

—Todos esos muertos...

—Me estás hartando, Lex. Con tus muertos... Forman parte de la intervención. La convierten en algo serio. La autentifican.

Yo había dejado de pintar y lo miraba. Hubo un roce en el suelo, cerca de mis pies. Una rata. Reprimiendo un escalofrío, la alejé de una patada.

—El asesinato como arte. ¿Es lo que estás diciendo?

—Nadie habla de asesinar. Yo no mato a nadie, cuidado. No es lo mismo. Yo sólo planteo el absurdo. Son otros los que, a su costa, rellenan la línea de puntos.

Hizo un ademán invitándome a volver a la pintura. Obedecí.

—Les doy gloria —dijo tras unos segundos en los que sólo escuché el sonido de los aerosoles—. Les doy olor fresco de napalm por la mañana. Les doy...

—¿Treinta segundos sobre Tokio?

—Exacto. Viven el ramalazo de sentir el peligro que llega. De ir allí donde saben que pueden morir. Dignos, responsables al fin.

—¿Redimidos?

Esa palabra no pareció gustarle.

—No sólo eso —contestó, áspero—. Esto no es sólo pintar paredes. Tú lo has vivido. Infiltrarse, combatir. Esconderse y sentir el pálpito del corazón mientras oyen moverse a quienes los buscan... Muchos me deben eso.

—Y luego mueren.

—Algunos. Todos morimos, tarde o temprano. ¿Acaso pretenden vivir eternamente?

—¿Y dónde colocas palabras como inocencia, como compasión?

—Ya no hay inocentes. Ni los niños lo son.

Sentí un estruendo creciente, seguido del resplandor de unos faros que se acercaban. Esta vez el tren venía de la dirección opuesta. Aun así fuimos a refugiarnos al hueco de la pared. Pasó el convoy, atronador, y se alejó por la curva.

—En cuanto a la compasión, ¿por qué habría de tenerla? —dijo Sniper cuando volvimos al trabajo—. Lo único que hago es ayudar al Universo a probar sus reglas.

—¿Y eso es arte?

—Naturalmente. El único posible. Un bombardeo continuo de imágenes destinadas a manipular al espectador ha borrado las fronteras entre lo real y lo falso... Lo mío devuelve con su tragedia el sentido de lo real.

—No veo ahí la palabra cultura. Por ninguna parte.

—¿Cultura?... ¿Esa palabra con nombre de puta?

Yo había agotado la pintura de mi bote, y Sniper me entregó otro. Con él empecé a rellenar la *r* final.

—El arte moderno no es cultura, sólo moda social —sentenció mientras me observaba—. Es una enorme mentira, una ficción para privilegiados millonarios y para estúpidos, y muchas veces para privilegiados millonarios estúpidos... Es un comercio y una falsedad absoluta.

—Sólo el peligro lo dignifica, entonces. ¿Es eso?

—No el peligro, sino la tragedia. Y sí: sólo ella lo justifica. Pagar por el arte lo que no se paga con dinero. Lo que no puede ser juzgado por la crítica convencional ni llevado a las galerías ni a los museos. Aquello de lo que no podrán apropiarse nunca: el horror de la vida. La regla implacable. Eso vuelve a hacerlo digno... Esa clase de obras de arte no pueden mentir nunca.

Seguía mirándome bajo la capucha que dejaba sus facciones en sombra. Parado en mitad de la vía.

—¿Es más arte la idiotez hecha en un taller que lo conseguido por esos chicos jugándose la vida? —prosiguió—. En toda esa mierda de que una instalación oficial sea considerada arte y otra no oficial no lo sea, ¿quién decide?... ¿Los poderes públicos, el público, los críticos...?

Sentí una punzada de cólera. Había terminado de rellenar la última letra y me volví hacia él.

—En esta guerra no se hacen prisioneros, quieres decir.

Rió, descarado.

—Eres una chica lista, Lex. Mucho. Por eso estás aquí esta noche. Y ésa es una buena definición del asunto. Hay grafiteros que vuelven a casa y se sientan a ver la tele o escuchar música, satisfechos de lo que han hecho ese día... Yo vuelvo a casa a pensar en cómo volver a joderlos a todos de nuevo. No busco un mundo mejor. Sé que cualquier otro de los posibles será aún peor que éste. Pero éste es el mío y es el que quiero atacar. Que cada cual joda el suyo. Yo no busco denunciar las contradicciones de nuestro tiempo. Yo busco destruir nuestro tiempo.

Fue hasta la mochila y regresó con más latas de aerosol. Las letras con su firma estaban acabadas: grandes, espléndidas, rellenas de rojo y contorneadas en azul, con el círculo de francotirador sin terminar. Sería algo espectacular visto desde la curva, con los faros de los trenes, imaginé. El conductor iba a verla el tiempo suficiente, y los viajeros pasarían por su lado admirados por aquella especie de herida de color rojo sangre practicada en el muro.

—Voy a contarte una historia —me decidí—. La que me ha traído hasta aquí.

—¿Una historia? —parecía sorprendido—. ¿Tuya?

—No. De una muchacha que poseía esa inocencia en la que tú no crees. Y que me dejó impresos sentimientos en los que tampoco crees... ¿Quieres escucharla, Sniper?

—Claro. Cuéntamela.

—Se llamaba Lita y tenía los ojos dulces. Creía en todo lo que puede creerse a los dieciocho años: en el ser humano, en la sonrisa de los niños y de los delfines, en la luz que dora los cabellos de alguien a quien amas, en los ladridos de un cachorrillo que cuando crezca será un perro leal hasta la muerte... ¿Te gusta el retrato de Lita, Sniper?

No respondió. Con un aerosol en cada mano, rellenaba de blanco el punto de la *i* para cruzarle encima, en negro, la obstinada cruz del francotirador.

—Ella era inteligente y sensible —seguí diciendo—. Gemía de noche, dormida, como los niños cuando sueñan. Y era escritora de paredes, fíjate. Salía de noche a la calle para dejar constancia allí de la mirada que, desde su ternura, proyectaba sobre el mundo. Para afirmar su humilde nombre en él, librando su propia lucha, a su manera... La vi incontables veces en su habitación, escuchando música mientras planeaba acciones en paredes de la ciudad... Repasando ingenua sus álbumes de fotos con piezas en trenes, metro y autobuses, haciendo croquis de las nuevas ideas con las que soñaba cubrir tal o cual pared...

Se aproximaba, de nuevo, el estrépito de un tren a lo lejos. Al deslizarse por la pared del túnel la luz de los faros, nos refugiamos otra vez en el nicho, sentados en el suelo uno junto al otro.

—Aún está su firma, Sniper. En las calles. A veces la encuentro, desvaída por el tiempo, medio cubierta por otras más recientes... Lita era el nombre, recuerda.

El estruendo aumentaba de intensidad y la luz de los faros iluminaba la curva y la pieza en el muro. No era tan difícil, descubrí. Tras esos largos e instructivos diálogos, no lo era en absoluto. O quizá no lo fue nunca. Bigote Rubio lo había dicho por la mañana mientras tomaba café: el mundo está lleno de gente extraña. Metí la mano en el bolsillo del chaquetón y toqué su navaja. Estaba cerrada, fría. Deslicé el dedo pulgar sobre el botón de apertura automática, sin oprimirlo.

—Te voy a pedir que pronuncies ese nombre, Sniper... El de una humilde grafitera a la que no conociste en tu vida. Dilo ahora, por favor.

Me miró en la penumbra, desconcertado, medio vuelto de espaldas; pendiente del tren. Saqué la navaja y apreté el resorte. El estrépito disimuló el chasquido.

—¿Lita, dices?

—Sí.

El tren ya pasaba por delante, atronando el túnel. Rectángulos de luz desfilaban ante nuestros ojos como rugientes centellas. Miré el perfil de Sniper, iluminado por esos flashes intermitentes, rápidos y brutales. Elevaba la voz para hacerse oír.

—Lita —casi gritó—. Y ahora...

Se le quebró la voz cuando le hundí la navaja en los riñones. Se revolvió, sobresaltado, llevándose una mano a la espalda. Saqué la navaja y volví a hundirla, y esta vez hice lo que sabía debía hacer: dar a mi mano un movimiento circular para que el acero, en el interior, desgarrase lo más posible. El tren ya se alejaba, y a la luz del último vagón vi los ojos desorbitados de Sniper bajo la capucha, su boca entreabierta en un grito que quizá ya había proferido sin que yo lo escuchase al paso del tren, o que tal vez se heló antes de emitirse. Había caído de costado, contra la pared, medio apoyándose en ella. Y me miraba.

—Sí. Lita —repetí, acomodándome junto a él.

Le aparté la capucha de la frente, casi con dulzura. La penumbra permitía distinguir el blanco de sus ojos, muy abiertos, en apariencia fijos en mí. La boca emitía un quejido apenas audible, hondo. Casi líquido.

—Yo amaba a Lita —susurré—. Me esforzaba cada día en orientarla hacia mí. En sustituir poco a poco, con lo que yo podía darle, aquella melancolía suya... Esa singular desesperación que la acometía a veces, toda su conmovedora inocencia traicionada por la imprecisa injusticia de la vida real. Lo que la hacía echarse a la calle con una mochila a la espalda y regresar de madrugada, fatigada, a veces feliz, oliendo a sudor y pintura fresca. A la cama donde yo la aguardaba despierta para intentar hacer mía la parte de ella a la que nunca logré acceder... A la que no tuve tiempo de acceder.

Me detuve a escuchar, inclinado el rostro. El quejido se había hecho más ronco. Más húmedo.

—¿Y sabes por qué, francotirador?... ¿Sabes por qué no tuve tiempo?

Me habría gustado seguir viéndole los ojos, pero con tan poca luz era imposible. O quizá estaban cerrados. Nunca había visto los ojos de un ser humano en el preciso instante de morir.

—Planteaste un desafío, Sniper... Una de esas intervenciones, como tú las llamabas. Algo difícil. ¿Cómo dijiste antes?... Ah, sí. Algo que convirtiera el arte banal en algo serio. Que lo autentificase.

El tren ya estaba muy lejos, apagándose su traqueteo en los ecos del túnel. Apoyé una mano en la frente del hombre inmóvil que estaba a mi lado. La sentí fría y húmeda a la vez. Su garganta seguía emitiendo un débil gemido. Un suave gorgoteo.

—Algo para sentir el peligro. La tragedia. El ramalazo del tren que llega.

Sniper estaba inmóvil, y yo no podía saber si aún me escuchaba o no. Me incliné un poco para hablarle al oído.

—Puede que recuerdes el depósito de la plaza de Castilla, en Madrid... ¿Te acuerdas, Sniper?... Aquella actuación tuya de hace unos años. Una de las primeras. Dos chicos muertos: Lita y su compañero. Cayeron desde arriba cuando intentaban descolgarse con cuerdas de montañero para pintar la pared de ese depósito. Por sugerencia tuya. Para, en tus palabras de hace un momento, denunciar las contradicciones de nuestro tiempo.

Sentí que me picaban los ojos y vertí una lágrima. Sólo recuerdo una, ésa: grande, fluida, inevitable. Me resbaló despacio hasta la punta de la nariz y se quedó allí hasta que me la quité con los dedos enfundados en el látex manchado de pintura.

—Hiciste arte auténtico, desde luego... Dos chicos estrellados abajo, al pie de tu propuesta. Como el hijo de Biscarrués. Como los otros.

Me incliné sobre él, escuchando atenta. El gorgoteo había dejado de oírse.

—¿Cuántos muertos, Sniper? ¿Los contaste alguna vez?... ¿Cuántas balas disparaste a la cabeza?

Volví a tocarle la frente. Estaba fría como antes, pero ahora no sudaba. No parecía piel humana viva, y supe que ya no lo era.

—¿También con Lita vomitaste sobre su sucio corazón?

Recogí la navaja del suelo y limpié la hoja en su ropa. Después la cerré y la dejé a su lado, con el teléfono móvil.

—También en esto te equivocaste, francotirador. Tú como los otros —me puse de pie, quitándome los guantes—. Era yo la asesina.

Las dos sombras aguardaban junto a la puerta de la garita. Las encontré allí cuando subí por los peldaños de hierro y salí al exterior, respirando con ansiedad el aire fresco de la noche.

—Está al final de la galería, junto a un túnel del metro —dije—. He dejado allí el teléfono encendido para que lo encontréis con más facilidad.

—¿Muerto? —preguntó Bigote Rubio.

No contesté.

—Joder —murmuró Cara Flaca.

Di dos pasos y me detuve, desorientada, intentando recobrar la percepción racional de las cosas. Me frotaba las manos, restregándolas como si la sangre de Sniper hubiese llegado a traspasar el látex de los guantes. Sólo ahora me empezaban a temblar. El estruendo de los trenes resonaba aún en mis oídos como el batir de un tambor. Todo me parecía irreal. Y seguramente lo era.

—Quiere hablar contigo —dijo Bigote Rubio.

Tardé un rato en comprender a quién se refería.

—¿Dónde está? —pregunté al fin.

—En un coche. Al extremo de la calle.

Me alejé. La última imagen que tengo de ellos es la de Bigote Rubio introduciéndose en el pozo, agarrado a los peldaños, mientras Cara Flaca se volvía a mirarme, silenciosa y perpleja. Me quité la gorra, la tiré al suelo y anduve sin apresurarme a lo largo de la calle. El coche estaba a la vuelta de la esquina, aparcado y con el motor en silencio: grande, oscuro. Había una silueta negra de pie y otra en el interior. La que estaba de pie me abrió la puerta y se retiró. Me dejé caer en un asiento mullido, tapizado con piel. Olía a cuero de calidad y a agua de colonia. Lorenzo Biscarrués era un perfil oscuro recortado en la penumbra, sobre la ventanilla abierta.

—Se acabó —dije.

Tardó un poco en sonar su voz. Un silencio largo, de casi medio minuto.

—¿Está segura?

No creí necesario responder a eso. Y él no insistió.

—Cuénteme cómo fue —dijo un poco más tarde.

—Da igual cómo fue. He dicho que se acabó.

Otra vez permaneció callado. Al cabo de un poco se removió en el asiento e hizo otra pregunta:

—¿Dijo algo?

—Dijo muchas cosas... Habló de arte y de tragedia. Y de gente como usted.

—No entiendo.

Moví la cabeza, indiferente.

—Es igual.

Otro silencio. Más corto esta vez. Reflexivo, por su parte.

—Me refería a si dijo algo en el momento final —insistió Biscarrués, al fin.

Hice memoria, brevemente.

—No dijo nada. Murió sin saber que moría.

Pensé un poco más, y luego encogí los hombros.

—Sí dijo algo —rectifiqué—. Pronunció un nombre.

—¿Qué nombre?

—Da lo mismo. Usted no lo conoce.

Mi interlocutor se movió otra vez, haciendo crujir el cuero del asiento. Cual si buscara acomodarse mejor.

—Le debo... —empezó a decir.

Se interrumpió. Cuando habló de nuevo, su voz sonaba distinta. Quizá conmovida.

—Le debo un grandísimo servicio. Mi hijo...

—No me debe nada —lo interrumpí, seca—. No vine aquí por su hijo.

—Aun así. Quiero que sepa que la oferta que le hice en Roma sigue en pie. Y me refiero a todo. El cheque, la recompensa... Todo.

—Usted no entiende nada —zanjé.

Abrí la portezuela y salí del coche, alejándome. Sentí pasos detrás. Biscarrués me daba alcance, apresurado.

—Por favor —dijo.

Esas dos palabras sonaban pintorescas en su boca, hecha a ser obedecida. Me detuve.

—Sólo quiero comprender —suplicó—. Por qué usted... De dónde sacó la fuerza. La decisión... Por qué lo planeó de este modo.

Lo medité un momento. Luego me eché a reír.

—Arte urbano, ¿no lo comprende?... Estamos haciendo arte urbano.

Dos días después, los periódicos publicaron la noticia e Internet empezó a hervir: *Famoso grafitero despedazado por el metro de Nápoles*. Los diarios italianos publicaron la fotografía del último trabajo de Sniper; la pieza que, según la policía, le había costado la vida en un lugar peligroso del tren subterráneo: el nombre del artista en grandes letras rojas contorneadas de azul, con el círculo blanco y la mira de francotirador como punto de la *i*. Según el informe oficial, el cadáver había aparecido unos metros más allá, trágicamente mutilado por uno de los trenes que, sin la menor duda, lo había arrollado mientras pintaba.

Aunque yo no lo pedí, la larga mano de Lorenzo Biscarrués facilitó mucho las cosas. Cuando la
policía vino a buscarme para que prestara declaración —la mujer con la que vivía el fallecido y algunos
amigos de éste me identificaron como una de las últimas personas que lo vieron vivo—, un abogado
de cierto importante bufete de Nápoles aguardaba
en las dependencias oficiales para asistirme en cuanto
fue necesario. Ante un juez instructor y un secretario,
que en todo momento me trataron con extrema corte-
sía, confirmé que en días anteriores a la tragedia yo
había estado en contacto con Sniper a causa de una
propuesta profesional, avalada por un conocido editor
español y varios marchantes internacionales —Mauricio Bosque, a petición del abogado, lo confirmó en
un correo electrónico que se añadió al expediente—:
una oferta que, tras largas conversaciones, el artista estaba considerando en el momento del desafortunado
accidente. Con la mejor voluntad del mundo di toda
clase de detalles sobre el particular, me manifesté a
disposición de las autoridades italianas para el resto
del procedimiento, mostré la adecuada consternación
por la desgracia ocurrida, y cuando el abogado estimó
que ya era suficiente, me despedí del juez y el secretario y dejé todo aquello atrás para siempre.

Pero todavía me quedaba un encuentro. Cuan-
do salí al pasillo del juzgado vi allí a la amiga de Sniper. Estaba en un banco del vestíbulo, en compañía
de un desconocido vestido de gris que sostenía una vieja cartera en el regazo. La mujer tenía los brazos cruzados bajo los senos grandes y pesados; y al estar sen-

tada, su vestido se ceñía a las caderas poderosas y situaba el dobladillo de la falda sobre las rodillas, descubriendo sus piernas largas y algo gruesas —calzaba cuñas de lona y esparto con cintas anudadas en los tobillos—, cuya desnudez destacaba aún más en el ambiente grave de aquel sitio.

Pasé por delante; y al hacerlo, los ojos de color esmeralda se fijaron en mí. Lo hicieron lenta, casi perezosamente, como señal única de vida en el hermoso rostro inexpresivo, de imperturbabilidad perfecta y casi animal. Fue aquélla una mirada indefinible, muy fija, tranquila pero sostenida hasta la violencia, llena de afirmaciones irracionales. O de certezas. Y yo sentí ese reproche de soledad verde, instintiva, más intenso e inolvidable que un grito desgarrado, una imprecación o un insulto, fijo en mi espalda incluso cuando me alejé de allí. En aquel instante supe que ella sabía. Y entonces, sólo entonces, sentí la sombra vaga de un remordimiento.

Nápoles. Septiembre de 2013

Índice

Alfaguara es un sello editorial del Grupo Santillana

www.alfaguara.com

Argentina
www.alfaguara.com/ar
Av. Leandro N. Alem, 720
C 1001 AAP Buenos Aires
Tel. (54 11) 41 19 50 00
Fax (54 11) 41 19 50 21

Bolivia
www.alfaguara.com/bo
Calacoto, calle 13 n° 8078
La Paz
Tel. (591 2) 279 22 78
Fax (591 2) 277 10 56

Chile
www.alfaguara.com/cl
Dr. Aníbal Ariztía, 1444
Providencia
Santiago de Chile
Tel. (56 2) 384 30 00
Fax (56 2) 384 30 60

Colombia
www.alfaguara.com/co
Carrera 11A, n° 98-50, oficina 501
Bogotá DC
Tel. (571) 705 77 77

Costa Rica
www.alfaguara.com/cas
La Uruca
Del Edificio de Aviación Civil 200 metros
    Oeste
San José de Costa Rica
Tel. (506) 22 20 42 42 y 25 20 05 05
Fax (506) 22 20 13 20

Ecuador
www.alfaguara.com/ec
Avda. Eloy Alfaro, N 33-347 y Avda. 6 de
    Diciembre
Quito
Tel. (593 2) 244 66 56
Fax (593 2) 244 87 91

El Salvador
www.alfaguara.com/can
Siemens, 51
Zona Industrial Santa Elena
Antiguo Cuscatlán - La Libertad
Tel. (503) 2 505 89 y 2 289 89 20
Fax (503) 2 278 60 66

España
www.alfaguara.com/es
Avenida de los Artesanos, 6
28760 Tres Cantos, Madrid
Tel. (34 91) 744 90 60
Fax (34 91) 744 92 24

Estados Unidos
www.alfaguara.com/us
2023 N.W. 84th Avenue
Miami, FL 33122
Tel. (1 305) 591 95 22 y 591 22 32
Fax (1 305) 591 91 45

Guatemala
www.alfaguara.com/can
26 avenida 2-20
Zona n° 14
Guatemala CA
Tel. (502) 24 29 43 00
Fax (502) 24 29 43 03

Honduras
www.alfaguara.com/can
Colonia Tepeyac Contigua a Banco Cuscatlán
Frente Iglesia Adventista del Séptimo Día,
    Casa 1626
Boulevard Juan Pablo Segundo
Tegucigalpa, M. D. C.
Tel. (504) 239 98 84

México
www.alfaguara.com/mx
Avda. Río Mixcoac, 274
Colonia Acacias, C.P. 03240
Benito Juárez, México D.F.
Tel. (52 5) 554 20 75 30
Fax (52 5) 556 01 10 67

Panamá
www.alfaguara.com/cas
Vía Transísmica, Urb. Industrial Orillac,
Calle segunda, local 9
Ciudad de Panamá
Tel. (507) 261 29 95

Paraguay
www.alfaguara.com/py
Avda. Venezuela, 276,
entre Mariscal López y España
Asunción
Tel./fax (595 21) 213 294 y 214 983

Perú
www.alfaguara.com/pe
Avda. Primavera 2160
Santiago de Surco
Lima 33
Tel. (51 1) 313 40 00
Fax (51 1) 313 40 01

Puerto Rico
www.alfaguara.com/mx
Avda. Roosevelt, 1506
Guaynabo 00968
Tel. (1 787) 781 98 00
Fax (1 787) 783 12 62

República Dominicana
www.alfaguara.com/do
Juan Sánchez Ramírez, 9
Gazcue
Santo Domingo R.D.
Tel. (1809) 682 13 82
Fax (1809) 689 10 22

Uruguay
www.alfaguara.com/uy
Juan Manuel Blanes 1132
11200 Montevideo
Tel. (598 2) 410 73 42
Fax (598 2) 410 86 83

Venezuela
www.alfaguara.com/ve
Avda. Rómulo Gallegos
Edificio Zulia, 1°
Boleita Norte
Caracas
Tel. (58 212) 235 30 33
Fax (58 212) 239 10 51